Joseph Smith Fletcher

Der Verschollene

Kriminalroman

Copyright © Reese Verlag, Lothar Reese, Hannover
1. Auflage im Oktober 2015

Übersetzer: Dr. Hans Barbeck

Titel des englischen Originals: Malvery Hold

(US Title: The Mystery of the Hushing Pool).

Coverfoto © Rosel Eckstein / pixelio.de
Herstellung und Druck:

Siehe Eindruck auf der letzten Seite

Sie finden uns im Internet unter

http://www.mediareese.de

Bibliografische Information der Deutschen Nationalbibliothek:
Die Deutsche Nationalbibliothek verzeichnet diese Publikation in
der Deutschen Nationalbibliografie; detaillierte Daten sind im
Internet über http://dnb.dnb.de abrufbar.

ISBN-13: 978-3-95980-035-8

RV

Der Verschollene

1

Das Hotel ‚Zum Kardinalshut' in Brychester gehört zu jenen Gaststätten, die man nur noch in den ältesten Städten Englands findet. Früher waren die großen Gasträume gefüllt, in den Ställen stampften die Pferde, und vor den Türen standen Postwagen und Reisefuhrwerke. Aber seit der Einführung der Eisenbahn verlor das Hotel an Bedeutung und führte nur noch ein Schattendasein.

An einem schönen Herbstnachmittag stand der alte Oberkellner, der wie ein würdiger Kirchendiener aussah, nachdenklich in der Haustür und sah die Straße hinunter. Auf der anderen Seite erhob sich der majestätische Turm der großen Kathedrale, in der früher einmal ein Bischof am Hauptaltar die Messe gelesen hatte. Dicht daneben stand das schöne alte Marktkreuz, das zur Zeit der Tudors errichtet worden war. Es war nur wenig Verkehr auf der Straße. Ein paar Bauernwagen rollten über das holperige Pflaster, und hier und dort standen Nachbarn zusammen und besprachen die letzten Neuigkeiten.

Der Oberkellner hielt Ausschau nach dem Hotelomnibus, der jeden Augenblick zurückkommen mußte, und er war gespannt, ob neue Gäste eintreffen würden. Trotz seiner Jahre war er noch rüstig und liebte es durchaus nicht, untätig herumzusitzen.

Als der Bus schließlich vorfuhr, stieg ein vornehmer junger Herr aus. Er war schlank und hatte ein sonnengebräuntes Gesicht. Der Oberkellner hielt ihn für einen Offizier in Zivil, der aus den Kolonien zurückgekommen war, und beeilte sich, ihn zu begrüßen.

„Wünschen Sie ein Zimmer, mein Herr? Wir haben große, elegante Räume. Vielleicht ein privates Wohnzimmer und auch ein Feuer im Kamin?"

Der Fremde reichte dem Hoteldiener seine Gepäckstücke und betrachtete dann das alte, ehrwürdige Gebäude.

„Ja, ich nehme ein Zimmer, wenigstens für die nächste Nacht. Aber vor allem möchte ich -"

„William, der Herr möchte ein Reitpferd haben." Der Fahrer war zu den beiden getreten und unterbrach den Fremden in seiner Rede. „Er will nach ‚Malvery Hold' hinausreiten. Am besten geben wir ihm das Pferd des Chefs." „Leider, Sir", wandte er sich an den Fremden, „hat man heutzutage keine große Auswahl mehr in Pferden. Alle Welt fährt doch Auto oder Motorrad. Aber unser Chef hat noch ein edles, rassiges Tier. Und da er erst morgen zurückkommt, wird er nichts dagegen haben, wenn Sie es heute benützen. Sie sind doch hoffentlich ein guter Reiter?"

Mr. Blake lächelte belustigt. „Darüber können Sie beruhigt sein", erwiderte er freundlich. Seine Stimme hatte einen leichten amerikanischen Akzent. „Ich habe schon Pferde zugeritten, die Sie in Ihrem Land gar nicht kennen. Sie können mir das Tier ruhig anvertrauen. Satteln Sie es, und führen Sie es heraus. Inzwischen trage ich mich ins Fremdenbuch ein und trinke ein Glas Whisky-Soda. Ich will dann gleich aufbrechen. Dreizehn Kilometer sagten Sie doch?"

„Jawohl. In fünf Minuten ist alles bereit."

Der Mann ging mit schnellen Schritten über den verlassenen Hof zu den Ställen, und Mr. Blake folgte dem Ober ins Haus.

„Möchten Sie ein Wohnzimmer und ein Schlafzimmer haben?" fragte William. „Und natürlich ein kleines Feuer im Kamin. Die Nächte sind schon kalt."

„Ja, lassen Sie alles herrichten, bis ich zurückkomme. Wahrscheinlich bin ich bald wieder hier. Wenn ich meinen Bekannten treffe, bringe ich ihn zum Abendessen mit."

„Das Dinner wird um sieben Uhr serviert", erwiderte William. - „Welchen Namen darf ich eintragen?"

„David Blake, ‚Lone Pine‘, Alberta in Kanada, zurzeit ‚Hotel Cecil‘ in London.“

Der Oberkellner führte ihn dann in ein Nebenzimmer, wo ein junges Mädchen hinter dem Schanktisch saß und einen Roman las.

„Ach, lassen Sie mir doch meinen Regenmantel hier“, sagte Blake, als der Oberkellner gehen wollte. „Es ist möglich, daß noch ein Schauer kommt.“

„Heute wird es nicht mehr regnen“, entgegnete William, reichte ihm aber den Mantel. „Wir bekommen nur Regen, wenn wir Westwind haben.“

David Blake lächelte und sah das junge Mädchen fragend an. „Kann man sich auf diesen Wetterpropheten verlassen?“

„Das kann ich Ihnen leider nicht sagen“, erwiderte sie. „Ich bin erst kurze Zeit hier. Aber es ist so langweilig“, fügte sie mit einem Seufzer hinzu, „daß selbst der Regen eine angenehme Abwechslung bedeutet.“

„Dann ist also hier nicht viel los?“ fragte Blake. „Geben Sie mir einen Whisky-Soda. Wenn Sie noch nicht lange hier sind, kennen Sie wohl auch Mr. Richard Malvery nicht, der draußen auf ‚Malvery Hold‘ wohnt?“

Sie verneinte, wandte sich aber gleich darauf an den alten Oberkellner, der in die Gaststube zurückkam.

„Kennen Sie einen Mr. Richard Malvery, William?“

William sah Blake scharf an. „Den kannte ich gut. Es ist allerdings schon einige Zeit her. Seit fünf Jahren habe ich ihn nicht mehr gesehen.“ Im Hof hörte man das Getrappel von Hufen, und Blake trank schnell sein Glas aus und eilte hinaus. Wohlgefällig betrachtete er den schönen Braunen und lächelte, als er seinen Regenmantel anzog und sich in den Sattel schwang. William war ihm ins Freie gefolgt. Der Fremde beugte sich noch einmal zu dem Oberkellner herab.

9

„Dann wissen Sie also auch nicht, ob sich Mr. Malvery heute in ,Malvery Hold' aufhält?" fragte er leise.

William erschrak, trat einen Schritt zurück und sah Blake fragend an.

„Mr. Richard sollte im Hause seines Vaters sein? Nein, davon habe ich nichts gehört. Wollen Sie ihn denn dort draußen treffen?"

„Ja, ich hoffe es. Und dann bringe ich ihn zum Essen ins Hotel mit. Der Fahrer hat mir den Weg schon genau beschrieben."

Blake berührte das Pferd leicht mit der Gerte und ritt davon. William blickte ihm nach, bis er ihn nicht mehr sehen konnte, dann ging er ins Haus zurück.

„Ich will Hans heißen", sagte er zu sich selbst, „wenn dieser fremde Herr heute abend Dick Malvery mitbringt."

David Blake sah sich mehrmals um, als er auf der guten Straße von Brychester ins Land hinausritt. Der Kirchturm wurde immer kleiner. Die Gegend war flach, und erst fünf Kilometer hinter der Stadt erreichte er eine kleine Erhebung. Dort hielt er an und orientierte sich über die Umgebung, denn seine Augen waren gewohnt, in die Ferne zu sehen. Hinter ihm, im Norden, wurde die Sicht durch eine lange Hügelkette versperrt, die sich auch nach Osten und Westen erstreckte, soweit der Blick reichte. An ihrem Fuß lag die Stadt Brychester, deren Dächer und Türme sich scharf von den dunkelbraunen, bewaldeten Hügeln abhoben. In der Ferne erblickte er eine Landzunge, die sich keilförmig in die See vorschob. Diese Halbinsel war flach und nur wenig besiedelt. Nur hier und dort lag, von Ulmen und Buchen beschattet, ein einzelnes Gehöft. Schon Brychester war Blake ziemlich altertümlich vorgekommen, aber die Häuser auf dieser weltabgeschiedenen Landspitze erschienen ihm noch altersgrauer als die ehrwürdige Bischofsstadt. Kopfschüttelnd und in Gedanken versunken ritt er weiter.

Genau, wie Dick es mir beschrieben hat, dachte er. Ein eigentümliches Stück Erde - abseits von jedem menschlichen Verkehr. Und ein gutes Versteck, wenn man sich verbergen muß!

Fünf Kilometer ritt er eine vielfach gewundene Straße entlang und begegnete nur wenigen Leuten. Die Felder zogen sich eintönig und flach hin, und nur ab und zu tauchte das strohgedeckte Dach einer Holzhütte auf. Als er aber in die Nähe der Küste kam und die Brandung schon von weitem hörte, machte die Straße plötzlich eine Biegung, und vor sich sah er eine große Bucht liegen, die sich weit ins Land erstreckte. Es war gerade Ebbe, und Blake erblickte eine weite morastige Fläche, die mit Seegras überzogen war. Dazwischen lagen Trümmer alter, verrotteter Boote. Auf der einen Seite der Bucht standen ein paar schiefe Häuser, die von einer Mühle überragt wurden. Blake erkannte auch diese Stelle nach den früheren Beschreibungen seines Freundes sofort.

Das ist die alte Mühle, von der Dick immer sprach, dachte er. Dann muß also das große, schloßähnliche Haus auf der anderen Seite der Bucht ‚Malvery Hold' sein. Es sieht reichlich altertümlich aus.

Durch eine Ulmenallee ritt er nun auf das Haus zu, das aus dem sechzehnten Jahrhundert stammte. An manchen Stellen war es schon etwas verfallen und verwahrlost, machte aber immer noch einen malerischen Eindruck. Als Blake auf das Tor zuritt, kam ihm plötzlich der Gedanke, daß das Haus leerstehen könnte, so tot und kalt wirkte das Ganze. Aber aus einem Kamin stieg eine schwache Rauchsäule empor, und nachdem er an das Eichentor geklopft hatte, erschien wirklich ein alter Diener, der den Besucher verwundert ansah. Aber auch dieser Mann war Blake nicht fremd; er kannte ihn schon aus vielen lustigen Erzählungen seines Freundes und Kameraden.

„Ist Mr. Richard Malvery zu Hause?" fragte er.

11

Der alte Mann trat einen Schritt zurück und hob die Hand, als ob er die Augen beschatten wollte, während er zu dem Reiter aufschaute.

„Mr. Richard?" erwiderte er dann kopfschüttelnd. „Fragten Sie nach Mr. Richard? Der ist in den letzten fünf Jahren nicht über diese Schwelle gekommen."

2

Blake sah einen Augenblick schweigend auf den sonderbaren Alten herunter, der ihm offenbar mißtraute. Der Mann mit dem verrunzelten Gesicht trug einen altmodischen Rock, der früher einmal seinem Herrn gehört haben mochte. Er hatte weder die Tracht eines Hausmeisters noch die eines Kutschers; sie war eine Kombination aus allem möglichen.

„Ich weiß, wer Sie sind", sagte Blake plötzlich. „Sie heißen Jakob Elphick. Mr. Richard hat öfters von Ihnen gesprochen."

Der alte Mann war bestürzt und warf schnell einen Blick in die verlassene, einsame Halle zurück, in der nur ein paar alte, wurmstichige Möbel standen. Es war niemand zu sehen, aber er zog die Tür weiter zu.

„Wer sind Sie denn?" fragte er scharf. „Sie haben Mr. Richards Namen genannt, aber ich sage Ihnen, daß man hier in unserer Gegend in den letzten fünf Jahren nichts von ihm gesehen hat."

„Stimmt das wirklich?"

„Er ist in die weite Welt gegangen, und wir wissen nicht, wohin - er hat niemals geschrieben. Wie kommt es denn, daß Sie nach ihm fragen? Wer sind Sie eigentlich?"

Blake stieg langsam ab und befestigte den Zügel seines Pferdes an dem alten Eisenring an der Tür.

„Ich kenne ihn und hoffte ihn hier zu finden. Wenn er nicht da ist, dann möchte ich gern seinen Vater, Sir Brian, sprechen. Er lebt doch noch?"

Elphick blieb zwischen Blake und der Tür stehen und schüttelte den Kopf.

„Ob er lebt? Natürlich lebt der alte Sir Brian. Aber er ist gelähmt und kann sich nicht bewegen. Er wird auch kaum verstehen, was ein Fremder zu ihm sagt."

„Kann ich dann Mr. Richards Schwester sprechen? Sie hören doch, daß ich alle Familienmitglieder kenne. Sagen Sie Miss Malvery, daß ein Freund ihres Bruders, der mit ihm zusammen in Alberta war, sie sprechen möchte. Mein Name ist David Blake."

Der Alte schüttelte wieder den Kopf.

„Alberta?" fragte er skeptisch. „Wo liegt denn das?"

„In Kanada", entgegnete Mr. Blake ungeduldig. „Aber nun gehen Sie schon."

„Ich kann ja Miss Rachel melden, daß Sie hier sind, aber damit ist noch lange nicht gesagt, daß sie Sie empfangen wird. Heutzutage macht man hier keine Besuche mehr. Warten Sie hier, bis ich wiederkomme. David Blake haben Sie gesagt? Ein Freund von Mr. Richard? Und - Sie glaubten, daß er hier wäre? Wie kommen Sie denn nur darauf? Das ist doch der letzte Platz, wo man ihn suchen könnte. Als er das Haus verließ, ging er für immer weg."

„Melden Sie mich jetzt endlich seiner Schwester", sagte Blake energisch.

Elphick schloß kopfschüttelnd die Tür, und Blake hörte, daß er von innen die Riegel vorschob. Er war nun wieder allein und betrachtete das Haus, das in der Nähe viel verfallener und trauriger wirkte. Er fühlte, daß er hier vor einem Geheimnis stand.

Es vergingen einige Minuten, bevor Jakob Elphick wieder in der Tür erschien.

„Sie können hereinkommen", brummte er unfreundlich. „Miss Rachel will Sie empfangen. Aber gehen Sie leise, Sir Brian darf nicht gestört werden."

Blake sah sich um, ob das Pferd auch sicher angebunden war, dann folgte er seinem Führer in die geräumige Halle. Es war in dem Raum so kalt wie in einem Keller. Offenbar hatte seit vielen Jahren in dem großen Kamin kein Feuer mehr gebrannt. Auch das Zimmer, in das ihn der alte Mann führte, war nicht geheizt. Die Möbel waren aus dunklem Eichenholz, die Stühle gepolstert und mit schwerem Leder überzogen. Es schien lange nicht gelüftet worden zu sein, denn es herrschte eine dumpfe Atmosphäre. Ein paar alte Gemälde hingen an den Wänden, die Damen und Herren aus der Zeit der Königin Elisabeth I. zeigten. Alte Silberleuchter standen auf einem schweren Büfett, aber sie waren blind und schwarz. Auf Vorhängen und Gardinen, Tischen und Stühlen lag dicker Staub. Der Raum glich fast einem Gewölbe. Durch die bleiverglasten Butzenscheiben der Fenster konnte man auf das graue Meer hinaussehen, wo über brandenden Wogen die Möwen kreisten.

Blake wandte sich um, als er leichte Schritte hörte. Eine junge Dame stand in der Türöffnung. Blake sah sie mit großem Interesse an und dachte an das Bild, das Dick Malvery von ihr entworfen hatte, als sie einmal an einem einsamen Lagerfeuer saßen. Aber er erinnerte sich auch sofort daran, daß fünf Jahre verflossen waren, seit ihr Bruder sie zuletzt gesehen hatte. Rachel mußte jetzt drei- oder vierundzwanzig Jahre alt sein. Sie war schlank und schön, hatte ausdrucksvolle Züge, dunkles Haar und dunkle Augen. Sie sah Richard sehr ähnlich, aber in ihrem Blick lagen Kummer und Sorgen.

„Sie fragen nach meinem Bruder Richard?" begann sie sofort, nachdem sie den Fremden durch ein flüchtiges Kopfnicken begrüßt hatte. „Kennen Sie ihn denn?"

Blake sah über ihre Schulter auf den alten Jakob, der zögernd stehen geblieben war. Rachel Malvery drehte sich ungeduldig um.

„Jakob, gehen Sie hinaus, und machen Sie die Tür zu", befahl sie.

Als Elphick verschwunden war, wandte sie sich Blake zu.

„Er ist alt und außerdem argwöhnisch, weil Sie den Namen meines Bruders erwähnt haben."

„Wissen Sie denn wirklich nichts von ihm?"

„Nein, wir haben nichts von ihm gehört, seitdem er vor fast sechs Jahren von hier fortging. Glaubten Sie, daß er hier wäre?"

Blake nahm seine Brieftasche heraus und blätterte in den Papieren.

„Das nahm ich bestimmt an. Ich will Ihnen auch erklären, warum. Dick war zwei Jahre mit mir zusammen, bis zum letzten Januar. Mit der Zeit wurden wir sehr gute Freunde, und er erzählte mir viel von seiner Heimat. Ich überredete ihn schließlich, nach Hause zurückzukehren, und er verließ mich Anfang Februar in Kanada, um die Reise nach Brychester anzutreten. Ich weiß bestimmt, daß er sich am 27. Februar dieses Jahres in dieser Stadt aufgehalten hat, und ich erwartete natürlich, daß er auch hierherkommen würde."

Rachel Malvery zeigte auf einen Stuhl und nahm selbst Platz. Sie beobachtete Blake scharf, aber sie sah noch besorgter aus als vorher.

„Woher wissen Sie denn, daß Richard am 27. Februar in Brychester war?"

15

„Bitte, sehen Sie her. Dieses Telegramm hat er mir geschickt. Es ist am 27. Februar um sechs Uhr abends in Brychester aufgegeben. Lesen Sie selbst: ‚Blake, ›Lone Pine‹, Alberta, Kanada. Bin gut in der Heimat angekommen. Dick'. Also muß er doch tatsächlich in Brychester gewesen sein."

Rachels Gesicht war bleich geworden, und ihre Hand, die das Telegramm hielt, zitterte.

„Sie haben recht, es kann nicht anders sein", sagte sie schnell, „aber -"

„Hier sind noch mehr Beweise", fiel ihr Blake ins Wort.

„Bitte, betrachten Sie diese beiden Ansichtskarten. Auf der einen ist die Kathedrale von Brychester und auf der anderen das Marktkreuz abgebildet. Beide sind in Brychester abgestempelt, und zwar ebenfalls am 27. Februar. Er hat sie eigenhändig geschrieben, daran ist nicht zu zweifeln. Auf der einen steht: ‚Hier ist alles noch unverändert', und auf der anderen: ‚Ich bin eben im Begriff, nach ›Malvery Hold‹ zu gehen'."

Rachels Hand zitterte noch mehr, als sie die beiden Karten nahm und auf die Handschrift starrte. Plötzlich sah sie Blake angstvoll an.

„Warum ist er dann nicht nach Hause gekommen?" fragte sie aufgeregt. „Er war doch in Brychester!"

Blake war selbst ratlos. Das Geheimnis, das ‚Malvery Hold' umgab, verdichtete sich immer mehr.

„Es ist sonderbar, daß ihn niemand erkannt hat. Er trug allerdings einen Bart, aber er hat doch sicher einige seiner Freunde in Brychester aufgesucht."

Rachel Malvery lachte bitter auf, und Blake sah sie betroffen an.

„Freunde! Ich glaube nicht, daß Richard einen einzigen Freund in Brychester hatte." Plötzlich hielt sie inne und warf

16

ihm einen prüfenden Blick zu. „Wieviel hat er Ihnen von seiner Vergangenheit erzählt?"

„Ich weiß, daß es ihm hier zuletzt nicht gut ging", gab Blake zu. „Er hat mir viel davon erzählt. Der Boden wurde ihm hier schließlich zu heiß, und er mußte fortgehen, weil er zu viele Schulden gemacht hatte. Aber er hat ja nun Geld mitgebracht, um all diese Schulden zu bezahlen. Und er hat es auf ehrliche Weise verdient. Ich möchte nur wissen ..."

„Was möchten Sie wissen?"

„Hoffentlich ist nicht irgendetwas passiert. Es war allerdings nicht seine Gewohnheit, Geld mit sich herumzutragen, aber er war im Besitz von zweitausend Pfund, als er sich von mir verabschiedete."

Rachels steigende Angst drückte sich in ihrem blassen Gesicht aus, aber ihre Stimme klang fest, als sie sprach.

„Ich freue mich, daß er seine alten Schulden bezahlen wollte. Die Leute haben so viel über ihn geredet und so viel Schlechtes von ihm gesagt, und mein Vater konnte nichts dagegen machen. Sie sehen ja, wie die Dinge hier bei uns stehen. Wir sind arm, wirklich arm. Deshalb ist das eine Freudenbotschaft für mich. Ist er auf Ihre Veranlassung hin nach Hause zurückgekehrt?"

„Ja. Wir waren zwei Jahre lang Partner, und ich wußte, daß er Geld gespart hatte. Ich riet ihm also, nach Hause zu gehen und all diese unangenehmen Dinge aus der Welt zu schaffen. Ich sagte ihm, daß der Erbe eines englischen Baronstitels nicht dauernd in der Wildnis leben könnte. Was mag aus ihm geworden sein, Miss Malvery? In Brychester war er Ende Februar, aber wohin ist er dann gegangen? Eins steht jedenfalls fest. Ich werde ihn finden - lebendig oder tot."

„Sie glauben doch nicht, daß er tot ist?" rief sie.

„Wir wollen es nicht hoffen. Ich werde uns bald Gewißheit verschaffen. Auch ich bin erst vor ein paar Tagen nach England zurückgekommen. Vor kurzer Zeit habe ich ein großes Vermögen geerbt. In London hatte ich viel mit meinen Rechtsanwälten zu besprechen, aber dann kam ich hierher, so schnell ich konnte, um Richard zu besuchen. In Brychester wird man doch bestimmt seine Spur auffinden können."

„Was wollen Sie beginnen? Wir müssen natürlich auch etwas unternehmen, das heißt, ich muß es tun. Mein Vater ist ja vollständig gelähmt."

„Überlassen Sie im Augenblick alles mir. Meine Anwesenheit in London ist zunächst nicht mehr notwendig. Ich bleibe gleich in Brychester und stelle Nachforschungen an. Auf jeden Fall wissen wir, daß Richard zur Post ging, und außerdem muß er doch diese Ansichtskarten in einem Laden gekauft haben. Sicher hat er auch sein Geld irgendwo deponiert. Ich werde mich sofort daranmachen, durch Nachfragen diesen Punkt zu klären. Können Sie mir einen guten Rechtsanwalt in der Stadt empfehlen, bei dem ich mir Rat holen kann?"

„Ich kann Ihnen nur meinen Vetter, Mr. Boyce Malvery, nennen. Er ist Rechtsanwalt und Notar in Brychester. Sein Haus liegt dicht neben der Kathedrale."

„Ich habe seinen Namen schon gehört. Nun gut. Aber ich werde auch versuchen, die Sache mit Hilfe der Polizei zu klären. Darf ich wiederkommen und Ihnen berichten, wie es vorwärtsgeht?"

„Selbstverständlich! Sie können zu jeder Zeit kommen, die Ihnen beliebt. Sehen Sie selbst ..." Sie winkte ihm plötzlich, ihr zu folgen, führte ihn aus dem Zimmer und ließ ihn durch eine offene Tür in einen anderen Raum schauen. „Das ist mein Vater", sagte sie leise. „Sie sehen, in welch einem traurigen Zustand er sich befindet."

Blake spähte vorsichtig in das angrenzende Zimmer, wo ein alter Mann vor einem hellbrennenden Holzfeuer saß. Er war in Decken gehüllt, und sein Kopf zitterte. Blake wandte sich taktvoll ab und sah Rachel mitfühlend an.

„Ja, ich verstehe. Ich verspreche Ihnen, alles zu tun, was in meinen Kräften steht. Morgen komme ich wieder."

Rachel Malvery begleitete ihn bis zum Haustor und sah ihm nach, als er davonritt. Am Ende des Fahrwegs, der zum Schloß führte, wandte sich Blake noch einmal um und schaute zurück. Er hatte in seinem Leben schon manchen einsamen, halb verfallenen Platz gesehen, aber ‚Malvery Hold' glich mehr einer Ruine als einer menschlichen Wohnstätte.

3

Bevor Blake das Ende der Zufahrtsstraße erreicht hatte, schlüpfte Jakob Elphick plötzlich hinter einem Holunderbusch hervor und streckte die Hand aus, um ihn anzuhalten. In Gesicht und Stimme des Alten drückte sich größte Erregung aus.

„Ich habe einiges von dem gehört, was Sie zu unserer jungen Lady sagten", begann er und gab damit ohne weiteres zu, daß er hinter der Tür gelauscht hatte. „Sehen Sie, ich muß auf alles achten, denn außer mir ist niemand hier, der noch für sie sorgt. Sie ist doch nur ein junges Mädchen, und es sind keine Männer mehr in der Familie. Sie sagten, daß Richard im vergangenen Februar in Brychester war. Stimmt das wirklich?"

Blake blickte den alten Diener prüfend an, bevor er antwortete, und er erkannte, daß Elphick nicht aus bloßer Neugierde fragte.

„Sie können es mir glauben, er war dort."

„Dann hat man ihn umgebracht - ermordet! Ja, das ist der richtige Ausdruck. Man hat ihn ermordet! Schon seit seiner Kindheit liegt ein Fluch auf ihm. Ermordet! Und man könnte sagen, vor der Tür seines Vaterhauses."

Beinahe packte Blake ein unerklärliches Furchtgefühl, als er sich von dem erregten Gesicht des alten Marines abwandte und über die einsame Bucht schaute, die sich vor ihm ausdehnte. Ein dunkles Schicksal schien über dieser Gegend zu lasten. Während seiner kurzen Unterredung mit Rachel hatte sich dieser Eindruck seiner bemächtigt, und Jakob Elphicks düstere Worte vertieften ihn noch.

„Wer hätte ihn denn ermorden sollen?" fragte er nach einem kurzen Schweigen. „Ich weiß wohl, daß ihm hier der Boden unter den Füßen brannte, bevor er fortging, aber ich hatte nie den Eindruck, daß jemand ihn so haßte, daß er einer solchen Tat fähig gewesen wäre."

„Man hat ihn umgebracht", sagte Elphick halblaut zu sich selbst.

„Ich werde die Sache der Polizei anzeigen, und außerdem suche ich Boyce Malvery auf."

Ein sonderbarer Ausdruck trat in das Gesicht des Alten, und ehe Blake sich versah, war Elphick wieder im Gebüsch verschwunden und antwortete auf seinen Ruf nicht mehr.

Sonderbar! dachte Blake. Haben ihn meine Worte so erschreckt? Hier ist alles so seltsam und unwirklich, und je eher ich die Polizei benachrichtige, desto besser wird es sein. Hier müssen energische Maßnahmen getroffen werden.

Als er nach Brychester zurückkam, hatte er noch eine Stunde Zeit bis zum Abendessen. Er fragte deshalb sofort nach der Polizeistation. Sie war nicht weit entfernt, und bald darauf saß er dem Polizeidirektor, Captain a. D. Atherton, in dessen Büro gegenüber. Er legte ihm den ganzen Sachverhalt dar und erzählte auch von seinem Besuch in ‚Malvery Hold'.

„Das ist ein sonderbarer Fall", erwiderte Atherton, als er alles gehört hatte. „Und Sie sagen, daß er Geld besaß?"

„Er hatte ungefähr zweitausend Pfund, als er aus Kanada abreiste. Aber natürlich hat er die nicht in der Tasche mit sich herumgetragen; sie lagen auf der ‚Canadian Bank of Commerce'."

„Die hat in London eine Niederlassung. Da kann man leicht feststellen, ob er eine größere Summe bei sich hatte, als er nach Brychester kam, wenn er wirklich hier gewesen ist."

„Wie hätte er sonst das Telegramm und die Postkarten schicken können?"

21

„Könnte das nicht ein anderer getan haben, der bestimmte Gründe dafür hatte?"

„Aber auf den Karten sehen Sie doch seine eigene Handschrift! Er war unbedingt hier!"

„Es sieht allerdings so aus. Aber nun komme ich auf etwas anderes. Mr. Richard Malvery war doch so gut bekannt in Brychester, daß er nicht hierhergekommen sein kann, ohne gesehen zu werden. Er mußte doch zum Beispiel zur Post gehen, um das Telegramm aufzugeben. Die Postkarten mußte er in einem Laden kaufen, und bei seiner Ankunft mußte er sich auf dem Bahnhof zeigen. Alle Post- und Eisenbahnbeamten und alle Geschäftsleute hätten Richard Malvery selbst nach einer langjährigen Abwesenheit sofort wiedererkannt. Und wenn ihn einer gesehen hätte, wäre die Nachricht von seiner Rückkehr in einer Viertelstunde im ganzen Ort verbreitet gewesen!"

„Er hatte sich aber einen Vollbart stehen lassen und sah nicht mehr jung, sondern gereift und männlich aus. Wenn man fünf Jahre in den wilden Gegenden Kanadas zubringt, verändert man sich schon ein wenig. Und er führte ein rauhes Leben, bevor er Teilhaber auf meiner Farm wurde."

„Nun, das mag zutreffen. Morgen früh telegrafiere ich sofort an die Niederlassung der ,Canadian Bank of Commerce' in London, und hier forsche ich nach, ob einer der Beamten oder sonst jemand Dick Malvery gesehen hat. Aber ..."

Er zuckte die Schultern und machte eine vage Handbewegung.

„... Aber wenn das alles geschehen ist", nahm Blake den unausgesprochenen Gedanken auf, „dann sind wir wahrscheinlich nicht viel klüger. Wir wissen dann immer noch nicht, wo er ist. Aus dieser einen Postkarte ist jedenfalls deutlich zu ersehen, daß er die Absicht hatte, nach Hause zu gehen. Aber dort ist er nicht angekommen. Vielleicht ist es das beste, wenn ich eine Belohnung aussetze. Dann bekommen wir sicher irgendwelche Nachrichten über ihn. Selbst wenn man nicht wußte, wer er war, muß man doch den vermeintlichen Fremden gesehen haben. Was meinen Sie dazu? Wäre es nicht gut, morgen früh eine Bekanntmachung in der Stadt anschlagen zu lassen und darin die Belohnung zu versprechen?"

„Das kostet aber Geld", meinte Atherton zögernd. „Und wenn tatsächlich ein Verbrechen vorliegen sollte, erreicht man nur etwas, wenn man eine größere Summe aussetzt. Sonst kommt nichts heraus."

„Ich werde nichts unversucht lassen, Dick Malvery zu finden", erwiderte Blake fest entschlossen. „Ich bin reich; ich habe vor kurzer Zeit ein großes Vermögen geerbt. Es kommt mir auf Geld nicht an." Er nahm seine Brieftasche heraus. „Hier sind hundert Pfund, das wird fürs erste genug sein. Lassen Sie den Anschlag drucken."

„Das ist ein praktischer Vorschlag." Atherton verschloß die Banknoten in einer Schublade. „Zunächst schreibe ich Ihnen eine Quittung aus, und morgen früh können Sie den Anschlag schon überall lesen. Aber seien Sie nicht enttäuscht, wenn wir damit keinen Erfolg haben. Wenn Jakob Elphick mit seiner Vermutung recht haben sollte, dann ist das Verbrechen sicher in größter Heimlichkeit ausgeführt worden."

„Wer könnte denn als Täter in Frage kommen? Hatte er überhaupt solche Todfeinde?"

Der Polizeidirektor lehnte sich in seinen Stuhl zurück.

„Ich kann gerade nicht sagen, daß er Feinde hatte", entgegnete er nachdenklich. „Aber er hat hier ein ziemlich wildes Leben geführt. Er war auch in Liebeshändel verwickelt, und als er damals verschwand, ging allgemein das Gerücht, daß es ihm schlecht ergangen wäre, wenn ein gewisser Judah Clent ihn gefaßt hätte. Dieser Judah Clent ist ein Seemann, und seine Schwester Gillian ist von Richard Malvery schlecht behandelt worden. Judah war auf See, als Richard fortging, sonst hätte es damals schon einen Zusammenstoß gegeben. Vielleicht ..."

Atherton beendete den Satz nicht und sah seinen Besucher vielsagend an.

„Sie denken, daß die beiden in der Nacht nach Richards Rückkehr aneinandergeraten sein könnten?"

„Ganz recht. Ich muß feststellen, wo Judah Clent damals war. Diese Clents sind ganz merkwürdige Leute. Niemand weiß, was man von der Mutter, dem Sohn oder der Tochter halten soll."

„Wohnen sie in Brychester?"

„Nein, sie hausen an der großen Bucht, an der man kurz vor ‚Malvery Hold' vorbeikommt. Ich werde mich unter der Hand erkundigen. Aber es könnte ja auch eine andere Lösung geben. Vielleicht war Richard Malvery so unvorsichtig, eine große Summe mitzunehmen und sie achtlos zu zeigen. Es könnte ihm jemand nachgeschlichen sein, um sich das Geld anzueignen. Die Gegend zwischen Brychester und ‚Malvery Hold' ist einsam, und die Februarnächte sind dunkel. Auf jeden Fall müssen wir auch diese Möglichkeit im Auge behalten."

„Gewiß. Wir werden noch an vieles denken müssen. Wenn Sie sich mit mir in Verbindung setzen wollen oder mich brauchen - ich bin im ‚Kardinalshut' abgestiegen, und ich will so lange dort bleiben, bis wir die Sache aufgeklärt haben."

Blake verabschiedete sich. Atherton blieb noch eine Weile nachdenklich sitzen, dann erhob er sich und verließ sein Büro, um Mr. Boyce Malvery aufzusuchen.

4

Polizeidirektor Hugh Atherton ging auf eines der alten Häuser zu, die in der Nähe der Kathedrale lagen. Es war von einer hohen Mauer umfriedet und von einem Garten umgeben. Der ganze Platz hatte etwas feierlich Ernstes, und der Lärm des Alltags schien nicht bis hierherzudringen. Unter dem Schutz dieser altersgrauen Mauern fühlte man sich sicher und geborgen. Unbewußt nahmen auch die Bewohner dieser Häuser etwas von dem Charakter ihrer Umgebung an und zeichneten sich durch Ernst und Würde in Sprache und Haltung aus. Bei den anderen Bürgern der Stadt galten die Leute, die hier wohnten, als eine Art Aristokraten. Ruhig und still war es auch in dem altmodischen Wohnzimmer, in dem Mr. Boyce Malvery mit seiner Mutter und deren Gesellschafterin, Miss Hester Prynne, saß. Mrs. Malvery strickte, Miss Prynne hatte auch eine Handarbeit im Schoß, und Mr. Boyce Malvery las die ‚Times‘. Gelegentlich sah er zu den beiden Damen hinüber und las ihnen Abschnitte aus der Zeitung vor, die sie interessierten.

Atherton verkehrte in dieser Familie. Als er eintrat, hatte er, wie schon so oft, den Eindruck, daß die Leute in diesem Raum ausgezeichnet zu der alten Einrichtung paßten. Mrs. Malvery war eine große, aufrechte Frau, die sich trotz ihrer Jahre sehr gut gehalten hatte. Sie hatte einen energischen Blick, und ihr schwarzes Haar zeigte nur wenige graue Fäden. Miss Prynne war ein hübsches junges Mädchen, sah aber etwas scheu und furchtsam aus. Sie hatte ein stilles und zurückhaltendes Wesen. Boyce Malvery trug einen schwarzen Anzug, der eher der Mode der zwanziger Jahre als der heutigen entsprach. Er war etwa vierzig Jahre alt, hatte schon seit langem einen kahlen Kopf und hielt sich nicht ganz gerade. Eine ungesunde graue Gesichtsfarbe ließ seine vertrockneten Züge noch älter erscheinen. Er war ein ruhiger, reservierter und kluger Mann. Niemand wußte das besser als Atherton.

Der Beamte fühlte sich hier zu Hause und begrüßte die Anwesenden in familiärer Weise. Dann nahm er auf dem Stuhl Platz, den ihm Mrs. Malvery anbot.

„Sie kommen gerade recht zu einer Partie Whist, Captain Atherton", sagte sie. „Ich war schon in Sorge, ob Sie überhaupt erscheinen würden."

Der Polizeidirektor lächelte und sah Boyce Malvery an.

„Ich weiß nicht, ob das heute abend gehen wird, denn ich komme eigentlich in amtlicher Eigenschaft. Die Sache ist nicht besonders eilig und auch nicht geheim, denn morgen früh werden es alle Leute in der Stadt wissen. Aber da es auch Sie angeht, wollte ich es Ihnen doch erzählen. Ich habe Nachrichten über Ihren Vetter erhalten, Boyce."

Mrs. Malvery ließ ihr Strickzeug in den Schoß sinken. Miss Prynne, die den Kartentisch zurechtsetzen wollte, blieb stehen und warf über die Schultern der alten Dame einen Blick auf Mr. Atherton. Hätten die anderen drei sie in diesem Augenblick angesehen, so wäre es ihnen nicht entgangen, daß sie plötzlich blaß geworden war. Aber Mrs. Malvery bemerkte gerade zu ihrem Entsetzen, daß sie eine Masche hatte fallen lassen. Atherton sah den Notar an, aber der las noch schnell seinen Artikel in der ‚Times' zu Ende. Dann schaute er mit gleichgültigem Gesicht auf.

„Sie haben etwas von ihm gehört?" fragte er in seiner langsamen und etwas näselnden Art. „Das ist ja interessant. Von welchem meiner Vettern sprechen Sie denn eigentlich?"

„Das wissen Sie doch genau! Natürlich von Richard!"

Boyce nahm seine Brille ab und legte sie auf die Zeitung. „Neuigkeiten von Richard? Nun, ich bin sehr begierig."

„Es ist eine sonderbare Geschichte, aber wir müssen uns damit beschäftigen, denn sie kann sehr ernst werden. Heute abend kam ein gewisser Mr. Blake in mein Büro, der Richard

26

Malvery hier besuchen wollte. Der junge Blake scheint sehr reich zu sein."

„Natürlich wollte er etwas Dummes mit ihm anstellen, darauf möchte ich wetten", sagte Boyce.

„Da irren Sie sich. Richard war in Kanada zwei Jahre lang der Partner Blakes, und er kam im vergangenen Februar mit zweitausend Pfund hierher zurück, um seine Schulden zu bezahlen."

„Dann ist es nicht so verwunderlich, daß er das Ziel seiner Reise nicht erreicht hat", erwiderte Boyce. „Er wird in London oder Paris steckengeblieben sein und dort das Geld verjubelt haben."

„Nein, das ist nicht richtig. Richard Malvery war am Abend des 27. Februar hier in Brychester."

Boyce Malvery erhob sich plötzlich und ließ seine Zeitung auf den Teppich fallen. Der zynische, spöttische Ausdruck war aus seinen Zügen gewichen, und er sah jetzt den Beamten scharf und forschend an.

„Wissen Sie das wirklich bestimmt?"

„Er war an diesem Tag um sechs Uhr abend', auf der Post, aber seitdem hat man nichts mehr von ihm gehört oder gesehen."

Ein merkwürdiges Schweigen herrschte in dem Raum, so daß plötzlich das Flackern des Kaminfeuers zu hören war. Dann bückte sich Boyce Malvery, hob die Zeitung auf und faltete sie peinlich genau zusammen. Mrs. Malvery wendete sich wieder ihrer Strickerei zu.

Boyce legte die Fingerspitzen zusammen und schaute Atherton prüfend von der Seite an, wie er vor Gericht die Zeugen zu betrachten pflegte.

„Wer ist denn eigentlich dieser Blake?" fragte er dann etwas verbissen.

„Ein eleganter, kluger junger Mensch. Er hat ein großes Vermögen geerbt und ist deshalb nach England gekommen. Jetzt wollte er Richard besuchen; und er ist fest entschlossen, ihn zu finden oder doch wenigstens herauszubringen, was aus ihm geworden ist. Er will jede Summe dafür opfern und hat mir bereits hundert Pfund ausgehändigt. Wer genaue Angaben über Richards Verbleib machen kann, soll sie als Belohnung erhalten. Morgen früh ist die Bekanntmachung in der ganzen Stadt angeschlagen."

Atherton berichtete, was er sonst noch wußte.

„Richard verstand es nie, mit Geld umzugehen", sagte Boyce schließlich. „Wahrscheinlich haben andere Leute sein Geld gesehen, sind ihm nachgegangen, als er die Stadt verließ, und haben ihn dann ermordet."

„Ja, das ist eine ganz einleuchtende Erklärung", meinte der Polizeidirektor. „Es ist auch meine Ansicht, daß er wahrscheinlich ermordet worden ist."

Plötzlich hörte man hinter dem Sessel von Mrs. Malvery einen lauten, polternden Fall. Hester Prynne war bewußtlos über den kleinen Tisch gesunken und hatte ihn mit umgerissen. Atherton sprang erschrocken auf, und auch Mrs. Malvery erhob sich.

„Sie ist ohnmächtig geworden!" sagte sie. „Es ist ihr in der letzten Zeit nicht gut gegangen. Das arme Kind! Boyce, geh mit Captain Atherton fort und schicke das Mädchen her."

Boyce Malvery, den der Vorfall offenbar wenig kümmerte, winkte dem Beamten, ihm zu folgen, führte ihn in das Speisezimmer und beauftragte dann das Mädchen, zu seiner Mutter zu gehen.

„Wenn Richard an jenem Abend in Brychester war und niemand ihn gesehen hat", meinte er dann, „so ist es ziemlich wahrscheinlich, daß er tot ist. Aber wenn das der Fall ist, bin ich der nächste Erbe des Baronstitels. Ich muß

28

also vor allem Klarheit schaffen. Solange Richard lebte, bestand doch immerhin die Möglichkeit, daß er heiratete und Kinder hatte, die nach seinem Tod natürlich den Titel erbten. Ich muß mich also darüber vergewissern, ob er wirklich tot ist, und ob er nicht eine Witwe und Kinder hinterlassen hat."

Atherton wandte sich ab, ging zum Büfett und mixte sich einen steifen Whisky-Soda.

„Ich muß sagen, daß Sie die Sache sehr kalt läßt."

„Schon möglich Als Jurist muß man immer kühlen, klaren Kopf bewahren. Ich bin in keiner Weise sentimental veranlagt, das wissen Sie doch. Und ich sage Ihnen ganz offen, daß ich Richard keine Träne nachweine, denn meiner Meinung nach war er ein fauler, unentschlossener, durchtriebener Mensch. Wissen Sie, warum Hester Prynne gerade jetzt ohnmächtig wurde?"

„Um Himmels willen, Sie glauben doch nicht etwa -"

„Ich glaube, daß sie sich wie viele andere junge Mädchen in der Gegend in diesen Burschen verliebt hatte. Es ist doch immer so auf der Welt, daß die Frauen sich in die größten Lumpen vergaffen."

„Nach Blakes Bericht muß sich Ihr Vetter aber gründlich geändert haben. Jedenfalls war es doch ein gutes Zeichen, daß er hierherkam und seine Schulden bezahlen wollte. Miss Prynne tut mir leid, ich hätte nicht in ihrer Gegenwart darüber sprechen sollen. Ich ahnte allerdings nicht das geringste.

„Machen Sie sich nur keine Sorgen! Die kleine Ohnmacht wird ihr nicht schaden. Haben Sie eigentlich schon an diesen Clent gedacht? Wenn ein Mord vorliegen sollte -"

„Der Gedanke ist mir auch schon gekommen."

„Wenn Judah Clent nicht gerade auf See gewesen wäre, als Richard durchbrannte, hätte er ihn schon damals kaltgemacht. Er hat das nicht nur einmal gesagt, und Judah Clent hält sein Wort. Ein gewisser Verdacht fällt natürlich auf ihn."

„Das habe ich Blake auch schon gesagt. Morgen früh werde ich mich gleich an die Arbeit machen."

Boyce nickte und warf den Rest seiner Zigarette fort.

„Kommen Sie jetzt mit mir zum ‚Kardinalshut'. Ich möchte diesen Blake sofort kennenlernen. Sie müssen mich ihm vorstellen."

5

David Blake las gerade in dem Adreßbuch der Stadt, als die beiden in sein Wohnzimmer geführt wurden. Er sah Boyce Malvery prüfend an, während Atherton ihn vorstellte, und er faßte sofort eine instinktive Abneigung gegen diesen Mann, so daß er die Hand wieder zurückzog, die er ihm hatte reichen wollen. Sein Widerwille wuchs noch, als der Rechtsanwalt zu sprechen begann.

„Captain Atherton hat mir das Wichtigste über das Verschwinden meines Vetters erzählt", begann Boyce. „Und ich möchte Sie nun um Auskunft darüber bitten, ob Richard verheiratet war."

Blake gab zunächst keine Antwort, sondern bot seinen beiden Gästen Plätze an, klingelte dann dem Oberkellner und ließ Zigarren und Getränke bringen. Erst nachdem er sich selbst gesetzt hatte, wandte er sich an Boyce und sah ihm voll ins Gesicht.

„Richard Malvery hat mir niemals etwas davon gesagt, daß er verheiratet war."

Boyce erwiderte den Blick. „Wissen Sie, ob er verheiratet war?"

„Ich habe Ihnen doch eben meine Antwort gegeben, Mr. Malvery", erwiderte Blake ruhig. „Und wenn ich geantwortet habe, bin ich nicht gewöhnt, noch einmal gefragt zu werden."

Boyce, der Blakes Einladung zu einem Whisky-Soda und zu einer Zigarre abgelehnt hatte, erhob sich wieder.

„Das ist alles, was ich wissen wollte. Wie ich Sie verstehe, ist es Ihre Absicht, Nachforschungen nach meinem Vetter anzustellen?"

„Ja. Entweder finde ich Dick Malvery lebendig wieder, oder ich erfahre die Wahrheit über seinen Tod. Ich will meinen letzten Schilling ausgeben, wenn es notwendig ist.

Und ich werde nicht eher ruhen, bis ich den Täter am Galgen sehe, wenn Richard ermordet worden ist."

„Das ist unmöglich", entgegnete Boyce spöttisch, „denn Hinrichtungen finden hier nicht öffentlich statt. Im Übrigen möchte ich nur bemerken, daß Richard Malverys hiesige Freunde ebenso eifrig wie Sie bemüht sein werden, dieses Geheimnis aufzuklären. Gute Nacht, Mr. Blake."

Er wandte sich um und verließ das Zimmer. Blake hatte nur kurz genickt und sah jetzt Atherton an, der noch zögerte zu gehen.

„Kam er nur deshalb her, um diese eine Frage an mich zu stellen?"

Atherton war die Sache unangenehm. „Mr. Boyce Malvery ist manchmal ein wenig schwer zu verstehen. Sie sind hier fremd, Mr. Blake, und Sie wissen noch nicht ...“

„Ach, ich habe ihn nur zu gut verstanden", unterbrach ihn Blake. „Ich wußte sofort, worauf er hinauswollte. Er will nur erfahren, ob noch irgendjemand zwischen ihm und dem Baronstitel steht. Das ist sein einziges Interesse, alles andere ist ihm höchst nebensächlich."

Der Beamte bat ihn noch, am nächsten Morgen wieder in sein Büro zu kommen; dann verabschiedete er sich auch. In der Hotelhalle traf er Boyce Malvery, und die beiden gingen zusammen auf die Straße hinaus.

„Sie haben eben Ihre Frage recht ungeschickt gestellt!" sagte Polizeidirektor Atherton. „Das war etwas auffällig."

„Es ist nicht meine Art, wie die Katze um den heißen Brei herumzugehen. Dieser verdammte Kerl weiß etwas! Sie haben doch gehört, wie er sich um die Beantwortung meiner Frage drückte. Wahrscheinlich hat Richard in Kanada Weib und Kind zurückgelassen, und dieser Mensch ist nur ein Spion, der sich hier in deren Interesse umsieht. Aber ich werde schon bald alles aus ihm herausbringen."

32

„Meiner Meinung nach werden Sie nur herausbringen, daß die Angaben, die er über sich selbst gemacht hat, stimmen", entgegnete Atherton trocken. „Und er meint es ernst mit dem, was er sagt. Der läßt sich durch nichts aufhalten, er geht der Sache auf den Grund."

„Er mischt sich in Dinge, die ihn nichts angehen. Aber wir sind hierzulande auch nicht die Dümmsten. Und wenn Mr. Blake sein Geld ausgeben will und dabei, ohne es zu wissen, mir nützlich ist, so habe ich nichts dagegen."

Blake war ein Frühaufsteher und sah als einer der ersten auf der Straße die noch druckfeuchten Bekanntmachungen, die am nächsten Morgen an Anschlagsäulen und Zäunen klebten. Unter den Arkaden des Rathauses blieb er stehen, um den Text zu lesen.

‚Einhundert Pfund Belohnung!

Mr. Richard Malvery, der vor fünf Jahren von hier auswanderte, kam am Nachmittag des 27. Februar dieses Jahres nach Brychester zurück. Er war ungefähr um sechs Uhr nachmittags auf der Post. Seit dieser Zeit wird er vermißt.

Die oben genannte Belohnung von einhundert Pfund wird derjenigen Person ausgezahlt, die nachweisen kann, daß sie den erwähnten Richard Malvery an dem fraglichen Abend oder später gesehen hat. Ebenfalls können solche Personen Anspruch auf die Belohnung erheben, die zuverlässige und einwandfreie Angaben über seinen Verbleib machen können oder Hinweise geben, die zur Entdeckung seines jetzigen Aufenthaltes führen.

Alle Angaben und Mitteilungen in dieser Angelegenheit sind persönlich zu machen, und zwar an Hugh Atherton, Polizeidirektor.‘

Nach dem Frühstück ging Blake zur Polizeistation, Atherton begrüßte ihn lächelnd.

„Wir haben schon verschiedenes feststellen können", sagte er. „Auf dem Bahnhof haben wir allerdings vergeblich Umfrage gehalten, aber auf dem Postamt haben wir Glück gehabt. Die Beamtin, die das Telegramm annahm, war damals noch ganz neu in der Stadt und legte deshalb dem Namen Malvery keine Bedeutung bei. Aber zufällig war es das erste Telegramm, das sie abfertigte, und daher kann sie sich noch genau auf die Umstände und auch auf die Person des Absenders besinnen. Sie beschreibt ihn als einen großen, schlanken Mann mit dunklem Bart und einem weichen, breitrandigen Filzhut, wie man ihn in England selten sieht."

„Das war zweifellos Dick", erwiderte Blake halblaut. „Das ist auch meine Überzeugung. Er muß tatsächlich hier gewesen sein. Aber nun hören Sie weiter. Ich habe heute morgen an die ‚Canadian Bank of Commerce' in London ein Diensttelegramm gesandt, und vor ein paar Minuten erhielt ich Antwort." Blake nahm das Formular, das ihm Atherton reichte, und las den Inhalt sorgfältig durch.

‚Richard Malvery hob am 27. Februar dieses Jahres ungefähr gegen zwölf Uhr mittags fünfzehnhundert Pfund von seinem hiesigen Konto ab. Der Betrag wurde hauptsächlich in kleinen Noten ausgezahlt. Seit dieser Zeit haben wir nichts von ihm gesehen oder gehört.'

„Diese Nachricht ist sehr wichtig", meinte Atherton, als Blake das Blatt zurücklegte. „Wir wissen jetzt, daß er Geld bei sich hatte. Vielleicht sind die Nummern der Scheine notiert worden und lassen sich auf diese Weise zurückverfolgen. Da es aber hauptsächlich kleine Noten waren, wird das eine lange, schwierige Aufgabe sein, denn in zwei Monaten können sie schon durch viele Hände gegangen sein."

„Die Sache sieht mehr und mehr nach Mord aus. Jemand muß ihm gefolgt sein und ihn beraubt haben. Aber wer konnte wissen, daß er das Geld bei sich trug?"

„Es ist ja möglich, daß der Täter schon vom Bankschalter ab hinter ihm her war."

In diesem Augenblick trat ein Beamter ein.

„Der Fuhrunternehmer Abinett von Malvery möchte Sie wegen der ausgesetzten Belohnung sprechen", meldete er.

„Bringen Sie ihn nur herein!" erwiderte Atherton und wandte sich dann wieder an Blake. „Viel wird der wohl nicht sagen können. Dieser Greggy Abinett ist ein merkwürdiger Kerl. Er unterhält schon seit vielen Jahren ein Fuhrunternehmen zwischen hier und Malvery und hat ein gewaltiges Mundwerk."

Blake sah den Mann, der jetzt eintrat, neugierig an. Abinett war alt, von Wind und Wetter zerzaust und von Kopf bis Fuß in einen dicken blauen Mantel gehüllt. Um den Hals trug er einen Wollschal, und sein weicher Filzhut war mit einem dunkelroten Taschentuch um den Kopf gebunden. Von seinem Gesicht konnte man nicht viel mehr sehen als ein Paar bewegliche blaue Augen, rote Backen und einen vergnügten Mund. Er schwang eine Haselnußgerte in der Hand und berührte damit seine Hutkrempe, als er näher trat.

„Nun, Abinett?" fragte der Beamte freundlich, „was wissen Sie denn von dieser Sache?"

„Morgen, Sir", erwiderte der Fuhrunternehmer und setzte sich auf die Ecke eines Stuhls, den Atherton ihm anbot. Dann starrte er unverwandt auf Blake. „Wer ist denn dieser junge Mann? Ich sage kein Wort, bevor ich nicht weiß, mit wem ich spreche. Das ist einmal sicher!"

„Schon gut", beruhigte ihn Atherton. „Mr. Blake ist ein Freund von Richard Malvery, und er ist es auch, der die Belohnung von hundert Pfund ausgesetzt hat."

Der alte Fuhrunternehmer erhob sich und grüßte Blake nun ebenfalls mit der Haselnußgerte.

„Ihr Diener, Sir. Ich weiß zwar nicht, ob das, was ich Ihnen sagen kann, zum Ziel führt oder nicht. Aber wie ich den Anschlag durchlese, fällt mir etwas ein. Hundert Pfund sind nicht von Pappe, denke ich mir, und ich will ein verdammter Kerl sein, wenn ich nicht zum Polizeidirektor gehe."

„Na also, dann erzählen Sie mal, was Sie wissen."

„Wie ich von dem Februarabend gelesen habe, ist es mir eingefallen. Denn an einem Februarabend hab' ich so einen fremden Kerl getroffen. Aber das kann doch nicht Mr. Dick gewesen sein, sage ich zu mir, den ich schon als kleinen Knirps gekannt habe. Aber vielleicht hat er sich verkleidet, denke ich wieder, also gehst du zur Polizei. Und da bin ich nun."

„Erzählen Sie nur weiter", ermunterte ihn Atherton.

„Ja, es war also gegen Ende des Monats, zehn Minuten nach sechs Uhr, ungefähr hundert Meter südlich von der Eisenbahnkreuzung. Ich fuhr gerade mit meinem Wagen nach Malvery."

„Ist denn jemand mit Ihnen gefahren?"

„Es ist ein Wunder, aber außer mir war niemand auf dem Wagen. Das passiert doch wirklich selten genug, aber damals war es tatsächlich so. Und an der Stelle, wo ich Ihnen eben gesagt habe, dicht an dem Gasthaus ‚Zu den drei Glocken', stand dieser Kerl. Wissen Sie, so ein großer, strammer Mensch mit einem schwarzen Bart und einem weichen Filzhut. Der hebt also den Arm hoch, und ich halte an. ‚Fahren Sie diesen Weg?' fragt er und zeigt nach Süden. Als

36

er den Mund auftut, merke ich gleich, daß er nicht von hier ist. ‚Ja‘, sage ich. ‚Dann will ich ein Stück mit Ihnen fahren‘, meinte er. ‚Steigen Sie nicht ab, ich will hinten auf den Tritt steigen, da kann ich abspringen, wann ich will.‘ Und dann kletterte er hinten auf, und ich fahr‘ los. Ich sitze also vorn, er hinten. Aber gesprochen hab‘ ich nicht mit ihm. Und so geht es immer weiter im Dunkeln, bis wir an den Marshwyke-Kreuzweg kommen. Da schreit er ‚Hallo‘, springt ab, kommt zu mir ‘rum, gibt mir einen Schilling und geht dann geradeswegs auf die Straße nach Marshwyke Mill. Und wenn das nicht Mr. Dick war -“

„Haben Sie genau gesehen, wohin der Mann ging?“ fragte Atherton.

„Nur, daß er sich auf den Weg nach Marshwyke machte. Es war so dunkel, daß man den Schwanz von einem Hund nicht sehen konnte. Ich hab‘ mir damals gedacht, daß er vielleicht ein Seemann ist, der auf seinem Weg nach Shilhampton im ‚Gelichteten Anker‘ noch einen heben will. Aber später habe ich nicht mehr an die Geschichte gedacht, bis ich den Anschlag sah. Wie ist denn das nun mit den hundert Pfund?“

„Na, zum mindesten haben Sie eine Anwartschaft auf die Belohnung. Soweit ich die Sache beurteilen kann, war der Mann, der mit Ihnen fuhr, tatsächlich Richard Malvery. Wenn Sie aber die hundert Pfund bekommen wollen, so müssen Sie vorläufig Ihren Mund halten. Sagen Sie zu keinem Menschen etwas, nicht einmal zu Ihrer Frau. Und trinken Sie auch keinen über den Durst, damit Sie nicht alles ausplappern.“ Der Fuhrunternehmer ging fort, und Atherton wandte sich an Blake.

„Wir können mit Bestimmtheit annehmen, daß das Richard Malvery war. Nun müssen wir vor allem herausbekommen, wohin er von da aus ging. Kommen Sie nach dem Mittagessen wieder, dann wollen wir in meinem Wagen nach Marshwyke hinausfahren.“

6

Am selben Nachmittag um drei Uhr verließen Blake und Atherton das Auto am Marshwyke-Kreuzweg.

„Nun sind wir angelangt", sagte der Beamte. „An dieser Straßenkreuzung hat Abinett den Fremden am 27. Februar abgesetzt. Drüben, jenseits der Bucht, liegt ‚Malvery Hold'. Der Turm dort hinten gehört zu der alten Kirche von Malvery. Dort hinter den Gärten sehen Sie das Dorf. Aber im Augenblick interessiert uns nur die Ortschaft zur Linken - Marshwyke."

Zunächst gingen sie eine kurze Strecke nach Osten, dann kletterte Atherton eine steile Anhöhe hinauf und winkte Blake, ihm zu folgen.

„Ich möchte Ihnen einmal die ganze Gegend hier erklären, denn um Licht in diesen merkwürdigen Fall zu bringen, muß man vor allem die Örtlichkeiten genau kennen. Wir sind hier in der Nähe der großen Bucht, die zwischen uns und Malvery liegt. Sie ist nicht ganz einen Kilometer breit; früher war sie viel breiter. Sehen Sie den Streifen Marschland an diesem Ufer? Und drüben auf der Seite von Malvery ist er noch breiter als hier. Vor fünfundzwanzig Jahren dehnte sich die Bucht fast über zwei Kilometer aus, durch Errichtung der großen Barre wurde sie aber so weit eingeengt, wie Sie es jetzt in der Ferne sehen können. Die beiden Streifen Marschland wurden damals trockengelegt. Ich weiß allerdings nicht, ob sich die große Arbeit gelohnt hat, denn auf dem neugewonnenen Land können sich höchstens ein paar Gänse oder einige Ziegen ernähren."

Blake schaute interessiert umher, obwohl er die Gegend aus den Beschreibungen seines Freundes schon ziemlich gut kannte. Atherton wandte sich jetzt nach Osten und erklärte weiter. „Sehen Sie die Häuser dort? Das ist Marshwyke. Das große Gebäude ist die Mühle. Das war früher einmal ein betriebsamer Platz. Sie sehen es noch an der ausgedehnten Anlage. Als die Mühle noch in Gang war, herrschte hier

38

lebhafter Schiffsverkehr. Aber jetzt ist alles in Verfall, und die Maschinen rosten und verderben. Die Hälfte der Häuser in Marshwyke steht leer, und die paar Leute, die dort noch wohnen, verdienen ihren Lebensunterhalt durch Fisch-, Krabben- und Austernfang. Es sind merkwürdige Leute, und es ist ein merkwürdiger Ort. Aber bevor wir dorthin gehen, möchte ich Ihnen noch zwei andere interessante Punkte zeigen." Er führte Blake zu einem Vorsprung und deutete auf eine einsame Hütte, die am äußersten Ende der Bucht zwischen Marshwyke und der langen braunen Barre lag.

„Sehen Sie drüben dieses seltsame Gebäude? Es ist teils aus den Trümmern eines Schiffes, teils aus Steinmauern mit Tonmörtel errichtet. Dort wohnen die Clents. Ich habe Ihnen bereits von der Familie erzählt. Judah, der Sohn, fährt zeitweise zur See, und dann wieder führt er ein rätselhaftes Leben hier an der Küste. Ich möchte gern wissen, was er treibt, wenn er an Land ist. Die alte Clent könnte ein wunderbares Modell für einen Maler abgeben. Und die Tochter war und ist noch immer eine große Schönheit, das heißt für Leute, die eine gewisse teuflische Schönheit lieben. Man hat hier viel darüber geredet, daß Dick Malvery sie hat sitzenlassen. Hat er niemals über Gillian Clent gesprochen?"

„Nein. Er hat mir von allerhand Leuten in dieser Gegend erzählt, aber die Clents hat er nie erwähnt."

„Aha! Dann wird das Gerücht schon wahr sein. Aber nun will ich Ihnen noch den anderen wichtigen Punkt zeigen. Zwischen dem Dorf und der Clentschen Wohnung ist ein großer schwarzer Pfahl eingerammt; er ragt aus dem Sand hervor. Können Sie auch die kleineren Pfähle sehen, die quer durch die Bucht hindurchlaufen, von dieser Seite bis nach Malvery hin?"

„Ja, das kann ich alles sehen."

„Sie bezeichnen einen Weg durch die Bucht bei Ebbe. Die Leute müssen dann den Pfählen entlanggehen, denn der Boden der Bucht ist gefährlich. Es gibt hier sehr viel

39

Triebsand. Bitte betrachten Sie diesen Weg ganz genau. Nach den Worten des Fuhrunternehmers ist anzunehmen, daß Dick Malvery nach Marshwyke ging. Und der Weg quer durch die Bucht ist der kürzeste von Marshwyke nach ‚Malvery Hold'. Der Gedanke ist mir allerdings gerade erst gekommen - aber Richard Malvery könnte in den gefährlichen Triebsand geraten und verschwunden sein."

Blake fuhr zusammen. „Das ist eine sehr glaubwürdige Theorie!" rief er. „Kann man die Pfähle absuchen lassen?"

„Nein, das ist so gut wie ausgeschlossen. Die Leute hier glauben, daß diese Stellen grundlos sind. Seitdem ich in Brychester bin, verschwand ein Wagen mit Pferd darin - spurlos! Nun wollen wir aber einmal zum ‚Gelichteten Anker' gehen und mit Nick Briscoe sprechen."

Blake mußte zugeben, daß er selten einen öderen und verlasseneren Ort als Marshwyke gesehen hatte. Die Mühle und die umliegenden Häuser sahen aus, als wären sie mit Schrapnells bombardiert worden. Durch die eingeschlagenen, zertrümmerten Fenster und die zerbrochenen Türen konnte man Massen zusammengebrochenen Mauerwerks und heruntergefallener Sparren auf den Böden erkennen. Die Straße war hoch mit Binsen und Gras bewachsen. Auch die bewohnten Häuser sahen traurig und ärmlich aus, und die Frauen und Kinder, die in den Türen standen und die Fremden anstarrten, hätten eher in eine Hottentottensiedlung als in ein englisches Dorf gepaßt. Das einzige anständige Gebäude war der Gasthof, der aus dem achtzehnten Jahrhundert stammte.

„Was die Leute mühsam verdienen, wandert hier durch die Gurgel", sagte Atherton mit einem grimmigen Lachen. „Nun achten Sie einmal auf Mr. Briscoe. Dieser Wirt gehört zu den Leuten, die dichthalten, wenn sie etwas wissen, und es sich sehr überlegen, wem sie ihre Kenntnis mitteilen."

Die Gaststube im ‚Gelichteten Anker' war leer, als Atherton und Blake eintraten, aber gleich darauf erschien der korpulente Wirt, ein Mann in mittleren Jahren von dunkler Hautfarbe. Er war nicht im Mindesten erstaunt, den Polizeidirektor hier zu sehen, und winkte den beiden zu, in das Zimmer zu treten, das er eben verlassen hatte.

„Kommen Sie herein, meine Herren, hier bei mir ist es wärmer und gemütlicher. Ich hatte schon eine Ahnung, daß ich Sie heute sehen würde, Captain", wandte er sich an den Beamten. „Ich habe den Aufruf gerade gelesen. Der Polizist hat einen im Gasthaus zurückgelassen."

Bei diesen Worten zeigte er auf die Bekanntmachung, die auf dem Tisch lag.

„Warum meinten Sie denn, daß ich kommen würde, Briscoe?" fragte Atherton.

„Nun, ganz einfach. Wenn Dick Malvery an dem Abend in Brychester war, dann ging er doch sicherlich auch nach Hause. Und in den alten Zeiten ist Dick niemals nach Hause gegangen, ohne im ‚Gelichteten Anker' einzukehren!"

„Können Sie sich nicht erinnern, daß Sie ihn Ende Februar in der Gegend hier gesehen haben?"

„Nein", versicherte Briscoe nachdrücklich, „bestimmt nicht. Ich wäre sehr erfreut gewesen, wenn er aufgetaucht wäre, denn er schuldet mir noch nahezu dreißig Pfund!"

„Haben Sie nicht Ende Februar einen großen, schlanken Mann mit dunklem Bart gesehen, den Sie für einen Fremden hielten?" fragte Atherton weiter.

Briscoe, der eine gute Flasche Whisky aus seinem Privatschrank geholt hatte und eben seine besten Gläser putzte, hielt plötzlich in seiner Beschäftigung inne und setzte sich auf den nächsten Stuhl.

„Großer Gott!" rief er. „Das ist doch nicht etwa Dick Malvery gewesen? Ich sah ihn für einen Amerikaner an."

„Erzählen Sie uns doch, was Sie von dem Mann wissen", bat der Beamte. „Sie können ruhig vor Mr. Blake sprechen. Er ist ein Freund Dick Malverys und war in Kanada sein Teilhaber. Mr. Blake hat auch diese Belohnung ausgesetzt, Briscoe. Meiner Meinung nach besteht kein Zweifel, daß Richard Malvery am 27. Februar abends in Brychester war. Abinett fuhr ihn später bis zum Kreuzweg von Marshwyke. Der Fuhrunternehmer hat ihn aber auch nicht erkannt. Und dann muß er hier ins Dorf gegangen sein. Er ist also in Ihr Gasthaus gekommen?"

„Ja, der Mann, den Sie vorher beschrieben haben, war hier", erwiderte der erstaunte Wirt. „Ich kann mich ziemlich genau besinnen: Es war Ende Februar oder Anfang März. Die Nacht war dunkel, und ich hatte nur eine Lampe in der Gaststube brennen, deshalb konnte ich ihn nicht so genau sehen. Aber trotz allem kann ich mich noch sehr genau auf ihn besinnen. Er ließ sich ein Glas Whisky geben und saß kurze Zeit in der hinteren Ecke. Deshalb habe ich ihn auch nicht 'recht beobachten können. Er sagte nicht viel, und ich hielt ihn für einen Amerikaner, der nach Shilhampton wollte, da er nach dem Weg dorthin fragte."

„So? Wollte er nach Shilhampton gehen?" fragte Atherton.

„Ganz klar war das eigentlich nicht", entgegnete Briscoe. „Er sagte nur in fragendem Ton: ‚Das ist doch die Straße nach Shilhampton?' Ich bejahte es, und als er sich ein paar Minuten später verabschiedete, ging er auch in dieser Richtung fort."

„War zu der Zeit noch jemand in der Gaststube?"

„Ja, noch zwei andere Leute. Der alte Peter Flint und Zekel Harneß. Die werden sich sicher auch noch auf ihn besinnen."

„Die ausgesetzte Belohnung wird ihr Gedächtnis schon in Bewegung setzten", meinte Atherton. „Er ging also in

Richtung nach Osten fort, mit anderen Worten", sagte er etwas leiser, „er ging auf das Clentsche Haus zu."

Der Wirt sah ihn mit einem verständnisvollen Blick an, und auch er dämpfte seine Stimme.

„Ja, ja, ich weiß schon, was Sie meinen."

„Sie wissen, womit Judah Clent damals drohte?"

„Ich weiß es ganz genau, denn er stieß auch in der Gaststube seine Drohungen aus, und ich mußte ihn mehr als einmal verwarnen. Er war damals sehr wütend auf Richard Malvery."

„Ein Mann von seinem Charakter trägt lange nach. Wissen Sie nun vielleicht zufällig, Briscoe, ob Judah Clent Ende Februar zu Hause war?"

„Das kann ich im Augenblick nicht sagen, aber ich werde es bald erfahren. Jetzt ist er jedenfalls da, und heute abend kommt er sicher hierher. Und dann wird er wahrscheinlich auch den Mund auf reißen wegen der Bekanntmachung."

„Also seien Sie klug. Wenn Sie etwas hören, dann lassen Sie es mich wissen, Briscoe. Und noch eins, aber im Vertrauen: Wir haben guten Grund zu der Annahme, daß Dick Malvery fünfzehnhundert Pfund in der Tasche hatte, als er an jenem Abend aus Brychester wegging."

Der Wirt zog die Augenbrauen hoch und schüttelte langsam den Kopf.

„Da muß doch irgendetwas nicht stimmen! Am Ende hat ihn noch einer erschlagen!"

„Ja, es ist möglich, Briscoe, daß Sie einer der letzten waren, die ihn gesehen haben", pflichtete Atherton bei.

„Das heißt", mischte sich Blake plötzlich ins Gespräch, „wenn er wirklich tot ist."

43

7

„Sie zweifeln also daran?" fragte der Wirt.

„Wir stehen erst am Anfang unserer Nachforschungen. Sie sagten doch eben, daß der große Mann mit dem schwarzen Bart und dem weichen Hut nach dem Weg nach Shilhampton fragte. Was ist denn Shilhampton für ein Ort?"

„Es ist ein Küstenstädtchen", erklärte Atherton, „etwas mehr als fünf Kilometer von hier entfernt. Es hat auch einen kleinen Hafen. Aber ich verstehe nicht recht, daß jemand von Brychester über Marshwyke nach Shilhampton geht. Briscoe, Sie halten das doch auch für sonderbar? Shilhampton erreicht man von Brychester aus am bequemsten mit der Bahn. Ein vernünftiger Mensch macht jedenfalls zu Fuß nicht erst einen langen Umweg nach Süden und Osten, wenn er auf nächstem Weg mit dem Zug ans Ziel kommen kann."

Blake überlegte einen Augenblick.

„Er könnte doch am Kreuzweg von Marshwyke seinen Plan, direkt nach Hause zu gehen, geändert und sich stattdessen entschlossen haben „den Weg nach Shilhampton einzuschlagen", sagte er dann. „Der Kreuzweg von Marshwyke ist über zehn Kilometer von Brychester entfernt, und Sie erwähnten doch eben, daß Shilhampton nur fünf Kilometer weit von hier liegt. Wenn er also plötzlich seine Absicht änderte und nach Shilhampton gehen wollte, wäre es doch viel einfacher gewesen, die fünf Kilometer zu Fuß zurückzulegen, als über zehn Kilometer nach Brychester zurückzuwandern und dort einen Zug zu benutzen."

„Sie haben vollkommen recht", sagte Atherton, „aber dann nehmen Sie an, daß er bereits auf dem Weg nach Shilhampton war, als er hier in das Gasthaus kam."

„Ich habe nur gesagt, was mir als das Wahrscheinlichste vorkommt. Ich glaube nicht, daß er nur hierhergekommen ist, um ein Glas Whisky zu trinken, und ich glaube auch nicht, daß er die Straße nach Shilhampton entlanggegangen wäre, ohne daß dieser Ort sein Ziel war. Am besten forschen wir dort einmal selbst nach."

„Bevor wir das tun, müssen wir aber noch an vielen anderen Stellen Erkundigungen einziehen", erwiderte Atherton und erhob sich. „Also, Briscoe, halten Sie Augen und Ohren offen!"

Blake und der Polizeidirektor verließen das Gasthaus.

„Ich habe Ihnen übrigens noch nichts von einem Vorfall erzählt, der sich gestern abend in der Wohnung von Mr. Boyce Malvery ereignete", sagte der Beamte plötzlich.

„Steht er in Zusammenhang mit dieser Sache?"

„Das ist immerhin möglich. Die alte Mrs. Malvery hat eine Gesellschafterin, eine gewisse Miss Hester Prynne, die auch weitläufig mit der Familie verwandt ist. Ein junges, hübsches Mädchen - aber ich hatte schon immer den Eindruck, daß sie einen geheimen Kummer mit sich herumträgt. Als ich gestern abend geradeheraus sagte, daß Dick Malvery möglicherweise ermordet worden sein könnte, fiel sie in Ohnmacht."

Blake blieb stehen und sah seinen Begleiter scharf an. „Damen in diesem Alter verlieren doch das Bewußtsein nicht ohne guten Grund! Was war denn die Ursache?"

„Boyce, der es nicht tragisch nahm, sagte mir später, daß sie sich in Dick Malvery verliebt hätte. Das ist sehr leicht möglich. Dick war so eine Art Schürzenjäger, und sie ist wohl nicht die einzige, die ihm nachtrauert. Aber wenn jemand zu bedauern ist, so ist es seine Schwester dort drüben." Er zeigte nach ‚Malvery Hold' hinüber. „Ich meine Miss Rachel Malvery."

„Ja, da haben Sie recht. Ich hatte auch den Eindruck, als ich gestern dort war."

„Dort geht es furchtbar zu. Hypotheken, Schulden und dergleichen mehr. Man kann ruhig sagen, daß weiter nichts übriggeblieben ist als der bloße Titel."

„Den Boyce gar zu gerne haben möchte", sagte Blake, als sie wieder zu dem Auto zurückgingen. „Ich fahre jetzt nicht, mit Ihnen zurück, Atherton. Ich habe Miss Malvery versprochen, heute wieder bei ihr vorzusprechen und ihr zu sagen, wie weit wir gekommen sind. Ich gehe zu Fuß nach ‚Malvery Hold' und komme später nach Brychester zurück."

Blake bog am Ufer in den Weg ein, der quer durch die Bucht führt, und grübelte über all die ungelösten Fragen nach. Das Verschwinden Dick Malverys erschien ihm einfach unerklärlich. Die Annahme, daß Dick auf demselben Weg durch Unachtsamkeit in den Triebsand geraten war, kam Blake noch am glaubwürdigsten vor. An Mord oder Raubmord konnte er nicht glauben. Dick war klug, intelligent und jeder Situation gewachsen. Er hatte in Kanada ein rauhes Leben in wilder Umgebung geführt und war an Gefahren gewöhnt. Er war nicht der Mann, den man in einen Hinterhalt locken oder überraschen konnte. Außerdem boxte er glänzend, trug stets eine Schußwaffe bei sich und war ein vorzüglicher Schütze.

„Nein", sagte Blake zu sich selbst, als er sich der anderen Seite der Bucht näherte. „Wenn Dick fünfzehnhundert Pfund bei sich hatte, saß seine Pistole sicher locker in der Tasche, und er war gewitzt und auf dem Sprung. Ich glaube nicht, daß irgendwelche Leute aus dieser Gegend ihn ohne weiteres hätten fassen können."

Plötzlich entdeckte er am Rand der Bucht in der Nähe des Tores von ‚Malvery Hold' Rachel Malvery. Sie war das einzige menschliche Wesen, das er in dieser grauen Einöde sehen konnte. Er beschleunigte seine Schritte, um zu ihr zu kommen. Sie hielt die Bekanntmachung in der Hand.

„Haben Sie das veranlaßt?" fragte sie kurz, nachdem sie ihn begrüßt hatte.

46

„Ja, ich habe es mit Captain Atherton besprochen."

„Und Sie geben auch das Geld? Sie tun so viel zur Wiederauffindung Richards! Waren Sie so eng mit ihm befreundet?"

„Erst später. Zuerst war er sehr zurückhaltend, aber nachher hat er mir alles erzählt. Ich habe ihn sehr liebgewonnen."

„Das freut mich", erwiderte sie ruhig. „Haben Sie auch Boyce Malvery schon gesehen?"

„Er kam gestern abend zu mir ins Hotel. Atherton brachte ihn mit und stellte ihn mir vor."

„Und welchen Eindruck haben Sie von ihm?"

„Ich kann ihn nicht leiden. Ich empfand sofort eine unerklärliche Abneigung gegen ihn."

Rachel Malvery lachte bitter. „Ich glaube, es kann ihn niemand leiden. Ich hasse ihn! Ich weiß, was sein erster Gedanke war, als er von dem Verschwinden Richards hörte."

„Er hat nur eine Frage an mich gestellt, und zwar, ob Dick verheiratet war."

Rachel errötete leicht. „Und welche Antwort haben Sie ihm gegeben?"

„Ich erwiderte ihm, daß Dick mir niemals gesagt hat, ob er verheiratet war."

„Boyce wollte natürlich nur wissen, ob eventuelle Nachkommen Richards ihn daran hindern könnten, den Titel zu erben. Er ist so selbstsüchtig! Stets hat er nur an sein eigenes Interesse gedacht. Aber darauf kommt es jetzt im Augenblick nicht an. Haben Sie schon irgend etwas gehört oder herausgefunden?"

Blake berichtete ihr kurz, was er seit dem Morgen erfahren hatte, und zum Schluß erzählte er ihr von seiner

Vermutung, wie Dick umgekommen sein könnte. Aber zu seinem Erstaunen schüttelte Rachel den Kopf.

„Nein, ich glaube nicht, daß Richard in den Triebsand geraten ist. Sie müssen sich einmal vergegenwärtigen, daß er die Bucht ganz genau kannte. Wenn er zu Ebbezeit den Weg an den Pfählen entlangging, war er sicher sehr vorsichtig und behutsam. Wir beide haben den Weg unendlich oft, selbst in den dunkelsten Nächten, benützt. Aber wenn Richard nicht mehr am Leben ist, wird ihn der Tod dort drüben ereilt haben!" Sie zeigte über die Bucht hinüber zu dem Clentschen Haus. Ihre Augen blickten düster, und ihre Lippen preßten sich zusammen. „Richard wird nicht nach Shilhampton gegangen sein. Viel' wahrscheinlicher ist es, daß er Gillian Clent wiedersehen wollte."

Blake antwortete nicht sofort. Er richtete seinen Blick über das Wasser hinüber nach dem einsamen Haus. Es lag allerdings - abseits genug, um dort heimlich ein Verbrechen verüben zu können. Er konnte sich des Gedankens nicht erwehren, daß ein Mann, der dort von Feinden in einen Hinterhalt gelockt würde, kaum die Möglichkeit hätte, mit dem Leben davonzukommen.

„Glauben Sie denn, daß nach so langer Zeit noch eine solche Rache möglich ist?" fragte er schließlich. „Ich habe auch von den Clents gehört. Dick soll das Mädchen schlecht behandelt haben?" Rachel wandte sich mit brennenden Augen zu ihm um. „Schlecht behandelt? Dieses Mädchen? Mr. Blake, Sie vergessen, daß Richard noch ein ganz junger Mensch war, als er nach Kanada ging. Er war eben einundzwanzig geworden, aber Gillian Clent war damals achtundzwanzig! Sie wollte ihn doch in ihre Netze ziehen, um Lady Malvery zu werden."

„Ach so, ich verstehe. Deswegen hat also dieser Judah Clent mit Mord und dergleichen gedroht."

„Judah Clent ist ein Renommierheld, der viel schwätzt. Aber Dick mag aus irgendeinem Grund in jener Nacht dorthin gegangen sein. Vielleicht glaubte er, daß er sich von den Clents durch Geld loskaufen könnte, und wer weiß, was passierte, als sie sahen, wieviel Geld er bei sich hatte."

„Sie glauben auch, daß er des Geldes wegen ermordet wurde?"

„Sehen Sie dort hinüber", sagte sie und zeigte wieder auf das Clentsche Haus. „Wie sollte er von dort entkommen, wenn man ihn unerwartet angriff?"

„Derselbe Gedanke kam mir eben auch. Viel Aussicht dazu hatte er wohl nicht."

Rachel hob ihre Hand aufs Neue und wies in der zunehmenden Dunkelheit auf einen Punkt in der Bucht, jenseits der Clentschen Hütte.

„Wenn dieses Haus auch schon so einsam und verlassen liegt, daß dort ein Mord nicht weiter bemerkt wird, so liegt weiter hinten noch eine Stelle, wo die Clents verschwinden lassen können, was sie wollen. Sehen Sie den dunklen Fleck dort? Wenn Sie ihn näher betrachten, erkennen Sie, daß das Wasser dort dauernd wirbelt und Schaum und Gischt darauf stehen."

„Es sieht aus wie ein gefährlicher Strudel."

„Das ist es auch. Und wenn der Triebsand schon bodenlos ist, so ist es der Strudel noch mehr. Nichts, was dort hineinkam, hat man jemals wiedergesehen."

Sie wandte sich um und ging auf das Haus zu. Blake begleitete sie.

„Was ist nun Ihre Meinung?" fragte er und brach plötzlich ab.

„Ich denke, daß mein Bruder in jener Nacht überfallen wurde und daß er wahrscheinlich dort in dem Strudel liegt.

Aber das ist nur eine Annahme. Vielleicht bringen Sie die Wahrheit heraus."

Dann dankte sie ihm für sein Kommen und verabschiedete sich. Blake versprach, ihr wieder zu berichten, und machte sich in tiefen Gedanken auf den Weg nach Brychester. Als er an dem Kreuzweg bei Marshwyke ankam, begann es heftig zu regnen, und er eilte nach dem Gasthaus, um sich vor dem Unwetter zu schützen. In der dunklen Eingangshalle traf er Briscoe, der warnend die Hand hob und ihm ein Zeichen gab, ihm in das kleine Zimmer hinter der Gaststube zu folgen.

„Kommen Sie herein", sagte er leise. „Ich sah, wie Sie auf das Gasthaus zukamen, und fing Sie ab. Judah Clent ist in der Gaststube. Sie können ihn hier in aller Muße betrachten."

8

Briscoe zeigte auf eine Nische in der dicken Wand, in die ein Fenster eingelassen war.

„Gehen Sie dorthin, dann können Sie alles unbemerkt mit anhören, was im Gastzimmer gesprochen wird. Das Fenster ist einen Spalt geöffnet. Wenn Sie den Vorhang ein wenig heben, können Sie auch hineinschauen. Gerade jetzt sind verschiedene Gäste da, und sie sprechen alle über die ausgesetzte Belohnung. Judah Clent ist der große, starke Mann mit den Goldringen in den Ohren."

Blake fühlte sich etwas unbehaglich bei dem Gedanken, daß er den Lauscher spielen sollte. Aber da er sich nun schon so tief in das Abenteuer eingelassen hatte, kam er der Aufforderung des Wirtes nach und hob vorsichtig den Vorhang. Briscoe flüsterte ihm noch zu, daß er bald zurückkommen würde, und ging dann in die Gaststube.

Der niedrige, viereckige Raum nebenan war von Tabaksqualm erfüllt, der, vermischt mit dem Geruch von schalem Bier und Alkohol, durch die Öffnung auch zu Blake drang. Es sah nicht sehr gemütlich aus in dieser Gaststube. Der Fußboden war mit roten Ziegeln ausgelegt, die Tische und Bänke bestanden aus roh zusammengezimmerten Planken, und nur hier und dort stand einmal ein handfester Eichenstuhl. Von der Decke hing eine verräucherte Lampe herunter, und an den weißgetünchten Wänden waren eingerahmte Reklamebilder von verschiedenen Brauereien und Brennereien aufgehängt.

Vier Männer in rauher, dunkelblauer Seemannskleidung saßen in dem Raum, und es fiel Blake nicht schwer, Judah Clent von den anderen zu unterscheiden. Das Licht der Lampe fiel voll auf Judahs sonnenverbranntes Gesicht und sein wirres, ungekämmtes Haar. Sein Gesicht war von einem kurzen Seemannsbart eingerahmt. Er sah stattlich und stark aus, und seine Zähne glänzten weiß, wenn er lachte. Im

Mittelalter hätte er einen prächtigen Piraten oder Freibeuter abgegeben.

Judah Clent hielt in der einen Hand ein Glas Grog, in der anderen eine Zigarre. Er redete auf die anderen ein,, als deren Herr und Führer er sich zu fühlen schien. „Wenn dieser junge Malvery tatsächlich hierher zurückgekommen ist, dann soll er sich nur in acht nehmen, daß er mich nicht trifft. Das kann ich euch nur sagen!"

„Ich glaube, du verstehst die Sache nicht richtig", sagte ein älterer Mann. „Es heißt ja gar nicht, daß er hierher zurückgekommen ist. Er soll nur im vergangenen Februar dagewesen und dann verschwunden sein. Und die Belohnung soll der bekommen, der weiß, was aus ihm geworden ist."

„Ja, so fasse ich es auch auf", bestätigte ein anderer. Clent setzte sein Glas hin und schlug mit der flachen Hand auf den Tisch.

„Habe ich vielleicht nicht dasselbe gesagt? Woher wollt ihr denn wissen, daß er sich zu dieser Stunde nicht in unserer Gegend herumtreibt? Gibt es in Marshwyke vielleicht nicht genug leere Häuser, wo er sich verstecken kann?"

Die anderen sahen sich schweigend an. Daran hatte noch keiner gedacht. Clent warf ihnen einen düsteren Blick zu.

„Alle Knochen im Leibe zerschlage ich ihm, wenn ich ihn erwische!"

„Sie werden sich noch in Ungelegenheiten bringen, Judah Clent, wenn Sie weiter so reden", mischte sich der Wirt ein. „Halten Sie Ihre Zunge etwas im Zaum. Sie haben in den letzten Jahren dauernd solchen Unsinn geschwätzt, und wenn Sie so fortfahren -"

„In diesem Land kann jeder anständige Mann seine Meinung frei äußern. Ich werde doch wohl noch laut aussprechen dürfen, was ich denke!"

„Aber Sie dürfen das Leben anderer Leute nicht bedrohen!" erwiderte Briscoe. „Man hat noch nicht vergessen, was Sie früher über Mr. Richard sagten, und wenn er wirklich letzten Februar zurückkam und dann plötzlich verschwand, wird sich die Polizei wohl noch danach erkundigen, ob Sie nicht etwas mit seinem Verschwinden zu tun haben."

„Ja, Briscoe hat recht", stimmte einer der Leute zu. „Für solche Sachen hat man ein gutes Gedächtnis, und es ist schon mancher durch seine Reden ins Unglück gekommen."

Clent nahm einen tiefen Zug aus seinem Glas uns setzte es dann energisch auf den Tisch zurück.

„Wenn ich den Kerl im vergangenen Februar oder später getroffen hätte, würde man die Spuren schon in seinem Gesicht sehen", brummte er. „Aber es kann niemand ein Wort gegen mich sagen, denn im Februar und März war ich auf Fahrt!" Als Blake das hörte, spitzte er die Ohren. Wenn das stimmte, hatte Judah Clent also nichts mit dem Verschwinden Richard Malverys zu tun.

„Am 10. Februar bin ich von Shilhampton abgefahren", fuhr Clent fort, „und ausgerechnet am 13. März bin ich wieder zurückgekommen. Wenn ihm also in der Zeit etwas passiert ist, dann habe ich leider nichts damit zu tun!"

Einige Sekunden herrschte Schweigen. Dann drehte sich ein älterer Mann plötzlich zu dem Wirt um. Briscoe warf einen Blick nach dem Fenster mit der roten Gardine, als ob er Blakes Aufmerksamkeit auf diesen Mann lenken wollte.

„Scheint mir doch merkwürdig", begann der Alte, „daß dieser Mr. Richard hier gewesen sein soll, wo ihn jeder so gut kennt wie den Kirchturm von Brychester, und daß ihn niemand erkannt haben soll."

Der Wirt blinzelte wieder zu dem seitlichen Fenster hinüber, und Blake verstand den Wink. Dieser Mann mußte einer von den beiden Leuten sein, die sich gleichzeitig mit

Richard am Abend des 27. Februar in der Gaststube aufgehalten hatten.

„Ja", erwiderte Briscoe. „Sie haben ihn auch nicht gesehen."

„Ich wünschte nur, ich hätte ihn gesehen! Die hundert Pfund konnte ich gut gebrauchen!"

„Können Sie sich nicht auf irgendeinen Fremden besinnen, der es gewesen sein könnte?"

„Nein, ich habe niemand gesehen."

Judah Clent mischte sich wieder mit verächtlichem Ton in die Unterhaltung. „Das ist doch ganz klar. Es war doch überhaupt niemand da, den er hätte sehen können. Auf dem Papier steht doch weiter nichts als dummes Zeug. Wißt ihr, was mir für ein Gedanke kommt? Die haben das nur drucken lassen, damit alle Leute glauben, er ist tot. Die ganze Sache ist nur eine Finte."

„Na, welchen Zweck sollte denn das haben?" fragte jemand. „Der Alte auf dem Herrenhaus stirbt doch bald, und dann könnte jemand den Titel erben, wenn der junge Malvery auch tot ist. Es ist ganz leicht möglich, daß dieser Rechtsanwalt hinter der Sache steckt. Alle Rechtsanwälte sind Schurken!"

„Aber wozu wird dann eine Belohnung von hundert Pfund ausgeschrieben? Das ist doch direkt, als ob man das Geld zum Fenster hinaus wirft."

„Ach was, der Rechtsanwalt hat sicher die Geschichte ausgeheckt! Es ist doch überhaupt kein Beweis dafür da, daß der junge Malvery im letzten Februar hier war, sonst hätten sie es doch wohl in den Aufruf hineingedruckt. Und dann -"

In diesem Augenblick öffnete sich die Haustür, und ein Windstoß trieb einen Regenschauer in die Stube. Der plötzliche Zug war so stark, daß die große Hängelampe ausgeblasen wurde. Blake hörte, daß die Tür mit lautem

Krachen wieder zufiel. Gleich darauf wurde ein Streichholz hinter dem Schanktisch angesteckt, und in dem unsicheren Licht sah er, daß eine Frau hereingekommen war. Er konnte ihre Gestalt nur undeutlich erkennen, bevor das Streichholz wieder ausging, aber er hatte den Eindruck einer faszinierend schönen Erscheinung, die plötzlich aus dem Dunkel auftauchte und wieder verschwand.

In der nächsten Sekunde wurde die Tür neben ihm geöffnet, und er hörte Briscoes leise Stimme.

„Gillian Clent!" flüsterte der Wirt und nahm die Lampe mit sich, die in dem kleinen Zimmer stand, um sie in die Gaststube zu tragen.

„Einer von euch kann einmal die andere Lampe anmachen. Clent, Sie sind der größte."

Clent aber starrte ebenso wie die anderen auf seine Schwester. Auch Blake betrachtete sie unverwandt und erinnerte sich plötzlich an Rachel Malverys Urteil über diese Frau. Gillian Clent hatte eine wundervolle Gestalt, schöne Gesichtszüge, dunkle Hautfarbe wie ihr Bruder, und sie schien auch wie dieser über körperliche Kräfte zu verfügen. Ihre Stimme klang fest und energisch und doch weich und melodisch. Blake erkannte sofort, wie gefährlich diese Frau für einen empfänglichen jungen Menschen wie Dick Malvery gewesen sein mußte.

„Komm mit, Judah", sagte sie. „Ich muß dich sprechen."

Clent sah seine Schwester einen Augenblick an und zögerte, ob er sie trotzig abweisen oder ihr folgen sollte. Aber Gillian lachte nur leise, trat einen Schritt vor und flüsterte ihrem Bruder etwas zu. Judah fuhr zusammen und erhob sich. Er ließ sein halbvolles Glas auf dem Tisch stehen und verließ die Gaststube ohne ein weiteres Wort. Gillian folgte ihm.

Einer der Männer lachte, während ein anderer auf einen Stuhl stieg und die Hängelampe wieder ansteckte. Gleich darauf kam Briscoe zu Blake zurück und brachte ihm die kleine Lampe wieder.

„Haben Sie Gillian Clent gesehen?" fragte er schnell.

„Ja. Sie muß wohl großen Einfluß auf ihren Bruder haben."

„Ich möchte nur wissen, warum sie ihn fortgeholt hat. Da muß irgendetwas passiert sein. Bisher ist es ihr nur einmal gelungen, ihn mitzunehmen, und das war damals, als ihr Vater tot in den Marschen gefunden wurde. Nicht weit von hier." Blake erwiderte nichts darauf. Die Erscheinung Gillian Clents hatte großen Eindruck auf ihn gemacht. Und als er wieder nach Brychester ging, nachdem der Regen aufgehört hatte, kristallisierten sich seine Gedanken zu der einen Frage: Hat Richard Malvery in jener Nacht seine Absicht geändert und ist anstatt nach ‚Malvery Hold‘ nach Shilhampton gegangen? Und wenn das der Fall war, warum?

Nach dem Abendessen ruhte sich Blake in seinem Zimmer aus, als Atherton sich bei ihm melden ließ.

„Es hat sich etwas Neues zugetragen!" sagte er, als er eintrat. „Sie erinnern sich doch noch an Hester Prynne? Sie ist plötzlich verschwunden!"

9

Blake hatte bequem auf dem Diwan gelegen und in der Abendzeitung gelesen, aber bei diesen Worten erhob er sich sofort und setzte sich zu Atherton an den Tisch.

„Meiner Meinung nach ist diese Angelegenheit weit ernster, als wir zuerst dachten, und es handelt sich vielleicht noch um größere Dinge als nur um das Verschwinden von Dick Malvery. Es scheint mir doch sehr wichtig, daß wir auch in die Vergangenheit zurückgehen. Wir müssen vor allem erfahren, was sich ereignete, ehe Dick damals auswanderte. Bringen Sie das Verschwinden von Miss Hester Prynne mit ihrem Ohnmachtsanfall gestern abend in Verbindung?"

„Die Sache sieht immerhin recht sonderbar aus. Ich weiß natürlich nur, was mir Boyce Malvery sagte. Miss Prynne erklärte, daß die heiße Luft des Zimmers an ihrer Ohnmacht schuld gewesen sei. Heute morgen schien sie wieder ganz gesund und normal zu sein, und kurz nach dem Frühstück ging sie in die Stadt, um Einkäufe zu machen wie gewöhnlich. Wir haben festgestellt, daß sie beim Fleischer und Gemüsehändler war, aber seit etwa elf Uhr hat man nichts mehr von ihr gesehen. Auch auf dem Bahnhof war keine Spur von ihr zu entdecken. Sie muß die Stadt zu Fuß verlassen haben. Boyce Malvery sagte mir, daß sie noch niemals den Ort verlassen hätte, seit sie vor fünf Jahren die Stellung bei seiner Mutter angetreten hat."

„Wo war sie denn früher?"

„Hester Prynne ist die jüngste Tochter eines Landgeistlichen hier aus der Gegend. Ihr Vater starb vor ungefähr fünf Jahren und ließ die beiden Mädchen allein zurück. Und da Mrs. Malvery entfernt mit ihr verwandt war, nahm sie Hester in ihr Haus."

„Und wo lebt die andere Schwester?"

„Soviel ich weiß, ist sie Erzieherin in London. Das können wir bald herausbekommen."

„Ich frage nur, weil sich Miss Prynne vielleicht dorthin gewandt hat. Es ist allerdings sehr sonderbar, daß sie gerade jetzt verschwindet."

Atherton schüttelte den Kopf und sah einige Augenblicke nachdenklich auf die Asche seiner Zigarre.

„Nun, es ist ja möglich, daß sie heute oder morgen wieder auftaucht und sich alles ganz natürlich aufklärt."

„Das glaube ich kaum! Es ist sicher wieder ein neues Geheimnis. Hester Prynne ist aus einem bestimmten Grund fortgegangen, und meiner Meinung nach hängt ihr Verschwinden mit Dick Malvery zusammen. Ich habe übrigens auch eine kleine Neuigkeit. Ich bin in dem kleinen Gasthaus bei Marshwyke während des Regens eingekehrt, und dabei habe ich Judah und Gillian Clent gesehen."

„Ach, das ist ja interessant! Was halten Sie von den beiden?"

„Sie sind kräftige, urwüchsige Menschen. Gillian erinnerte mich an eine Amazone. Ich habe auch eine Unterhaltung zwischen Judah Clent und einigen anderen Leuten gehört, und nach seinen Angaben kann er an einer Ermordung Dicks nicht beteiligt sein. Er erzählte, daß er Mitte Februar eine Reise nach der Levante antrat und daß er erst Mitte März zurückkehrte. Und persönlich bin ich geneigt, seinen Worten Glauben zu schenken."

„Mag sein, aber seine Mutter und seine Schwester waren doch hier."

Blake nickte, als Atherton ihm einen vielsagenden Blick zuwarf.

„Das stimmt. Die Mutter ist Gillian im Charakter wohl sehr ähnlich? Natürlich viel älter. Jedenfalls sind die Clents ein starkes Geschlecht!"

58

„Ich würde viel darum geben, wenn ich herausbekommen könnte, ob Dick Malvery in jener Nacht wirklich die Clents besucht hat."

„Wie schon gesagt, das wichtigste ist für uns jetzt, die Vergangenheit aufzuhellen. Wenn wir erst wissen, was sich damals vor fünf Jahren ereignete, können wir alles aufklären."

„Ganz recht. Boyce Malvery liegt auch sehr viel daran, daß diese Fragen gelöst werden. Er hat vor, einen erstklassigen Detektiv zu engagieren und eine größere Belohnung auszusetzen."

„Dann hat Boyce wahrscheinlich sehr viel Geld?"

„Er ist kein reicher Mann, aber er kann doch immerhin gegen tausend Pfund als Belohnung für wichtige Angaben aussetzen."

„Wenn ihm wertvolle Informationen tausend Pfund wert sind, dann werde ich meine Belohnung ebenfalls auf tausend Pfund erhöhen. Und ich möchte die Hälfte der Kosten für. den Detektiv tragen."

„Das ist sehr großzügig von Ihnen, aber Boyce Malvery ist ein merkwürdiger Mann. Wenn er etwas unternimmt, liebt er keine Einmischung von anderer Seite. Und, im Vertrauen, mit Ihnen möchte er überhaupt nichts mehr zu tun haben, weil er Sie nicht leiden kann."

„Ja, das weiß ich."

„Er glaubt, daß Sie ihm etwas verheimlichten, als er jene Frage an Sie stellte. Sie wissen schon, welche ich meine."

„Natürlich", erwiderte Blake lächelnd. „Aber da irrt er sich. Mehr konnte ich ihm wahrhaftig nicht sagen. Nun, lassen Sie ihn ruhig auf seine Weise vorgehen, ich werde auch ohne ihn fertig."

Am nächsten Morgen mietete Blake noch einmal das Pferd seines Wirtes und ritt kurz nach dem Frühstück nach ‚Malvery Hold‘ hinaus. Dicks Verwandte waren ja am ersten in der Lage, Aufklärung über seine Vergangenheit zu geben. Zwar war es hoffnungslos, den alten Vater um irgendeine Auskunft zu bitten, aber zweifellos würde Rachel alles erzählen, was sie wußte. Und auch andere Leute, wie zum Beispiel Jakob Elphick, konnten ihm sicher Wichtiges aus Dicks Vergangenheit berichten.

In der düsteren Allee traf Blake Jakob Elphick, der ihn argwöhnisch von der Seite ansah. Er war offenbar nicht in freundlicher Stimmung, und sein Ton war ungeduldig und gereizt.

„Was wollen Sie denn schon wieder hier?“ fragte er, als ob er der Eigentümer des Herrenhauses selbst wäre. „Es hat doch keinen Zweck, immer wieder hierherzukommen und nach Mr. Richard zu, fragen. Ich habe Ihnen längst gesagt, daß wir nichts von ihm gesehen und gehört haben, seitdem er von uns fortging. Und Sie können auch Miss Malvery nicht sprechen. Sie muß Sir Brian pflegen und hat keine Zeit. Sie tun am besten, wenn Sie wieder umkehren.“

Blake nickte dem alten Mann nur zu und ritt ruhig weiter, denn er hatte Rachel bereits gesehen, die in der Tür des Herrenhauses stand.

„Jakob scheint hier den Wachhund spielen zu wollen“, meinte er nach kurzer Begrüßung, während er abstieg. „Vielleicht glaubt er, ich will hier silberne Löffel stehlen. Auf jeden Fall ist ihm meine Gegenwart nicht angenehm.“

„Er behandelt alle Leute so. Mit der Zeit wird er sehr sonderlich, und ich muß ihm manches nachsehen.“ Sie wandte sich an den Alten, der inzwischen herbeigekommen war und ein böses Gesicht machte. „Nehmen Sie Mr. Blakes Pferd, und führen Sie es in den Stall.“ Dann trat sie mit Blake in die Halle. „Er kümmert sich schon darum; man kann sich auf ihn verlassen, so merkwürdig er auch

60

manchmal ist. Es würde mir schlecht gehen, wenn er nicht hier wäre. Er ist der einzige, an dem ich noch einen Rückhalt habe."

„Ich hoffe, daß Sie mich nicht vergessen", sagte Blake schnell. „Ich bin doch gerade gekommen, um Ihnen zu helfen."

„Sie meinen es gut, ich weiß es." Sie sah ihn fragend an. „Haben Sie Neuigkeiten?"

„Nichts von großer Bedeutung, wenigstens soweit ich es bis jetzt beurteilen kann, aber vielleicht kann man weitere Schlüsse daraus ziehen." Er erzählte ihr von seinem Abenteuer im ‚Gelichteten Anker' und von dem plötzlichen Verschwinden Hester Prynnes.

„Was sagen Sie dazu?"

„Wenn sich auch Judah Clent im vergangenen Februar nicht hier aufhielt, so waren doch seine Schwester und seine Mutter hier. Ich habe seit gestern viel nachgedacht, und ich bin immer mehr davon überzeugt, daß das Geheimnis von Richards Verschwinden mit den Clents zu tun hat. Über Hester Prynne kann ich nichts sagen."

„Boyce Malvery erzählte aber doch Atherton, daß Hester Prynne sich in Dick verliebt hätte, bevor er fortging."

„Dann mag Boyce Malvery das Geheimnis von Miss Prynne lösen", entgegnete sie abweisend. „Er hat immer nur schlecht von Richard gesprochen. Sind Sie eigentlich mit einer bestimmten Absicht gekommen?"

„Ich möchte einmal Dicks Zimmer sehen. Wenn Sie mir das gestatten, will ich nachforschen, ob er irgendwelche Schriftstücke hier zurückgelassen hat. Vielleicht kann man daraus einen Schluß ziehen."

„Richard war kein Freund von Papieren und Dokumenten, aber Sie können natürlich seine Zimmer

61

sehen. Sie sind kaum berührt worden, seitdem er damals fortging. Ich will Sie führen."

Als sie durch die verschiedenen Räume und Gänge des Hauses schritten, hatte Blake einen sehr traurigen Eindruck von dem verfallenen Zustand des Gebäudes. Er folgte Rachel zu einem Flügel, der sich auf der Seite des öden Marschlandes und der Bucht hinstreckte. Die Räume waren feucht, und überall hatte sich der Schwamm im Holzwerk festgesetzt. Die Tapeten hingen in Fetzen herunter, und die Möbel waren von Würmern zerfressen. Rachel sagte nichts. Sie schien die Dinge, die sie umgaben, nicht zu empfinden. Schließlich öffnete sie die Tür eines Zimmers, das verhältnismäßig weit entfernt von den jetzt bewohnten Räumen lag.

„Dies war sein Arbeitszimmer", erklärte sie dann, „und der Raum nebenan sein Schlafzimmer. Sehen Sie sich hier um, soviel Sie wollen. Ich muß jetzt wieder hinuntergehen und mich um meinen Vater kümmern."

10

Blake trat fast mit Herzklopfen über die Schwelle und blieb einen Augenblick dort stehen. Es kam ihm zum Bewußtsein, was sein Erscheinen hier bedeutete. Wenn sich alle seine Befürchtungen als wahr herausstellen sollten, so war dies das Zimmer eines Toten, seines Freundes, der vielleicht durch Verrat in einen Hinterhalt gelockt und ermordet worden war. Die unheimliche Ruhe in diesem abgelegenen Teil des Hauses bedrückte ihn. Es war nichts zu hören, als das endlose, monotone Rauschen des Meeres, das durch zerbrochene Fensterscheiben zu ihm drang. Blake schauderte nicht so sehr wegen der kalten, feuchten Luft im Zimmer als wegen der traurigen Ereignisse, die seine Nachforschungen wahrscheinlich enthüllen würden. Aber dann sagte er sich energisch, daß er nicht hergekommen war, um sich sentimentalen Stimmungen hinzugeben, sondern um praktische Arbeit zu leisten. Er schloß die Tür und betrachtete seine Umgebung genauer. Vielfältige Erfahrungen in Kanada hatten ihn gelehrt, eine Lage sofort zu überblicken und schnell das Wichtige von dem Bedeutungslosen zu unterscheiden. Bevor er noch einen Schritt tat, betrachtete er sorgfältig alle Gegenstände und Möbel, die ihn umgaben.

Überall lag Staub. Nicht etwa feiner Staub, wie er sich täglich in den Zimmern ansammelt, sondern eine dicke, flockige Schicht, die sich auf Möbel und Gegenstände legt, wenn sie von keiner Hand mehr berührt werden. Der Raum, in dem Blake stand, sah wirklich so aus, als ob Dick Malvery ihn soeben verlassen hätte, wenn man von dem Staub und der stickigen Luft absah. In einer Ecke ständen verlassen Angelruten und ein paar Kricketschläger; ein kleines Bücherbrett und ein Armsessel in der Nähe des Fensters waren wohl seine Leseecke; einige Sportbilder in wurmzerfressenen Rahmen hingen an den Wänden neben den Fotos schöner Schauspielerinnen oder Varietetänzerinnen, die Dick aus illustrierten Zeitungen ausgeschnitten hatte. Eine Reihe von Pfeifen lag auf dem Kamin; und auf dem unordentlichen Tisch, der als Schreibpult gedient hatte, stand ein offener Tabakskasten aus Metall. Er war zum Teil noch gefüllt, der Deckel lag daneben. In einer Nische lagen Stiefel und Schuhe durcheinander, die dicker Schimmel bedeckte. An einem Kleiderhaken hing noch eine alte Sportjacke, über die sich dichte Spinnweben gezogen hatten. An der Ecke des Tisches lag noch, wie eben aus der Hand gelegt, ein aufgeklappter gelber Romanband.

Blake sah dies alles, ohne sich von der Stelle zu rühren. Schließlich wanderten seine Blicke von den Wänden und Möbeln zu dem Fußboden. Wie in allen anderen Räumen lag auch in diesem Zimmer kein Teppich; nur ein paar alte Vorleger waren vor dem Tisch, vor den Fenstern und vor dem Kamin ausgebreitet. Überall lag diese dicke Staubdecke, aber plötzlich entdeckte Blake, daß während der letzten Jahre die Ruhe dieses Raumes doch einmal gestört worden war. Von einem Vorhang, der eine Nische in der Wand verdeckte, liefen Fußspuren quer über den Boden zu der offenen Tür des Schlafzimmers. Blake bückte sich und prüfte sie. Dann wandte er sich um und verglich sie mit den Schuhabdrücken, die er selbst in dem Staub hinterlassen hatte. Er gab sich Mühe, diese Fußspuren nicht zu zerstören, die quer durch den Raum führten. Er hob den Vorhang und fand, wie er erwartet hatte, eine Tür, die sich öffnete, als er dagegendrückte. Sie führte zu einer Wendeltreppe, die in einen viereckigen Turm eingebaut und wenig beleuchtet war. Die Steinplatten der Stufen waren schon sehr ausgetreten. Aber der Staub, der dort lag, war nicht sehr hoch. Er konnte nicht viel erkennen, denn die Stufen verschwanden in der Dunkelheit unten.

Blake trat ans Fenster, und nur mit großer Mühe gelang es ihm, einen Flügel zu öffnen. Als er hinausschaute, bemerkte er, daß der Treppenturm, den er soeben von innen gesehen hatte und der von einem Flügel des alten Hauses vorsprang, die Bucht auf der einen Seite und das Meer auf der anderen beherrschte. Unten lag ein schrecklich verwilderter Obstgarten, der sich bis zu den Marschen und dem Ende des Weges durch die Bucht erstreckte. Soweit er es von seinem jetzigen Standort aus beobachten konnte, lag dieser Treppenturm am äußersten Ende des Gebäudes, und man konnte das Haus mit Leichtigkeit durch den Treppenturm betreten, ohne von den bewohnten Räumen aus beobachtet zu werden. In Blake regte sich ein Verdacht, der sich noch mehr vertiefte, als er den Fußspuren bis zur Schlafzimmertür folgte. Ohne die Spuren zu berühren, öffnete er die Tür und trat ein. Sie führten zu einem alten Sekretär, der in einer Nische in der Nähe des Bettes stand. Als er das festgestellt hatte, suchte er sich einen Weg durch das schweigende Haus und kam nach einigen Schwierigkeiten auch wieder unten in die Halle, wo er wartete, bis er Rachel aus einem Zimmer treten sah.

Rachel erschrak und schaute ihn fragend an. „Haben Sie etwas gefunden?"

„Wenn es Ihre Zeit erlaubt, möchte ich Sie bitten, mich noch einmal in Richards Zimmer zu begleiten. Ich muß Ihnen etwas zeigen."

„Ich kann mitkommen, mein Vater schläft gerade. Warten Sie einen Augenblick, ich will nur noch dem Mädchen Bescheid sagen."

Blake sprach erst wieder, als sie auf der Schwelle zu Richards Zimmer standen.

„Während der letzten Monate muß jemand hier gewesen sein, der die Wendeltreppe in dem viereckigen Turm benutzte. Sie sehen, wie dick der Staub hier auf dem Boden liegt. Nun achten Sie bitte auf die Fußspuren, die von dem Vorhang zum Schlafzimmer führen. Betrachten Sie auch meine Fußspuren, die eben entstanden sind, und vergleichen Sie dann bitte."

„Die Spuren kann ich sehen, aber was schließen Sie daraus?"

„Bemerken Sie nicht den Unterschied zwischen den beiden Spuren? Ich habe große Erfahrung in solchen Dingen, denn ich habe schon Menschen- und Tierspuren in Sand und Schnee verfolgen müssen. Wenn Sie genau hinsehen, wo ich gegangen bin, so entdecken Sie scharfe Abdrücke, während die anderen, die in das Schlafzimmer und wieder zurück führen, schon weiche, abgerundete Ränder haben. Diese Tatsache beweist, daß bereits eine dicke Staubschicht auf dem Boden lag, als damals jemand durch das Zimmer ging. Es muß aber seitdem einige Zeit vergangen sein, denn neuer Staub hat die scharfen Konturen verwischt. Diese Spuren sind schon einige Monate alt."

Rachel, die sich gebückt hatte, richtete sich wieder auf und sah ihn gespannt an.

„Wollen Sie damit sagen, daß Richard in diesem Zimmer war?"

„Ich halte es für sehr wahrscheinlich", erwiderte Blake ruhig. „Warum sollte er denn nicht hier gewesen sein? Wir wollen die Sache einmal ruhig überdenken. Wir wissen, daß er sich in der Nacht hier irgendwo in der Nähe aufhielt. Nehmen wir einmal an, er wollte jemand sehen - wir wissen im Augenblick noch nicht, wen -, bevor er seine Verwandten aufsuchte. Möglicherweise brauchte er dazu etwas, das er früher in diesen Räumen zurückgelassen hatte. Was hinderte ihn denn, in der Dunkelheit hierherzukommen und über die alte Treppe in sein Zimmer zu gehen? Ist die Tür unten zur Wendeltreppe für gewöhnlich abgeschlossen?"

„Ich weiß nicht, ob sie verschlossen war", entgegnete Rachel und sah nach dem Vorhang. „Jakob Elphick hat sich immer um diese Dinge gekümmert. Ich bin seit Jahren nicht mehr in diesem Teil des Hauses gewesen."

„Nun, das können wir ja feststellen." Blake zog den Vorhang beiseite und tastete sich vorsichtig die Treppe hinunter. „Die Tür unten ist offen", rief er dann hinauf und kam wieder nach oben. „Ich glaube, sie ist immer auf gewesen. Also konnte Richard doch leicht und unbeobachtet ins Haus kommen und ebenso unbemerkt wieder verschwinden."

„Aber warum sollte er überhaupt hergekommen sein, wenn er gleich wieder ging?"

Blake zeigte auf die Fußspuren. „Folgen Sie den Spuren bis ins andere Zimmer. Sie führen direkt zu dem alten Sekretär. Dort wollte er sicher etwas holen. Hier liegen abgebrannte Streichhölzer, die er auf den Boden geworfen hat. Ich möchte Sie bitten, den alten Sekretär einmal sorgfältig zu untersuchen. Vielleicht gibt er uns einen Anhaltspunkt."

Rachels Hand zitterte, als sie die oberste Schublade öffnete, und ängstlich sah sie sich nach Blake um.

„Der Gedanke ist mir schrecklich, daß er hier gewesen ist, ohne daß ich es wußte, daß er nach all dieser langen Wartezeit, nach all der Angst, die wir um ihn ausgestanden haben, nur hierherkam, um wieder fortzugehen -"

„Ich glaube, Sie dürfen überzeugt sein, daß er die feste Absicht hatte, bald wieder zurückzukommen, und zwar dann durch das Haupttor. Ich stelle mir die Sache etwa folgendermaßen vor: Dick saß im Gasthaus zum ‚Gelichteten Anker' und hatte damals ein bestimmtes Ziel; jedenfalls aber wollte er nicht nach ‚Malvery Hold' gehen. Wahrscheinlich hat er den Entschluß gefaßt, jemand aufzusuchen, als er den Wagen des Fuhrunternehmers bestieg. Nun gut, als er den Gasthof verlassen hatte, ging er zu der Stelle oder suchte die betreffende Person auf. Unterwegs fiel ihm dann wohl ein, daß er noch etwas hier aus dem Haus brauchte. Er wußte sehr gut, daß in ‚Malvery Hold' die Jahre fast unbemerkt vorübergehen. Also ging er

67

quer über die Bucht an den Pfählen entlang, kam durch den Treppenturm ins Haus, holte sich, was er brauchte, und ging dann in der Absicht weg, bald wieder zurückzukommen."

„Aber er kam niemals zurück!" rief Rachel.

„Nun wollen wir einmal die Schubladen herausziehen und sehen, ob wir nicht etwas entdecken."

In einer Schublade lagen alte Krawatten, alte Handschuhe und allerlei andere nutzlose Dinge. Der Staub war auch hier eingedrungen, aber Blakes scharfem Blick entging es nicht, daß das Fach geöffnet worden war.

„Diese Sachen sind eilig durchsucht worden", sagte er. „Sehen Sie alles sorgfältig nach."

„Aber wonach soll ich denn suchen?" fragte sie. „Sie sehen ja selbst, welche Unordnung hier herrscht. Meinen Sie, daß es sich um Schriftstücke handelt?"

„Vielleicht, irgendetwas, einen Anhaltspunkt, einen Fingerzeig. Was es sein wird, weiß ich selbst kaum." Rachel, die aufs Geratewohl suchte, zog plötzlich aus der äußersten Ecke der Schublade einen Gegenstand hervor und hielt ihn in die Höhe.

„Das ist ja großartig!" rief Blake. „Dicks Brieftasche! Ich habe sie ihm selbst geschenkt."

11

Einen Augenblick starrten die beiden auf die Brieftasche aus schönem braunem Leder. Dann legte Rachel sie auf die Schreibplatte des Sekretärs.

„Sie gehört ohne jeden Zweifel Dick!" wiederholte Blake. „Ich habe sie ihm zum letzten Weihnachtsfest geschenkt, damit er seine Papiere besser Zusammenhalten sollte. Sehen Sie, ich sagte Ihnen ja, er war hier. Nun haben wir den positiven Beweis dafür. Vielleicht wollte er nur die Brieftasche hier in Sicherheit bringen, bevor er woanders hinging. Vielleicht enthält sie das Geld, das er in London von der Bank abgehoben hat. Bitte, sehen Sie doch einmal nach."

Rachel setzte sich plötzlich, ohne sich um den dicken Staub zu kümmern, auf den nächsten Stuhl und schüttelte abwehrend den Kopf.

„Tun Sie es. Ich kann sie nicht mehr anrühren."

Blake nahm die Brieftasche und öffnete sie.

„Papiere und Schriftstücke sind darin. Sehen Sie, hier ist eine Rechnung vom ‚Minerva Hotel' in London. Dort hat Dick gewohnt. Das kann uns einen Schritt weiter führen. Hier sind noch andere Schriftstücke, die wir später in Ruhe durchsehen wollen. Und hier ist auch Geld!"

Er nahm aus dem Seitenfach der Brieftasche ein Bündel englischer Banknoten und reichte sie Rachel. Aber sie schrak davor zurück.

„Meine Annahme war also richtig", fuhr Blake fort. „Er kam her, um die Tasche in Sicherheit zu bringen. Jedenfalls ist das ein Zeichen dafür, daß er sich an einen gefährlichen Ort begab. Wir wollen die Banknoten einmal zählen."

Rachel saß verstört da, während Blake die neuen Scheine schnell durch die Finger gleiten ließ.

„Zehn Fünfzigpfundnoten, vierzig Zehnpfundnoten und zwanzig Fünfpfundnoten", sagte er schließlich. „Das sind im ganzen eintausend Pfund. Er hat von der Bank in London fünfzehnhundert abgehoben; also hatte er noch fünfhundert bei sich, als er diesen Raum verließ."

„Was bedeutet das?" fragte Rachel leise.

„Ich schließe daraus, daß er die Absicht hatte, schnell hierher zurückzukommen, in derselben Nacht noch." Blake schob die Banknoten wieder zusammen und legte sie in die Brieftasche zurück. „Aber die Frage, die wir zu klären haben, ist immer noch nicht gelöst. Wohin ging er? Ich habe immer mehr den Eindruck, daß wir in der Vergangenheit nachforschen müssen, um zum Ziel zu kommen. Wohnt hier eigentlich jemand in unmittelbarer Nachbarschaft, dem er Schulden hätte abzahlen können?" Rachel schüttelte den Kopf. „Das weiß ich nicht. Ich wußte wenig über seine Angelegenheiten. Mir ist nur bekannt, daß viele Leute nach Richards Verschwinden zu meinem Vater kamen und Geld von ihm haben wollten für die Schulden, die mein Bruder gemacht hatte. Einzelheiten weiß ich leider nicht. Aber warum sollte er solche Eile gehabt haben? Es war doch die erste Nacht nach seiner Rückkehr. Und wenn er nur fortging, um jemand zu bezahlen, warum kam er dann nicht wieder hierher? Nein, es scheint mir, daß er eine ganz besondere Absicht hatte, als er diese fünfhundert Pfund mitnahm, und daß er sich in gefährliche Gesellschaft begab."

„Gewiß. Aber nun wollen wir einmal die Papiere durchsehen."

Eine schnelle Untersuchung der anderen Schriftstücke zeigte Blake, daß Richard sich nicht viel Mühe gegeben hatte, Dokumente aufzubewahren. Er fand einen Brief, den er selbst an Richard Malvery postlagernd nach Liverpool gesandt hatte, dann das Programm eines Konzerts an Bord des Ozeandampfers, mehrere Hotelrechnungen und Quittungen über Einkäufe in Liverpool und London, außerdem noch ein Telegramm. Er faltete es erregt auseinander.

„Das kann ein wichtiger Anhaltspunkt sein", meinte er. „Es wurde an Dick nach London gesandt. Sehen Sie, hier ist der Aufgabestempel."

Rachel sah auf die Stelle. „Shilhampton!"rief sie.

„Etwas Ähnliches hatte ich erwartet. Und an demselben Tag, an dem er das Telegramm erhielt, kam Dick hier an. Das ist doch ganz klar. Das Telegramm wurde in Shilhampton um acht Uhr dreißig vormittags aufgegeben und kam in London um neun Uhr fünfzehn an, und zwar am 27. Februar. Der Text ist nur ganz kurz, es sind sieben Worte: ‚Hier zu jeder Zeit am gewöhnlichen Platz'. Keine Unterschrift. Das Wort ‚hier' steht natürlich für Shilhampton. ‚Zu jeder Zeit' heißt sicher heute oder morgen, und ‚am gewöhnlichen Platz' beweist, daß es in früherer Zeit eine Stelle in Shilhampton gab, an der Dick jemand zu treffen pflegte. Erinnern Sie sich vielleicht, wer das sein könnte?"

„Nein, ich kann mich nicht darauf besinnen, daß er überhaupt jemand in Shilhampton gekannt hat. Aber ich habe seine Freunde ja niemals gesehen. Er ging, wohin er wollte, und er tat, was er wollte. Ich glaube, er hatte ein paar sehr unerfreuliche Bekanntschaften."

„Das ist leicht möglich. Wer dieses Telegramm abgeschickt hat, muß aber Namen und Adresse auf das Aufgabeformular geschrieben haben, selbst wenn er seinen Namen nicht in dem Telegrammtext erwähnte. Wir können also auf jeden Fall feststellen, wer es aufgegeben hat. Der Betreffende wird allerdings einen falschen Namen und eine falsche Adresse angegeben haben. Die Leute auf dem Postamt werden uns auch nicht viel helfen können."

„Ach, es sieht alles so hoffnungslos aus", sagte Rachel müde, erhob sich und sah ernst auf die Brieftasche mit ihrem Inhalt. „Was werden Sie damit anfangen?"

„Die Hotelrechnung und das Telegramm nehme ich mit. Dann fahre ich nach London und sehe einmal zu, ob ich dort in dem Hotel etwas erfahren kann. Die anderen Sachen schließen Sie ein, auch das Papiergeld. Sie haben doch einen Safe im Haus?"

„Ja, wir haben einen alten Geldschrank, in dem der Rest unseres Tafelsilbers eingeschlossen ist. Ich verwahre den Schlüssel. Ach, warum ist Richard in jener Nacht nicht zu mir gekommen?" rief sie plötzlich bitter. „Er hätte mir doch die Brieftasche zur Verwahrung übergeben können, statt sich heimlich hierherzuschleichen!"

„Sagen Sie das nicht. Wir wollen ihn nicht zu hart beurteilen, besonders wenn wir daran denken, daß er vielleicht tot ist. Es mag sehr spät gewesen sein - er kann große Eile gehabt haben - vielleicht wollte er Sie auch nicht erschrecken - es ist ja ganz gleich, was der Grund gewesen ist. Die Hauptsache bleibt, daß er bestimmt hier im Haus war. Nun müssen wir herausbekommen, wohin er von hier aus ging. Wahrscheinlich nach - Shilhampton."

„Dann wollen Sie also mit Ihren Nachforschungen in Shilhampton beginnen?" fragte Rachel, während Blake die beiden Zimmer sorgfältig abschloß und die Schlüssel mitnahm.

„Nein, ich will es zuerst im Minerva Hotel in London versuchen", erwiderte er, als sie die Treppe hinabstiegen. Zur Bank werde ich auch gehen und mir die Nummern der Banknoten geben lassen, die nicht in der Brieftasche sind. Erst dann möchte ich nach Shilhampton gehen. Ich will jetzt nach Brychester zurückreiten und Atherton erzählen, was wir hier gefunden haben. In der Zwischenzeit bitte ich Sie über alles zu schweigen. In ein oder zwei Tagen bin ich wieder hier."

In scharfer Gangart ritt er zurück nach Brychester, traf dort den Polizeidirektor in seinem Büro und gab ihm einen kurzen Bericht über die Ereignisse des Vormittags.

„Während des ganzen Rückwegs habe ich darüber nachgedacht", sagte er am Schluß lachend, „ob unsere Entdeckung die Lage vereinfacht oder kompliziert."

„Es wird beides der Fall sein", meinte Atherton. „Jedenfalls hat dieser Streifzug manche Aufschlüsse gebracht. Sie wissen nun gewiß, daß Richard Malvery in ‚Malvery Hold' war, und zwar, daß er heimlich dort war."

Blake lachte wieder. „Davon war ich auch noch fest überzeugt, als ich von ‚Malvery Hold' wegritt. Aber inzwischen sind mir doch wieder Bedenken gekommen."

Der Beamte sah ihn erstaunt an.

„Er ist doch vollkommen unbemerkt in das Haus gekommen", fuhr Blake fort. „Nehmen wir nun einmal an, daß jemand anders in das Haus ging und die Brieftasche dorthin legte - jemand, der sie ihm vorher abgenommen hatte und sie aus einem bestimmten Grund dort versteckte, jemand, der mit der Lage der Räume vertraut war. Verstehen Sie, was ich meine?"

„Ja, ich verstehe Sie wohl. Aber diese Theorie leuchtet mir nicht besonders ein. Ich erkläre mir die Sache so: Dick Malvery verließ das Gasthaus in der Absicht, nach Shilhampton zu gehen, änderte dann aber seinen Entschluß und ging zuerst zum Herrenhaus - und zwar aus einem ganz bestimmten Grund."

„Ich bin sehr gespannt."

„Er wollte den größeren Teil des Geldes dort in Sicherheit bringen. Vielleicht rechnete er mit einer möglichen Gefahr und ließ deshalb das Geld zurück."

„Er hatte aber doch noch fünfhundert Pfund in der Tasche!"

„Wissen wir das? Er mag sie bei sich gehabt haben oder nicht. Vielleicht hat er das Geld schon in London ausgegeben, nachdem er es von der Bank holte. Ich weiß, daß er auch dort Schulden hatte."

„Haben Sie inzwischen etwas Neues erfahren?"

„Nein. Von Miss Prynne hat man nichts weiter gehört. Abinett war hier und hat sich erkundigt, wann er seine hundert Pfund ausbezahlt bekommt, und Boyce Malvery hat sich noch nicht entschieden, wie er die Bekanntmachung abfassen soll, in der er seine Belohnung verspricht. Ich selbst habe vor, die ganze Sache jetzt in die Öffentlichkeit zu bringen. Dadurch erfahren wir sicher am meisten. Es hat keinen Zweck, in einem Fall wie diesem mit den Tatsachen hinter dem Berg zu halten. Die Sache muß von einer führenden Zeitung aufgegriffen werden und in richtiger Aufmachung herauskommen. Das gibt doch glänzende Artikel! Die sensationellen Überschriften kann ich mir jetzt schon vorstellen."

„Aber denken Sie doch an die Familie! Ich habe bei meinen Besuchen gesehen, wie schlecht es den Leuten geht, und ich glaube nicht, daß sie ihre Verhältnisse in der Öffentlichkeit breitgetreten wissen wollen. Der alte Sir Brian ist natürlich so weit hinüber, daß ihm das nichts mehr ausmacht. Aber Sie müssen doch Rücksicht auf seine Tochter nehmen. Und wenn auch Dick tot ist -"

„Ja, dieses Wenn!" Atherton sprang auf. „Daran hängt ja alles. Aber ist er denn wirklich tot?"

Blake sah ihn verwundert an. „Aber Mr. Atherton, ich dachte, über diesen Punkt wären wir einig."

„Nein, wir sind unserer Sache durchaus nicht sicher. Richard Malvery mag verschwunden sein, aber er kann doch noch leben!" „Meinen Sie, er hält sich absichtlich irgendwo versteckt?" fragte Blake ungläubig.

74

„Das wäre möglich. Wir wissen ja nicht, was alles in jener Nacht passiert ist. Vielleicht hat Malvery damals etwas gehört, was ihn veranlaßt hat, wieder zu verschwinden."

„Glauben Sie denn, daß er ohne weiteres tausend Pfund im Stich ließ?"

„Möglicherweise blieb ihm keine Wahl, und er war dazu gezwungen. Wir wissen doch überhaupt nichts! Und deswegen sage ich wieder, wir müssen die Tatsachen veröffentlichen. Ich kenne einen Redakteur vom ‚Argus'. Hier ist seine Karte. Er ist ein persönlicher Freund von mir. Suchen Sie ihn doch in London auf, und erzählen Sie ihm alles. Der wird die Sache schon richtig anpacken. Sie brauchen nicht zu zögern - die Lokalpresse ist bereits an der Arbeit und beschäftigt sich mit dem Fall. Die Aussetzung Ihrer Belohnung hat die Leute auf die Spur gebracht, aber die verderben mehr, als sie gutmachen. Eine große Londoner Zeitung eignet sich viel besser dazu."

„Ja, das stimmt. In ein paar Tagen bin ich also wieder hier."

„Lassen Sie mir Ihre Adresse da. Ach, ich vergaß, Sie wohnen ja im ‚Hotel Cecil'."

„Diesmal werde ich im ‚Minerva Hotel' wohnen, wo auch Dick Malvery abstieg. Dort erfahre ich vielleicht etwas - man muß jeden Vorteil auswerten."

12

Blake fand, daß das ‚Minerva Hotel' zu jenen altmodischen Gaststätten gehörte, von denen kaum noch ein Dutzend in London übriggeblieben ist, und er wunderte sich, daß Dick Malvery von der Existenz dieses Hauses überhaupt etwas wußte. Es lag an einem kleinen Platz hinter einer der verkehrsreichsten Geschäftsstraßen, in unmittelbarer Nähe der ‚Bank of England'. Man mußte durch einen dunklen Gang gehen, dann kam man auf einen kleinen, viereckigen, mit Steinfliesen belegten Hof, in dessen Mitte eine einsame Ulme stand. Ihre grünen Zweige reichten bis an die Fenster des Hotels und überschatteten die kleine Eingangshalle, in die Blake seinen Koffer trug. Das Hotel war alles andere als modern. Eine freundlich dreinschauende Frau, die hinter dem Empfangstisch stand, lächelte über das erstaunte Gesicht des Gastes.

„Ja, Sie können ein Zimmer hier bekommen, Sir", sagte sie und schlug das Gästebuch auf. „Wir haben im ganzen zwanzig Zimmer. In der letzten Zeit ist nicht immer alles besetzt. Unsere Gäste sterben allmählich aus. Sehen Sie", fuhr sie fort, als sie Blakes Namen in die Liste eintrug, „dies war früher ein gutes Hotel für die Leute vom Land, die geschäftlich in der Stadt waren. Die ‚Bank of England' liegt ganz in der Nähe, ebenso die Hauptgeschäftsstraßen. Aber heute kann man ja in einem Hotel im Westen wohnen und doch in kurzer Zeit in der City sein. Wie haben Sie denn von uns gehört?"

„Ich glaube, einer meiner Freunde wohnte vor einigen Monaten hier", antwortete Blake, der sich über die Entwicklung des Gesprächs freute. „Es war ein Mr. Richard Malvery aus Kanada. Können Sie sich noch auf ihn besinnen?"

„O ja! Es war ein großer, dunkler junger Herr. Er hat hier zwei oder drei Tage gewohnt und sagte, daß er geschäftlich in der City zu tun hätte. Zufällig kam er hier herein, um ein

Glas Whisky-Soda zu trinken, und das Hotel gefiel ihm so gut, daß er sofort wegging und sein Gepäck holte. Sehen Sie, hier steht sein Name", fuhr sie fort, indem sie in dem Fremdenbuch zurückblätterte. „Richard Malvery, Zimmer fünfzehn. Er war vom 25. bis zum 27. Februar hier und hat uns auch erzählt, daß er von Kanada käme. Aber er hat als seine Adresse hier ‚Malvery Hold', Brychester, angegeben."

Blake warf einen Blick auf die Eintragung und dann auf das kleine Zimmer hinter dem Empfangsbüro. Niemand war in der Nähe, und er entschloß sich, die Wirtin sofort ins Vertrauen zu ziehen.

„Kann ich mich dort hineinsetzen und einen Whisky-Soda bekommen?" fragte er. „Ich möchte mich ein wenig mit Ihnen über Mr. Richard Malvery unterhalten. - Sehen Sie", sprach er weiter, als ihm die Wirtin das Glas gebracht hatte, „Mr. Richard Malvery war mein Teilhaber und ist jetzt verschwunden. Er wollte von hier aus zu seinem Vater, Sir Brian Malvery, der in ‚Malvery Hold' wohnt. Am 27. Februar ist er gegen Mittag von hier aufgebrochen, und am selben Abend noch war er in Brychester und in einem Dorf in der Nähe. Dafür haben wir bestimmte Beweise. Aber seitdem fehlt jede Spur von ihm."

Die Wirtin sah in interessiert und erstaunt an.

„Und Sie haben auch keine Vermutung, wo er sein könnte?"

„Nein, bis jetzt nicht. Ich bin eifrig bemüht, die Sache zu klären, und zwar im Interesse seines Vaters und seiner Schwester. Deswegen bin ich auch hierher gekommen. Ich wollte versuchen, ob Sie mir etwas über seine Tätigkeit und seinen Aufenthalt hier erzählen könnten. Wissen Sie zum Beispiel, ob er in Begleitung von anderen Leuten hier im Hotel war? Hat er Besuche empfangen?"

Die Wirtin setzte sich nun zu ihm an den Tisch.

„Ja", sagte sie. „Ein Herr besuchte ihn am zweiten Tag, als er hier wohnte, nachmittags. Er kam ungefähr um drei und ging um vier wieder. Sie haben sich in der Ecke dort eine Stunde lang unterhalten."

„Können Sie sich auf diesen Mann noch besinnen? Das wäre sehr wichtig."

„Ja, ich kann mich gut an ihn erinnern. Er schielte nämlich auf dem einen Auge und sah etwas unangenehm aus. Er war klein, und ich hielt ihn für einen Rechtsanwalt."

„Haben Sie etwas von der Unterhaltung der beiden gehört?"

„Ich hörte nur, daß der kleine Herr sagte, er müsse um vier Uhr fünfundvierzig nach Shilhampton zurückfahren. Und ich glaube, er hat diesen Zug auch benützt, denn sie gingen um Viertel nach vier von hier fort. Ich kann mich an solche Einzelheiten sehr gut erinnern, weil das Geschäft eben nicht mehr so gut geht und man nicht viel zu tun hat. Ich kann mich auf Mr. Malvery noch sehr gut besinnen. Am Morgen seiner Abreise gab er meiner kleinen Tochter noch ein paar Ansichtskarten aus Kanada, und gegen Mittag ging er dann zum Bahnhof."

„Wissen Sie, ob er am Morgen seiner Abreise ein Telegramm erhielt?"

„Er bekam an beiden Morgen ein Telegramm, jedesmal während er beim Frühstück saß."

Blake trank seinen Whisky-Soda aus und erhob sich.

„Nun, das ist wenigstens etwas", sagte er. „Wenn Zimmer Nummer fünfzehn frei ist, in dem Mr. Malvery wohnte, dann geben Sie es mir bitte. Nicht, daß ich erwarte, dort noch irgendeine Spur zu finden", fügte er lächelnd hinzu, „aber ich möchte gerne darin wohnen."

Und als er sich später in dem Raum umsah, fand er auch wirklich nichts, was ihn an Malvery erinnerte. Blake hörte nun nichts Neues mehr über seinen Freund - die Wirtin hatte ihm alles erzählt, was sie wußte. Am nächsten Morgen ging er zu der ,Canadian Bank of Commerce' und erfuhr dort nähere Einzelheiten von einem Beamten, nachdem er alles genau erklärt und seinen Paß vorgewiesen hatte.

Richard Malvery hatte am 26. Februar gegen Mittag auf der Bank vorgesprochen, um festzustellen, ob sein Geld richtig von Kanada überwiesen worden war. Es handelte sich um etwas mehr als zweitausend Pfund. Am nächsten Tag war er wiedergekommen und hatte fünfzehnhundert Pfund abgehoben. Seit der Zeit war er nicht mehr in der Bank gesehen worden und hatte sich auch nicht schriftlich an sie gewandt. Blake hatte eine Liste der Nummern der Banknoten mitgebracht, die er in der Brieftasche in ,Malvery Hold' gefunden hatte, und überreichte sie dem Kassenbeamten, damit er sie vergleichen konnte. Eine kurze Prüfung genügte und bewies, daß die Banknoten dieselben waren, die Richard auf der Bank abgeholt hatte.

„Die übrigen fünfhundert Pfund wurden ihm in fünf Einhundertpfundnoten ausgezahlt. Diese hatte er wahrscheinlich noch bei sich, nachdem er die Brieftasche, von der Sie uns erzählt haben, in dem Sekretär versteckt hatte."

„Es wäre aber doch möglich, daß er das Geld schon ausgegeben hatte?"

„Zwei Monate sind ungefähr vergangen, seit die Scheine an Mr. Malvery ausgehändigt wurden. Da diese großen Banknoten heute auch von Hand zu Hand gehen, wird es schwierig sein, ihren Weg zu verfolgen. Aber immerhin haben Sie einen Anhaltspunkt, wenn Sie wissen, daß sie wieder bei der ,Bank of England' eingegangen sind."

„Aber wie könnte mir das helfen?" fragte Blake.

„Wenn Ihre Theorie von Malverys Verschwinden in dem Triebsand richtig ist, dann hätte er diese Scheine mit in die

Tiefe genommen. In diesem Fall wären die Banknoten ebenso verschwunden wie er selbst. Wenn sie aber wieder bei der ‚Bank of England‘ eingelaufen sind, dann ist dies der Beweis, daß er sie weitergegeben hat, und dann können wir nach und nach herausbekommen, wer der Betreffende war, der sie von ihm erhielt. Wir wollen gerne für Sie sofort bei der ‚Bank of England‘ anrufen und fragen, ob einer dieser Geldscheine wieder eingegangen ist. Am besten ist es, wenn Sie heute nachmittag noch einmal kommen und sich erkundigen.“

„Sie hatten nicht den Eindruck, daß Richard Malvery irgendwie aufgeregt war?“

„Nein, nicht im geringsten. Ich sprach ihn allerdings nur einige Minuten in einer rein formellen Sache. Er schien mir in guter Stimmung zu sein. Ich kann mich nur noch besinnen, daß er damals sagte, er würde sobald als möglich nach Kanada zurückgehen.“

Blake ging eine halbe Stunde lang in den Straßen Londons umher. Dann faßte er den Entschluß, den Journalisten aufzusuchen, den Atherton ihm empfohlen hatte, und machte sich auf den Weg zur Redaktion des ‚Argus‘.

Er schickte seine eigene Karte mit der des Polizeidirektors Atherton zu dem Redakteur Evan Colwyn. Er mußte warten, aber schließlich führte ihn ein Junge in das Büro eines scharfblickenden geschäftigen Mannes, der zwischen vielen Telefonapparaten saß und der sofort zur Sache kam, nachdem Blake neben seinem Schreibtisch Platz genommen hatte.

„Guten Morgen, Mr. Blake“, sagte er und nahm die beiden Karten auf. „Soviel ich sehe, sind Sie von Brychester und von meinem Freund Atherton geschickt. Ich vermute, daß Sie hierhergekommen sind, um mir etwas von den Geheimnissen um Mr. Malvery zu erzählen."

Blake sah ganz erstaunt auf. „Woher wissen Sie denn etwas darüber? Ich dachte, bis jetzt wäre noch nichts in der Öffentlichkeit davon bekannt."

Mr. Colwyn lachte. „Die Sache ist schon ziemlich publik." Er reichte Blake die Bekanntmachung über die ausgesetzte Belohnung und ein kurzes Manuskript. „Unser Vertreter in Brychester hat uns das eben eingesandt. Er weiß nicht gerade viel, wie Sie bald herausfinden werden, wenn Sie das Schriftstück durchlesen, aber vielleicht wissen Sie mehr?"

„O ja, sehr viel mehr", erwiderte Blake, nachdem er das Blatt rasch überflogen hatte.

„Wollen Sie mir das erzählen?"

„Ja, ich werde Ihnen alles sagen, was ich weiß."

Der Redakteur klingelte zweimal. Gleich darauf trat ein junger Mann mit einem Stenogrammblock ein und setzte sich schweigend. Colwyn wandte sich an Blake. „Also, nun erzählen Sie bitte, ganz auf Ihre eigene Art und Weise. Sie können so schnell sprechen, wie es Ihnen beliebt."

Aber Blake sprach langsam. Er wollte sehr sorgfältig sein und einen einfachen, ungetrübten Bericht der Tatsachen geben. Er brachte alles vor, was er bis jetzt über den Fall wußte.

„Ober diese Banknoten bekomme ich heute nachmittag noch Bescheid", schloß er.

„Bitte, rufen Sie uns gleich an, wenn Sie etwas darüber erfahren haben", bat Mr. Colwyn und wandte sich dann an seinen Sekretär. „Tippen Sie mir das so schnell wie möglich."

Der Sekretär entfernte sich sofort.

„Ich kann Ihnen nur die Versicherung geben, daß dies eine großartige Sache für uns wird. Ich will sie ganz groß

81

aufziehen. Morgen früh können Sie es schon lesen. Aber bitte setzen Sie sich nicht noch mit anderen Zeitungen in Verbindung."

„Nein, das verspreche ich Ihnen. Sie sollen den Artikel allein herausbringen."

13

Auf der Bank erwartete Blake eine Überraschung.

„Ich habe Ihnen zweierlei Neuigkeiten mitzuteilen, Mr. Blake", sagte der Beamte. „Zunächst ist nach dem 27. Februar noch ein kleiner Scheck von Mr. Malvery eingegangen, und zwar über zwölf Pfund. Er wurde am 7. März hier vorgelegt und ausgezahlt. Der Scheck selbst war am 28. Februar ausgestellt und lautete auf den Überbringer. Die fünf Hundertpfundnoten sind bis jetzt noch nicht wieder bei der ‚Bank of England' eingelaufen."

Blake überdachte eine Weile schweigend, was er eben gehört hatte.

„Der Scheck ist am 28. Februar ausgestellt, sagen Sie? Dann war Richard Malvery an diesem Tage also noch am Leben!"

„Ein vollgültiger Beweis ist das natürlich nicht, denn er kann sich im Datum geirrt haben, oder er hat den Scheck spät abends am 27. ausgestellt und ihn für den nächsten Tag vordatiert. Mit diesen Möglichkeiten muß man allerdings rechnen. Aber die Wahrscheinlichkeit spricht dafür, daß er am 28. noch lebte." „Könnte man seine Spur durch diesen Scheck verfolgen?"

„Das ist schwierig. Ich sagte Ihnen ja, daß der Scheck auf den Überbringer ausgestellt war. In England ist es Sitte, in diesem Fall nicht den Namen auf die Rückseite zu schreiben; der Betrag wurde dem Betreffenden so ausgezahlt. Der Scheck lautete ja auch nur auf zwölf Pfund. Sehen Sie, hier ist das Formular. Datiert am 28., vorgelegt erst am 7. März, also eine ganze Woche später. Das bringt mich auf den Gedanken, daß Malvery den Scheck irgendjemand auf dem Land aushändigte, vielleicht in Brychester oder in Shilhampton, und daß der Betreffende den Scheck behielt, bis er in die Stadt kam. Ich werde einmal den Beamten rufen, der den Scheck ausgezahlt hat; vielleicht kann er uns näheren Aufschluß geben."

Der Beamte, der gleich darauf erschien, hatte ein gutes Gedächtnis und wußte noch verschiedenes über den Mann.

„Er war nicht auffallend gekleidet", berichtete er, „trug einen dunklen Anzug und schielte. Das ist mir besonders in Erinnerung geblieben."

Blake bedankte sich für die Auskünfte und überbrachte seine neuen Ermittlungen dann sofort Mr. Colwyn, der darüber sehr befriedigt war.

„Nun, die Sache rundet sich immer mehr ab. Hier liegen schon Bürstenabzüge von dem Artikel, mit dem ich morgen früh herauskomme. Wenn Sie sich die Mühe machen wollen, ihn einmal durchzusehen, werden Sie finden, daß alles genau Ihrer Erzählung entspricht. Nur ein Detail habe ich ausgelassen, nämlich das Verschwinden von Miss Hester Prynne."

„Warum denn? Ich halte das für einen sehr wichtigen Punkt."

„Möglich", entgegnete Colwyn trocken. „Aber ich möchte doch jetzt noch nichts davon verlauten lassen. Wir haben keinen Beweis dafür, daß ihr Verschwinden mit Malvery zu tun hat. Miss Prynne kann irgendwelche anderen Gründe für ihr Weggehen gehabt haben, und außerdem kann sie jeden Augenblick wieder in Brychester auftauchen. Wir könnten den Umstand höchstens erwähnen, wenn die Polizei offiziell davon informiert ist, daß man sie vermißt. Dann können wir allerdings sehr viel daraus machen."

„Nun, ich überlasse Ihnen die Entscheidung. Sie müssen es am besten wissen. Durch die Veröffentlichung Ihres großen Artikels tritt ja nun die ganze Sache in ein neues Stadium. Tausende lesen ihn morgen in der Gegend von Brychester, und Zehn- und Hunderttausende lesen ihn im ganzen Lande. Der Fall Malvery ist jetzt eine allgemeine Angelegenheit."

Blake dachte wieder an diese Worte, als er am nächsten Morgen im ,Kardinalshut' die Treppe herunterkam. Es schien ihm, als ob jeder, der ihm im Hotel oder auf der Straße begegnete, den ,Argus' läse. Und an einem kleinen Zeitungsstand, der dem Hotel gegenüberlag, las er die großen Überschriften:

„Das Geheimnis von ›Malvery Hold‹.

Verschwinden eines zukünftigen Baronets

unter außergewöhnlichen Umständen!"

Der alte Oberkelner betrachtete Blake mit neuem Interesse, als er ihm das Frühstück servierte.

„Das ist eine merkwürdige Angelegenheit, diese Geschichte mit Mr. Richard. Ich wußte nicht, daß Sie mit ihm bekannt waren, bis ich heute morgen die Zeitung las."

„Sie können sich doch aber auch noch auf ihn besinnen?" bemerkte Blake.

William räusperte sich diskret und sprach dann mit gedämpfter Stimme.

„Er ist mir noch fünf bis sechs Pfund schuldig. Wissen Sie, er kam öfter hierher und machte allerdings nur kleine Zechen, manchmal zehn Schilling, manchmal fünf, aber mit der Zeit summiert sich das. In ,Malvery Hold' sieht es ja mit Geld recht traurig aus. Die Geschichte ist wirklich außergewöhnlich. Aber ich glaube, daß Sie nun durch die Veröffentlichung allerhand erfahren werden."

„Ich bin in dem Punkt nicht so sicher."

„Sie können sich darauf verlassen. Sicher wissen verschiedene Leute hier in der Gegend noch manches, was sie bisher nicht erzählt haben, weil sie den Dingen kein Gewicht beilegten."

Was Blake zuerst zu hören bekam, war ein Wutausbruch von Mr. Boyce Malvery, den er in Athertons Büro traf. Er ging nach dem Frühstück zu dem Polizeibeamten, um über seine letzten Erfahrungen und über den Artikel im ‚Argus' mit ihm zu sprechen.

Aber kaum hatte er den Mund aufgetan, als Boyce Malvery wütend in das Zimmer stürzte.

Blake versuchte keineswegs, seine Abneigung gegen den Notar zu verbergen. Atherton setzte eine kühle Amtsmiene auf, und Boyce ließ seinen Ärger zunächst an dem Fremden aus.

„Ich brauche ja kaum zu fragen, wer für diesen Unfug verantwortlich ist", sagte er eisig und warf die Zeitung auf den Tisch. „Den Artikel haben Sie natürlich geschrieben, das spricht aus jeder Zeile. Aber ich möchte Sie fragen, Atherton, ob das mit Ihrem Einverständnis geschehen ist? Haben Sie diese Sache offiziell sanktioniert?"

„Offiziell nicht, aber persönlich schon", erwiderte der Beamte gelassen. „Ich war derjenige, der Mr. Blake darauf aufmerksam machte, daß meiner Meinung nach Ihr Vetter sich daraufhin melden würde, wenn er noch am Leben ist. Auf jeden Fall bekommen wir mehr Nachrichten, wenn das öffentliche Interesse auf den Fall gelenkt wird. Ich habe Mr. Blake diesen Rat gegeben, und ich würde es heute unter denselben Umständen wieder tun."

„Was für ein Recht haben Sie denn, sich mit unseren Familienangelegenheiten zu beschäftigen?" fuhr Boyce Blake an. „Welches Recht haben Sie, unseren Namen an die Öffentlichkeit zu zerren, besonders in einem solchen Blatt, das nur auf Sensationen ausgeht? Ich bin das Haupt der Familie Malvery -"

„Nicht, solange Sir Brian noch lebt", unterbrach ihn Atherton.

„Ich bin auf jeden Fall das Haupt der Familie", erwiderte Boyce hitzig, „und wenn, wie es allem Anschein nach der Fall ist, mein Vetter Richard nicht mehr lebt -"

„Dann ist immer noch seine Schwester da, und die gehört zu der Hauptlinie, wie Sie wohl wissen", unterbrach ihn Atherton aufs neue. „Sie sind doch von der Nebenlinie. Und in einem Fall wie diesem kommt eine Schwester vor einem Vetter." Boyce machte eine ungeduldige Handbewegung, aus der hervorging, daß seiner Meinung nach Frauen überhaupt nicht in Betracht kämen.

„Ich wiederhole Ihnen, ich bin die Person, die vorher um Rat gefragt werden mußte. Niemand hat das Recht, ohne meine Erlaubnis unsere Familienangelegenheiten in die Öffentlichkeit zu zerren. Sie kommen hierher und stellen Nachforschungen an über eine Sache, die Sie gar nichts angeht! Sie sagen, Richard war irgendwo in Kanada Ihr Teilhaber, aber wir wissen nicht einmal, ob Ihre Angaben stimmen! Vielleicht haben Sie irgendwelche persönliche Gründe für Ihre Handlungsweise und verfolgen damit andere Interessen."

Blake richtete sich in seinem Stuhl auf und reckte seine Schultern. Verächtlich sah er auf den kleinen Boyce herunter, wie eine große Bulldogge auf einen kleinen, kläffenden Terrier.

„Es wäre besser, wenn Sie nicht in diesem Ton mit mir sprächen", entgegnete er dann ruhig. „Ich kann meine Handlungsweise rechtfertigen. Dick Malvery war mein Teilhaber, und als er Abschied von mir nahm, wußte ich, daß er und warum er hierherkommen wollte. Und ich werde auch noch herausbekommen, was aus ihm geworden ist. Ich unternehme nichts anderes, bis ich das weiß. Und nun will ich ein offenes Wort mit Ihnen sprechen, da Sie sich so unverschämt benommen haben. Ich will mich hier nicht brüsten; aber ich sage Ihnen nur, daß ich ein Vermögen von einer halben Million Pfund, wohlverstanden, nicht Dollar, besitze! Und ich werde, wenn es notwendig ist, mein ganzes Vermögen dafür einsetzen, um die Wahrheit über Dick Malvery zu erfahren. Und wenn Sie noch nicht wissen sollten, wer ich bin, so finden Sie auf dieser Karte die Adressen meines Rechtsanwaltes und meines Bankiers, beide sehr angesehene Firmen, die Sie kennen werden. Machen Sie nie wieder Andeutungen, als ob ich irgendwelche anderen Interessen haben könnte, sonst sollen Sie es bitter bereuen!"

„Lassen Sie zu, daß man mich hier in Ihrem Büro beleidigt?" wandte sich Boyce an Atherton.

„Sie haben sich das selbst zuzuschreiben, denn Sie haben angefangen", entgegnete Atherton ruhig. „Ich kann das Vorgehen, wie Mr. Blake die Wahrheit über seinen Freund herausbringen will, nur billigen. Solche Andeutungen von Ihrer Seite kann er sich natürlich nicht gefallen lassen. Und außerdem hat die Familie, deren Oberhaupt Sie sind, wie Sie vorhin behaupteten, noch nichts unternommen."

„Ich lasse mir nicht vorschreiben, was ich zu tun und zu lassen habe", erwiderte Boyce erregt und nahm die Karte mit den Adressen auf. „Ich werde Weiteres veranlassen. Wenn Mr. Blake seine halbe Million Pfund ausgeben will, dann mag er es ruhig tun. Mr. Blake kann sich das Verschwinden Richard Malverys wahrscheinlich nur durch einen Mord erklären."

„Wissen Sie denn eine andere Erklärung?" fragte Blake ruhig. „O ja, ich kann mir verschiedenes denken, wenn ich den früheren Lebenswandel von Richard Malvery in Betracht ziehe. Aber forschen Sie nur weiter, und geben Sie Ihr Geld aus!" Mit einem hämischen Lachen ging Boyce zur Tür.

„Einen Augenblick noch, Mr. Malvery", hielt ihn Atherton zurück. „Haben Sie Nachricht von Miss Prynne?"

„Diese Sache ist bisher noch nicht Angelegenheit der Öffentlichkeit. Offiziell habe ich Ihnen davon noch nichts mitgeteilt." Boyce verließ in hochmütiger Haltung das Büro. Atherton schüttelte den Kopf und wollte gerade eine Bemerkung machen, als ein Polizeibeamter mit einer Karte hereinkam. Er las sie laut: „,Mr. Newman Cuffe, Rennwetten, Shilhampton'. - Führen Sie ihn herein!"

14

Als der Beamte den Raum verließ, wandte sich Atherton mit einem bedeutungsvollen Lächeln an Blake.

„Ich kenne diesen Mann", sagte er leise, indem er nach der halboffenen Tür hinüberschaute. „Er ist ein bekannter Buchmacher und eine Persönlichkeit. Der hat Charakter. Achten Sie mal darauf, wenn er jetzt hereinkommt!"

Dem Herrn, der gleich darauf eintrat, war äußerlich nichts von seinem Beruf anzusehen. Er war mittelgroß, untersetzt, hatte ein ernstes Gesicht und machte eher den Eindruck eines ehrsamen Kolonialwarenhändlers im Sonntagsstaat. Er trug einen schwarzen Anzug und einen großen, breiten Filzhut. Seine Wäsche war tadellos weiß, und er schien in guten Verhältnissen zu leben. Eine große goldene Uhrkette zierte seine Weste, und ein Brillantring blitzte am kleinen Finger seiner linken Hand.

„Guten Morgen, Captain", sagte er mit volltönender, etwas salbungsvoller Stimme. „Hoffentlich geht es Ihnen gut. Sie kennen mich ja seit langem, und ich darf wohl sagen, daß wir schon manche Sache erfolgreich durchgefochten haben. - Ist das ein Freund von Ihnen?" fragte er, als er einen Stuhl nahm und Blake mit einem forschenden Blick betrachtete.

„Sie haben den Namen von Mr. Blake wahrscheinlich schon in dem Artikel des ‚Argus' heute morgen gelesen", entgegnete Atherton. „Wie ich sehe, haben Sie ja das Blatt in der Hand." Mr. Cuffe sah Blake nun mit großem Interesse an und machte eine etwas altmodische Verbeugung vor ihm.

„Ich freue mich, daß ich Sie kennenlerne. - Natürlich habe ich den Artikel in der Zeitung gelesen", wandte er sich dann wieder an den Polizeidirektor. „Was ist denn Ihre Meinung über das geheimnisvolle Verschwinden Mr. Malverys?"

„Ich würde gern Ihre Ansicht hören, Mr. Cuffe", erwiderte Atherton.

Das Gesicht des Buchmachers wurde ernst, und er schüttelte den Kopf. „Es gibt viele Rätsel auf dieser Welt, Captain. Das weiß ich am besten. In meinem Beruf komme ich ja mit vielen Leuten zusammen. Was ich da manchmal erfahre! Ich könnte Ihnen ganze Romane erzählen, die ich mit meinen Kunden erlebt habe. Ich habe schon oft zu meinen Töchtern gesagt: ‚Mädchen, wenn ich einmal genug Geld verdient habe und ihr gut verheiratet seid, dann ziehe ich mich zurück und schreibe alles auf, was ich erlebt habe!' Ich habe kaum einen Roman gelesen, der so interessant wäre, wie das Leben selbst."

„Und was können Sie uns über Mr. Malvery erzählen?" fragte Atherton.

Der Buchmacher zog einen Stuhl näher an den Schreibtisch heran und gab Blake ein Zeichen, auch näher zu kommen.

„Ich habe diesen Artikel gelesen, und deswegen bin ich hergekommen. Aber bevor ich beginne, noch eine Frage. Kann ich frei in Gegenwart von Mr. Blake sprechen?"

„Mr. Blake ist ein reicher Mann", erklärte der Beamte, „der sich die Aufgabe gestellt hat, die Wahrheit in dieser Sache an den Tag zu bringen. Er hat schon viel Geld dafür ausgegeben."

„Das ist ja anerkennenswert von ihm, aber ich würde nicht so großzügig mit dem Geld umgehen. Was ich sage, möchte ich erst im Vertrauen mitteilen. Sie haben wahrscheinlich nicht gewußt, daß der junge Malvery mit mir in geschäftlicher Verbindung stand, bevor er auswanderte."

„Nein, das war mir unbekannt", erwiderte Atherton.

„Das ist auch ganz erklärlich. Wir betrachten unser Geschäft als diskret und binden nicht jedem anderen auf die

Nase, was wir machen. Dick Malvery hat niemals große Wetten bei mir abgeschlossen, dazu hatte er natürlich kein Geld. Aber wir wurden im Lauf der Zeit ganz gut miteinander bekannt." Mr. Cuffe machte eine Pause und richtete sich etwas auf. „In meinem Leben sind mir ja schon oft Streiche gespielt worden", fuhr er dann seufzend fort. „Sie wissen, Captain, ich habe ein gutes Herz und werde leicht sentimental. Und solche Leute werden immer betrogen."

„Wollen Sie damit sagen, daß Mr. Richard Malvery Sie auch betrogen hat?"

Mr. Cuffe zog ein schönes, buntgesäumtes Taschentuch heraus und wischte sich die Stirn.

„Ich bin ja gerade hergekommen, um mit Ihnen darüber zu sprechen. Ich glaube, das wird einige Aufklärung in die Sache bringen, wenigstens meiner Meinung nach. Durch den Artikel in der Zeitung ist mir erst klargeworden, daß ich etwas Wichtiges zu sagen habe. Und umgekehrt können meine Angaben den Artikel ergänzen."

„Wir beide sind Ihnen sehr dankbar, wenn Sie uns sagen, was Sie wissen."

„Vor etwa fünfeinhalb Jahren wanderte Dick Malvery aus und ging in die Fremde. Es war im Oktober."

„Das Datum weiß ich nicht so genau", entgegnete Atherton.

„Ich weiß es aber noch ganz genau. Es war zwei Tage nach dem Grand-National-Rennen, und zwar an einem Freitag. Damals kam der junge Malvery ungefähr um halb sieben abends zu mir in meine Privatwohnung in Shilhampton. Wir saßen gerade beim Abendbrot. Es war ungewöhnlich, daß er in meine Wohnung kam, denn normalerweise trafen wir uns in meinem Büro in der Stadt. ‚Cuffe, sagte er freundlich zu mir, ‚es tut mir leid, daß ich Sie zu Hause stören muß' - er war immer ein sehr vornehmer

92

und höflicher Gentleman, aber ich möchte Sie bitten, mir diesen Scheck einzulösen. Die Banken sind schon geschlossen, und ich kann kein Geld bekommen, brauche aber den Betrag noch heute abend, weil ich in einer sehr wichtigen Angelegenheit nach London fahren muß - ‚Ganz gewiß', sage ich, ‚wenn ich das Geld zu Hause habe, sollen Sie es bekommen, denn der Scheck ist ja so gut wie bares Geld' - ‚Es sind hundert Pfund, und mein Vetter Boyce Malvery hat ihn unterschrieben' - ‚Oh, dann ist die Sache in Ordnung.' Ich zahle also die hundert Pfund, betrachte den Scheck und sehe, daß er in Ordnung ist. Dann lege ich ihn in meine Schublade. Der junge Malvery verabschiedet sich, nachdem er noch ein Glas Whisky-Soda mit mir getrunken hat, und dann ist er mit dem Expreßzug nach London gefahren. Und seitdem hat ihn niemand mehr gesehen", schloß Mr. Cuffe traurig.

Atherton und Blake, die der Erzählung des Buchmachers interessiert gefolgt waren, sahen sich bedeutungsvoll an.

„Nun, und wie verhielt es sich mit dem Scheck?" fragte der Beamte.

Der Buchmacher sah von einem zum anderen und schüttelte den Kopf.

„Der junge Malvery war seit einigen Jahren mein Kunde. Ich wußte, wer er war, wußte, daß er den Titel einmal erben würde, und zweifelte durchaus nicht an seiner Ehrlichkeit. Ich legte den Scheck bei meiner Bank vor, und er wurde auch honoriert. Nachher habe ich allerdings erfahren, daß der junge Mr. Malvery von zu Hause fortgelaufen war und daß man ihn seit jenem Abend nicht mehr gesehen hat. Es wurde damals viel darüber geredet, daß er weggegangen wäre, ohne jemand ein Wort zu sagen. Er soll sich nicht einmal von seinem Vater und seiner Schwester verabschiedet haben. Und man wußte auch, daß er eine Menge Schulden hinterlassen hatte. Ich habe keinen Schaden durch ihn erlitten, und deswegen habe ich mir auch weiter keine Sorgen gemacht, bis ich eines Tages bitter erfahren mußte, welche Ungerechtigkeit es in der Welt gibt und wie anständigen Leuten ihre vornehme Gesinnung gewöhnlich schlecht gelohnt wird. Als Mr. Boyce Malvery am Quartalsabschluß sein Scheckheft nachrechnete, fand er, daß man einen Scheck von hundert Pfund zu seinen Lasten gebucht hatte. Er konnte sich jedoch nicht darauf besinnen, seinem Vetter einen derartigen Scheck ausgestellt zu haben. Er ging zu seiner Bank, ließ ihn sich zeigen und erklärte ihn dann für eine Fälschung. Man mußte natürlich annehmen, daß der junge Dick der Übeltäter war, der ihn gefälscht hatte."

Bis dahin hatte Blake schweigend und mit großem Interesse zugehört, aber jetzt sprang er erregt auf.

„Das kann ich nicht glauben!" rief er. „Dick Malvery mag ja ein wilder Junge gewesen sein, und er mag eine Menge Schulden gehabt haben, aber niemals war er ein Fälscher! Das ist Unsinn!"

„Halten Sie es wirklich für möglich, daß er unschuldig ist?" fragte Mr. Cuffe liebenswürdig. „Das würde mich sehr freuen. Es spricht für Sie, daß Sie so für Ihren Freund eintreten. Aber ich habe selbst gehört, daß Mr. Boyce Malvery in meiner Gegenwart sagte, sein Name auf dem Scheck wäre gefälscht. Nun hat aber doch der junge Dick mir den Scheck gegeben und behauptet, daß er ihn von seinem Vetter erhalten hätte. Was soll man da glauben?"

„Ich möchte erst ein paar Fragen stellen", unterbrach ihn Atherton. „Was wurde denn nun aus dem Scheck? Vermutlich überging man die Sache stillschweigend."

„Da haben Sie recht", entgegnete der Buchmacher. „Die Sache wurde totgeschwiegen. Ich hatte mein Geld ja bezahlt bekommen, für mich war also die Sache in Ordnung. Ich kann nicht sagen, wie Mr. Boyce sich mit der Bank geeinigt hat. Aber soviel ich weiß, ist weiter nichts daraus geworden, um den Familiennamen nicht in die Öffentlichkeit zu ziehen.

Ich versprach, den Mund zu halten und nichts weiter zu unternehmen. Und bis heute habe ich auch geschwiegen."

„Und warum sprechen Sie nun heute zu mir, Mr. Cuffe? Warum kommen Sie zur Polizei?" fragte Atherton.

Der Buchmacher lächelte. „Das werde ich Ihnen sagen", entgegnete er leise. „Ich glaube, daß da nicht alles in Ordnung war. Ich meine nicht nur Ende Februar, sondern auch schon vor fünfeinhalb Jahren. Sie haben herausgebracht, daß ein Mann, der schielt, Dick Malvery in London in seinem Hotel am 26. Februar besuchte. Ich kenne diesen Menschen, das ist Stephen Pyke. Er war früher mein Angestellter und hat nun ein eigenes Geschäft. Daniel, der Bruder von Stephen Pyke, ist Kassierer bei der Bank in Brychester. Warum hat nun wohl Stephen Pyke Dick Malvery in London besucht?"

15

Blake war ruhelos und empört im Zimmer auf und ab gegangen, seitdem er von Mr. Cuffe gehört hatte, daß man Dick Malvery eine Fälschung vorwarf. Aber schließlich setzte er sich wieder und sah den Buchmacher scharf an.

„Ach", sagte Atherton, „die Sache wird ja höchst interessant. Es eröffnen sich ganz neue Perspektiven, und wir müssen die Angelegenheit von einem anderen Gesichtspunkt aus betrachten. Die Sache mit dem Scheck, ob er nun gefälscht war oder nicht, wurde damals also totgeschwiegen? Und es wußten nur die Bank, Mr. Boyce Malvery und Sie davon?"

„Soviel ich weiß, Captain, wurde später nicht mehr darüber gesprochen."

„Wo ist denn der Scheck jetzt?" fragte Atherton weiter.

„Wahrscheinlich auf der Bank", entgegnete Mr. Cuffe. „Wenigstens vermute ich das. Soweit ich unterrichtet bin, hat die Bank das Geld zugesetzt. Boyce Malvery sprach damals sehr viel von der Familienehre. Es wäre ja nun auch möglich, daß er selbst der Bank das Geld vergütete und den Scheck an sich nahm. Aber ich habe den Eindruck, daß der Scheck noch auf der Bank liegt."

„Warum nehmen Sie das an?"

Mr. Cuffe sah den Beamten verschmitzt an und lächelte sonderbar. „Weil dieser Stephen Pyke Richard Malvery im Hotel auf gesucht hat."

„Sie haben sich eine Theorie gebildet?"

„Nachdem ich heute morgen den Artikel im ‚Argus‘ gelesen hatte, habe ich mir die Sache von allen Seiten überlegt. Auch unterwegs habe ich noch darüber nachgedacht. Die Zusammenkunft von Stephen Pyke und Dick Malvery kann man sich auf zweifache Weise erklären: Es ist möglich, daß der junge Malvery Stephen Pyke zufällig in London traf und ihn in sein Hotel mitnahm, um bei einem Whisky-Soda über die alten Zeiten zu plaudern."

„Kannten sich die beiden denn schon von früher?"

„Natürlich kannten sie sich. Stephen Pyke war doch damals bei mir angestellt! Ich glaube aber nicht, daß sie sich zufällig in London getroffen haben. Meiner Meinung nach hat Richard Malvery an Stephen Pyke geschrieben, als er nach London kam."

„Warum wohl?" fragte Atherton.

Mr. Cuffe sah ihn wieder lächelnd an. „Er wollte doch sicher wissen, wie die Dinge hier in Brychester standen, bevor er hier persönlich wieder erschien."

Mr. Cuffe machte eine Pause, um die Wirkung seiner Worte auf die beiden anderen zu beobachten. Sowohl Atherton als auch Blake nickten beifällig.

„Der junge Richard Malvery", fuhr er dann befriedigt fort, „hatte hier allerhand Schulden zurückgelassen - bei den Kaufleuten, der Bank, den Hotels. Sie hatten ihm alle Kredit gewährt, weil er den Titel erben würde. Und dann muß ich schon sagen, daß er allerhand Weibergeschichten hatte. Man hat ja nach seinem Fortgang genug darüber gehört. Und am schlimmsten war dann diese Sache mit dem Scheck. Er mußte sich natürlich sagen, daß Brychester und Umgebung ihn nicht gerade mit offenen Armen empfangen würden und daß man ihn nicht mit Musik von der Bahn abholen würde. Ihm muß Brychester eher wie ein Hornissennest vorgekommen sein. Verstehen Sie mich?"

„Ja, Sie haben ganz recht", erwiderte Atherton. „Sprechen Sie nur weiter."

„Und so wird er sich wahrscheinlich gedacht haben, daß er am besten erst einmal auskundschaftet, wie alles steht, und sich zu diesem Zweck mit jemand in Verbindung setzt, der ihm darüber genau Bescheid sagen könnte. Was war da natürlicher, als daß er sich an Stephen Pyke wandte?"

„Warum denn gerade an den?" fragte Atherton neugierig.

„Weil Stephen Pyke dafür bekannt ist, daß er alles weiß, was in seiner Umgebung vorgeht. Und zweitens, weil Stephen Pykes Bruder bei der Bank in Brychester viel zu sagen hat. Und wenn Richard Malvery eine Sache fürchten mußte, so war es doch die Geschichte mit dem Scheck!"

„Ja, das leuchtet mir ein", pflichtete Atherton bei. „Richard Malvery mußte doch wohl annehmen, daß ihm die Bank wegen dieser Angelegenheit Schwierigkeiten machen würde. Daniel Pyke wußte natürlich alles und konnte seinem Bruder auf Verlangen alles mitteilen. Und es ist doch ein schweres Vergehen, den Namen eines anderen auf einem Scheck zu fälschen!"

Blake wurde wieder unruhig.

„Sind Sie denn noch immer davon überzeugt, daß Dick den Namen seines Vetters gefälscht hat?" rief er ärgerlich. „Ich behaupte, daß er das nicht getan hat."

Mr. Cuffe winkte beschwichtigend mit der Hand.

„Seien Sie nicht böse. Niemand wäre froher als ich, wenn es so wäre, wie Sie sagen. Aber die Tatsachen sprechen doch gegen ihn, und wir müssen doch den Fall von allen möglichen Seiten betrachten. Ich nehme an, daß Stephen Pyke nach London fuhr, um Richard mitzuteilen, was er wußte. Wahrscheinlich hat er ihm wegen des Schecks aber nicht alles erzählen können und deshalb ein Zusammentreffen zwischen seinem Bruder Daniel und Richard in Shilhampton vereinbart. Deswegen wird er wohl auch das Telegramm am nächsten Morgen an Richard geschickt haben."

„Das wäre also das Telegramm, das Mr. Blake in dem alten Sekretär gefunden hat", warf Atherton ein.

„Ja, das Telegramm ohne Unterschrift, das am Morgen des 27. Februar in Shilhampton aufgegeben wurde. Der Absender muß Stephen Pyke gewesen sein. Meiner Meinung nach hat sich die Sache so abgespielt: Richard Malvery bekam das Telegramm, ging daraufhin zu seiner Bank und hob fünfzehnhundert Pfund ab. Am Nachmittag reiste er nach Brychester und sandte Mr. Blake ein Telegramm und zwei Ansichtspostkarten. Zweifellos ließ er sich dann von Greggy Abinett eine Strecke mitnehmen und ging auch in das Gasthaus ‚Zum Gelichteten Anker‘. Von da aus muß er nach Hause gegangen sein, um seine Brieftasche in dem alten Sekretär zu verstecken. Nun kommt die große Frage: Wohin ging er dann?“ Cuffe erhob sich, richtete sich zu voller Größe auf und klopfte Atherton auf die Schulter. „Von da aus ging er nach Shilhampton! Und zwar um die Brüder Pyke zu sprechen. Captain, ich werde Ihnen sagen, was Sie tun müssen. Diese beiden Leute müssen Sie ausfragen. Die müssen doch schließlich auf Ehre und Gewissen sagen können, ob sie Mr. Malvery in jener Nacht getroffen haben, wo sie sich von ihm trennten und welchen Weg er einschlug, als er sie verließ. Und dann, können Sie sicherlich verschiedene neue Tatsachen feststellen.“

Mr. Cuffe, der nun all seine Theorien entwickelt hatte, wischte sich wieder die Stirn mit seinem Taschentuch, nahm seinen großen Hut und machte Anstalten, sich zu verabschieden.

„Einen Augenblick noch, Mr. Cuffe“, bat Atherton. „Sie haben uns einen guten Wink gegeben, und ich werde dementsprechend handeln. Ich kenne die Pykes dem Namen nach. Die beiden wohnen doch in Shilhampton?“

„Ja, am Rande der Stadt. Der kleine Vorort heißt Norman's Point und liegt zwischen Shilhampton und Marshwyke.“

99

„Richard Malvery befand sich also ganz in ihrer Nähe, als er am 27. Februar im ‚Gelichteten Anker' saß?“

„Etwas über drei Kilometer auf der Chaussee. Wenn er schnell ausschritt, konnte er den Weg in einer halben Stunde zurücklegen.“

„Noch heute abend gehe ich nach Norman's Point. Aber bitte schweigen Sie einstweilen über die ganze Angelegenheit.“

Mr. Cuffe verabschiedete sich höflich, und Atherton wandte sich an Blake, der düster auf den Fußboden starrte.

„Nun? Was halten Sie von Cuffe und seinem Bericht?“ Blake schrak aus seinen Gedanken auf. „Ich glaube, daß dieser Boyce Malvery ein ganz infamer Kerl ist!“

„Wie kommen Sie denn zu diesem vernichtenden Urteil?“

„Ich kann nun einmal diese Geschichte von dem gefälschten Scheck nicht glauben. Ich war lange genug mit Dick zusammen, noch dazu in dem einsamen Kanada, wo man einander genau kennenlernt. Er mag ja allerhand ausgefressen haben, aber niemals hat er eine Unterschrift auf einem Scheck gefälscht!“

„Warum sollte ihn aber Boyce der Sache bezichtigen?“

„Denken Sie doch daran, daß Dick Malvery verschwunden war, als er ihn anklagte, Boyce konnte also ruhig abstreiten, daß er den Scheck ausgestellt hatte. Es war ja niemand da, der ihm entgegentreten konnte.“

„Aber solche Beschuldigungen äußert man doch nicht leichtfertig“, bemerkte Atherton trocken. „Und Boyce Malvery ist Rechtsanwalt und Notar und müßte sich noch mehr hüten als ein anderer.“

„Aber gerade weil er selbst Rechtsanwalt ist, hat er sich die Sache sehr genau überlegt. Ich bin davon überzeugt, daß er selbst diesen Scheck unterschrieben und Dick gegeben hat. Wenn ich Gelegenheit habe, werde ich ihm das auch auf den Kopf Zusagen "

„Aber beruhigen Sie sich doch", erwiderte der Beamte. „Sie erschweren damit nur unsere Nachforschungen. Sie müssen schweigen und beobachten. Ich gehe heute abend nach Shilhampton. Kommen Sie mit?"

„Ja, natürlich! Ich würde an einer Regenröhre herunterklettern oder durch Triebsand waten, um etwas Neues zu erfahren!"

Es war schon dunkel, als Atherton und Blake im Auto des Polizeidirektors nach Shilhampton fuhren. Sie ließen den Wagen in einem Hotel zurück und gingen zu Fuß nach Norman's Point, einer kleinen Villenkolonie. Blake betrachtete mit Interesse den Ort, der eine so große Bedeutung in dem Fall Richard Malvery gewonnen hatte.

„Sehen Sie das Licht dort an der Küste?" fragte Atherton. „Das ist das Feuerschiff auf der Höhe von Marshwyke Creek. Das kleine, rötlichschimmernde Licht ist das Gasthaus ‚Zum Gelichteten Anker', und das weißliche ist das Clentsche Haus."

„Haben Sie in den letzten Tagen irgend etwas von den Clents gehört?"

„Nein, aber es ist möglich, daß wir sehr bald recht viel von ihnen hören werden. Hier ist die Villa von Stephen Pyke", fuhr er fort, nachdem er den Namen an einem Schild an der Gartenmauer gelesen hatte. „Also sagen Sie möglichst wenig, lassen Sie aber die anderen recht viel reden, und beobachten Sie auch die kleinsten Nebenumstände."

Blake nickte nur. Zum Sprechen war er sowieso nicht aufgelegt. Er sah sofort, daß der Mann, der ihnen die Tür öffnete, auf dem rechten Auge schielte.

16

Mr. Pyke, Eigentümer der Villa, war nicht im Mindesten über den Besuch des Polizeidirektors von Brychester überrascht.

„Treten Sie bitte naher, Captain Atherton", sagte er lächelnd. „Ich erwartete Ihren Besuch schon."

„Aber aus welchem Grund denn?" fragte der Beamte, als er mit seinem Begleiter eintrat.

Stephen Pyke sah Blake von der Seite an und schloß die Tür hinter sich.

„Wegen des Artikels im ‚Argus'. Meine Person ist doch sehr genau darin beschrieben, und ich vermute, daß dieser Herr - er nickte Blake zu - „der Redaktion meine Beschreibung brachte. Nun, nichts für ungut, ich nehme es nicht im Geringsten übel. Kommen Sie bitte hier entlang, meine Herren."

Er führte sie durch einen Gang, an dessen Ende eine Tür halb offenstand. In dem dahinterliegenden Raum saß ein anderer Mann, den Blake schon mehrmals in den Straßen von Brychester getroffen hatte und der Stephen Pyke ziemlich ähnlich sah.

„Sie kennen meinen Bruder Daniel, Captain Atherton?" fragte Stephen, während sich der andere von seinem Stuhl erhob. „Darf ich die Herren bekannt machen? Dies ist Mr. Blake, der sich so sehr um die Wiederauffindung Richard Malverys bemüht."

Nachdem alle mit Whisky-Soda versehen waren, wandte sich der Polizeidirektor an Stephen Pyke. „Bitte fassen Sie diesen Besuch als privaten auf. Wir wollen uns nur bei Ihnen erkundigen, ob Sie etwas über den Verbleib Richard Malverys wissen. Ich möchte betonen, daß ich nicht in amtlicher Eigenschaft gekommen bin, und Mr. Blake ist

Privatperson. Aber er ist an dem Schicksal seines früheren Teilhabers sehr interessiert."

Stephen Pyke lachte. „Sie glauben also felsenfest, daß Richard Malvery verschwunden ist, und zwar infolge eines Verbrechens oder dergleichen? Er verschwand diesmal doch genauso plötzlich und geheimnisvoll wie vor fünf Jahren. Nur hat damals kein Hahn danach gekräht."

„Er hatte in jenen Tagen aber auch keine fünfzehnhundert Pfund bei sich", bemerkte Atherton.

„Das ist richtig", entgegnete Stephen Pyke. „Aber wenn er im Februar auf die Weise verschwunden ist, wie Sie annehmen, hatte er auch keine fünfzehnhundert Pfund bei sich. In dem Artikel des ,Argus' ist doch direkt gesagt, daß er tausend Pfund an einen sicheren Platz brachte, also doch höchstens fünfhundert Pfund bei sich hatte."

„Nun, das genügt auch", erwiderte Atherton. „Es sind schon viele Menschen wegen weniger Geld umgebracht worden."

Daniel Pyke, der aufmerksam, zugehört hatte, nahm jetzt die Zigarre aus dem Mund und sah den Polizeidirektor an.

„Sind Sie wirklich der Ansicht, daß Richard Malvery aus dem Wege geschafft wurde, daß man ihn ermordet hat?"

„Ich weiß nicht, was ich denken soll."

Daniel lachte und nickte zu seinem Bruder hinüber.

Stephen lachte auch. „Uns geht es ebenso. Wir wissen auch nicht, was wir von der Sache halten sollen."

„Aber Sie wissen wahrscheinlich mehr über die Zusammenhänge als wir", erwiderte Atherton schnell.

„Wollen Sie uns nicht ein wenig auf die Sprünge helfen? Alle Tatsachen, die Mr. Blake und ich wissen, sind Ihnen aus dem Artikel des ,Argus' bekannt. Können Sie uns nicht etwas mehr sagen? Nach Ihren Worten von vorhin sind Sie

103

es gewesen, der Richard Malvery am 26. Februar im ‚Minerva Hotel‘ aufsuchte."

Nachdem Stephen seine Besucher mit Zigarren versorgt hatte, ließ er sich auch in seinem Sessel nieder und rauchte eine kurze Pfeife. Es war offensichtlich, daß sich keiner der beiden Brüder durch den Besuch und die an sie gestellten Fragen unangenehm berührt oder verlegen fühlte. Sie sahen keine Gefahr für sich darin, daß sie in den Fall Malvery verwickelt waren.

„Mein Bruder und ich", sagte Stephen, „haben die Sache eingehend besprochen. Ehe Sie kamen, hatten wir gerade beschlossen, eine klare Aussage über das zu machen, was wir von der Rückkehr Richard Malverys im Februar wissen. Wir dachten schon daran, zu einem Rechtsanwalt zu gehen, aber wir können unsere Aussagen ja ebenso gut Ihnen gegenüber machen."

„Das freut mich. Sprechen Sie zunächst ganz vertraulich mit uns, eine offizielle Aussage können Sie ja, wenn nötig, später noch machen. Wir wollen die Sache soweit wie möglich auf private Weise klären."

„Ich verstehe vollkommen", erwiderte Stephen. „Am 25. Februar erhielt ich also einen Brief von Dick Malvery, der am Tag vorher in Liverpool zur Post gegeben war. Er teilte mir darin mit, daß er nach England zurückgekehrt sei und genügend Geld mitgebracht habe, um seine Schulden in Brychester zu bezahlen, und daß er mich in gewissen persönlichen Angelegenheiten gerne sprechen möchte. Da er damals Brychester in einer für ihn unangenehmen Situation verlassen hatte, wollte er gerne wissen, wie die Dinge jetzt stünden. Er schlug vor, daß ich ihn am 26. in London aufsuchen sollte. Das tat ich auch, und ich brachte ungefähr eine Stunde im ‚Minerva Hotel‘ zu, wo wir verschiedene Punkte wegen seiner Rückkehr nach Brychester besprachen. Im Lauf der Unterhaltung stellte es sich als wünschenswert heraus, daß er auch mit meinem Bruder Daniel sprechen wollte."

„Aus welchem Grund?" fragte Atherton.

„Den Grund hierfür wollen wir vorläufig außer Acht lassen. Ich gebe Ihnen augenblicklich nur einen klaren Bericht über das, was wir über Richard Malverys Aufenthalt wissen. Ich sagte eben, daß es wünschenswert war, eine Unterredung zwischen ihm und Daniel herbeizuführen. Ich verließ Richard, und als ich am Abend nach Hause kam, sprach ich mit Dan und traf die nötigen Vorbereitungen. Am nächsten Morgen sandte ich Richard das Telegramm, das Mr. Blake in der Brieftasche in ‚Malvery Hold' fand, und das Richard davon verständigen sollte, daß er Dan zu jeder beliebigen Zeit in meinem Hause treffen könnte. Wie Sie wohl wissen, kam er am Nachmittag des 27. nach Brychester, ging dort zum Postamt und fuhr mit Abinetts Wagen bis zum Kreuzweg bei Marshwyke. Er sagte uns das auch und amüsierte sich darüber, daß ihn der alte Mann ebensowenig wie Nick Briscoe und seine Gäste erkannt hatten. Aber wir wußten damals nicht, daß er bereits in ‚Malvery Hold' gewesen war. Das haben wir erst heute morgen im ‚Argus' gelesen:"

„Davon erwähnte er damals kein Wort", warf Daniel Pyke dazwischen.

„Richard Malvery kam also am 27. Februar spät abends zu Ihnen?"

„Ja, er war von etwa Viertel nach neun bis halb elf bei uns."

„Und was geschah dann?" fragte Atherton.

„Dann ging er natürlich wieder. Er sagte, er wolle nach ‚Malvery Hold' gehen. Er benutzte den Uferweg; das konnten wir deutlich sehen, weil wir ihn noch bis zum Tor begleiteten. Und seit der Zeit haben wir nichts mehr von ihm gehört."

Atherton und Blake schwiegen.

„Ich möchte noch etwas erwähnen", fuhr Stephen fort. „In dem Artikel des ‚Argus' wird auch von einem Scheck gesprochen, den Richard Malvery irgendjemand aushändigte. Ich habe diesen Scheck in London kassiert. Richard gab ihn mir, weil er mir noch Geld schuldete. Ich konnte mich nicht mehr auf die Summe besinnen, als ich ihn in London traf, fand aber dann den genauen Betrag hier in meinen Notizen; es handelte sich um zwölf Pfund. Er machte einen Fehler, als er den Scheck auf den 28. datierte, denn er schrieb ihn am 27. abends an diesem Tisch hier aus. So klärt sich auch diese Sache auf. Das ist nun alles, was wir Ihnen sagen können. Er war hier, ging wieder fort, und seitdem haben wir kein Lebenszeichen mehr von ihm bekommen."

„Nicht die geringste Nachricht haben wir von ihm erhalten", fügte Daniel hinzu.

Atherton sah von einem zum andern. „Da wir uns hier freundschaftlich und privat unterhalten, wollen wir ganz offen miteinander sprechen", sagte er dann. „Ist das wirklich alles, was Sie wissen, oder ist es nur das, was Sie zu sagen beabsichtigen?"

„Warum stellen Sie diese Frage?" erwiderte Stephen.

„Ich habe das Gefühl, daß Sie mir mehr erzählen könnten, wenn Sie wollten. Sie haben uns zum Beispiel nicht das Geringste darüber gesagt, warum Richard Malvery eine private Unterhaltung mit Ihrem Bruder wünschte. Warum wollte er denn gerade Mr. Daniel Pyke sprechen?"

„Dafür hatte er einen ganz bestimmten Grund, den ich Ihnen jedoch nicht mitteilen möchte."

„Nein, darüber können wir nicht sprechen", bestätigte Daniel. „Das ist eine rein private Angelegenheit."

Atherton stieß Blake unter dem Tisch an.

„Vielleicht ist diese Sache doch nicht so unbekannt, wie Sie glauben", entgegnete er. „Darf ich Ihnen sagen, warum er nach meiner Meinung hierherkam? Richard Malvery wollte Sie wegen eines gewissen Schecks über hundert Pfund sprechen, der nach seinem seinerzeitigen Verschwinden eine unangenehme Auseinandersetzung auf der Bank in Brychester hervorrief. Habe ich recht?"

Diese Äußerung machte einen größeren Eindruck auf die beiden Pykes, als Blake und Atherton vermutet hatten. Stephen Pyke erschrak sichtlich, und Daniel setzte das Glas, das er eben erhoben hatte, wieder auf den Tisch. Atherton lachte.

„Also Sie sehen, daß wir ganz gut informiert sind."

Stephen Pyke sprach zuerst wieder. „Das hat Ihnen Newman Cuffe gesagt. Nur er und Boyce Malvery wußten davon, und ich bin fest überzeugt, daß Boyce darüber geschwiegen hat."

„Warum sollte denn der Rechtsanwalt nicht darüber sprechen?"

„Stephen hat recht", erklärte Daniel. „Mr. Boyce hat Ihnen bestimmt nichts verraten. Diese Nachricht kam von Cuffe."

„Also habe ich recht?" fragte Atherton. „Richard Malvery wollte Sie wegen dieses Schecks sprechen?"

Aber er sah an dem Gesichtsausdruck der beiden, daß er auf seine Frage keine Antwort erhalten würde.

Als Daniel antwortete, sprach er sehr vorsichtig und war wenig mitteilsam. „Es tut mir leid, Captain Atherton", sagte er in offiziellem Ton. „Wenn Mr. Cuffe in solchen Dingen das Vertrauen bricht, so tue ich das noch lange nicht. Ich bin bei der Bank angestellt, und ich habe das Dienstgeheimnis zu wahren."

„Ganz recht, aber Richard Malvery kam doch auch nicht offiziell zu Ihnen; er kam privat. Aber wenn Sie nichts sagen wollen, dann kann ich nichts daran ändern."

„Wir können weiter nichts mitteilen", entgegnete Stephen. Atherton sah Blake an, und die beiden erhoben sich.

„Darf ich wenigstens noch eine Frage an Sie stellen?" sagte der Polizeidirektor. „Warum haben Sie niemals über Richard Malverys Rückkehr und sein plötzliches Verschwinden gesprochen? Es muß Ihnen doch sonderbar vorgekommen sein, daß er sich später nicht mehr sehen ließ, nachdem er Sie an jenem Abend verließ?"

Die beiden Brüder wechselten Blicke und schüttelten dann den Kopf.

„Wir haben nicht darüber gesprochen", antwortete Stephen. „Aber wir waren auch nicht überrascht, daß wir Richard Malvery nicht wieder gesehen haben, denn wir hatten den bestimmten Eindruck, daß er nach der Unterredung mit Daniel sich nicht mehr hier in der Nähe aufhalten würde. Er hatte guten Grund, nicht hierzubleiben!"

17

Atherton, der bereits die Klinke in der Hand hatte, wandte sich rasch um, als er die letzte Bemerkung Pykes hörte.

„Das läßt sich nur so verstehen, daß Sie ihm mitteilten, er könnte unter der Anklage der Scheckfälschung verhaftet werden, wenn er sich sehen ließe."

Wieder wechselten die Brüder einen Blick.

„Wir können Ihnen nicht mehr sagen, als wir Ihnen vorher mitteilten", entgegnete dann Daniel Pyke. „Wir haben Ihnen einen klaren Bericht über Richard Malverys Anwesenheit hier gegeben und haben dem nichts zuzufügen. Und Sie wissen ja sehr wohl", fuhr er mit einem bezeichnenden Lächeln fort, „daß diese Sache hiermit nicht zu Ende ist. Wenn Richard Malvery tatsächlich das Opfer eines Anschlages geworden ist, so müssen Sie sich ja auch amtlich mit der Sache befassen, und wir müssen unsere Aussagen vor Gericht machen."

„Die Sache ist bereits offiziell in meinen Händen", erwiderte Atherton, „aber ich wollte Ihnen Gelegenheit verschaffen, mir auch private Nachrichten zu geben, wenn Sie es wünschten. Natürlich betrachte ich unsere Unterhaltung hier als vertraulich. Aber bedenken Sie, daß ich die Mitteilung von Mr. Newman Cuffe offiziell erhalten habe. Er machte sie mir gegenüber in meiner amtlichen Eigenschaft. Ich möchte Sie bitten, sich die Sache noch zu überlegen und dasselbe zu tun. Wenn Sie mir jetzt im Augenblick nichts weiter sagen wollen, dann will ich Sie auch nicht drängen. Kommen Sie, Blake."

Aber Blake brach zuletzt doch noch sein bisheriges Schweigen.

„Ich wäre Ihnen zu allergrößtem Dank verbunden", sagte er plötzlich, „wenn Sie mir noch eine Frage beantworten würden. Sie werden auch gleich merken, warum ich sie stelle.

Ich habe zwei Jahre lang mit Malvery zusammengearbeitet und ihn als absolut ehrlichen und geraden Mann kennengelernt. Die Antwort auf meine Frage bedeutet mir daher sehr viel. Hat Dick Malvery Ihnen gegenüber zugegeben, daß er den Scheck fälschte? Oder ich könnte auch fragen, hat er in Abrede gestellt, daß er den Scheck fälschte? Es kann doch Ihnen und auch sonst niemand schaden, wenn Sie mir darauf Antwort geben."

Stephen und Daniel sahen sich fragend an, dann winkte Stephen seinem Bruder, ihm aus dem Zimmer zu folgen.

„Entschuldigen Sie, meine Herren", wandte er sich an seine Besucher, „ich möchte mich erst mit meinem Bruder besprechen, bevor wir Mr. Blake eine Antwort geben."

Als die beiden gegangen waren, schüttelte Atherton den Kopf.

„Ich weiß nicht, mit diesem Resultat bin ich nicht zufrieden. Die beiden wissen mehr - bedeutend mehr, als sie uns gesagt haben. Vielleicht nicht über Richard Malverys Verschwinden, aber über die Vorgeschichte. Und ich habe keine Handhabe, um sie zum Sprechen zu zwingen; ich sehe nicht einmal die Möglichkeit, sie unter Eid Zeugenaussagen machen zu lassen. Bis jetzt können wir ja noch keine Anklage wegen Mordes an Dick Malvery erheben. Seine Leiche ist nicht gefunden, also kann keine Leichenschau abgehalten werden. Vielleicht ist er auch noch am Leben und -"

In diesem Augenblick kamen die beiden Brüder zurück, und Stephen wandte sich an Blake.

„Wir wollen Ihnen eine Antwort geben, obwohl wir damit von unserer eigentlichen Absicht abweichen. Richard Malvery hat uns feierlich geschworen, daß der Scheck nicht von ihm gefälscht worden ist und daß er von der ganzen Sache nichts wußte, bis ich ihm im ‚Minerva Hotel' in London davon erzählte."

„Ich danke Innen vielmals", erwiderte Blake. „Das genügt mir. Wenn Dick sagte, daß er den Scheck nicht gefälscht hat, dann hat er es auch nicht getan. Die ganze Angelegenheit wird dadurch allerdings nur noch geheimnisvoller. Aber mit der Zeit wird die Wahrheit schon herauskommen."

Die beiden Brüder begleiteten ihre Besucher noch bis zur Tür und verabschiedeten sich dann. Atherton blieb ruhig, solange die beiden noch in Hörweite waren. Erst auf der Straße nach Shilhampton sprach er wieder zu Blake.

„Diese letzte Antwort von Stephen ist von größter Bedeutung; Haben Sie die Worte behalten?"

„Nein, auf den genauen Wortlaut habe ich nicht geachtet, mir lag nur an der Sache selbst."

„Stephen Pyke sagte, daß Richard keine Ahnung von der Scheckfälschung hatte. Ich nehme deshalb an, daß er den Scheck nicht direkt von Boyce erhielt und vollkommen unschuldig war. Wenn er den Scheck direkt von Boyce bekommen hätte, würde er es gesagt haben. Dann hätte er wahrscheinlich erklärt ‚Ich habe doch selbst gesehen, wie Boyce den Scheck ausstellte' oder: ‚Boyce hat ihn mir selbst gegeben'. Stattdessen sagte er, er hätte keine Ahnung, daß der Scheck gefälscht war. Er kann ihn also nur von einer Zwischenperson erhalten haben!"

„Da haben Sie recht! Wir müssen also diese Zwischenperson finden!"

„Ich besinne mich noch, daß Cuffe uns sagte, der Scheck sei auf den Überbringer ausgestellt gewesen. Wir sind in der Nähe seines Hauses und können ihn fragen."

Mr. Cuffes Haus war viel größer und schöner als die kleine Villa von Stephen Pyke. Ein Mädchen führte die beiden sofort in ein prachtvoll eingerichtetes Speisezimmer, wo sie der Hausherr empfing. Er sagte ihnen, daß er mit seinen beiden Töchtern im Wohnzimmer Radio höre, wozu er sie einladen wollte.

Atherton hatte aber keine Lust, sich länger aufzuhalten, sondern drängte auf Eile.

„Ich wollte nur eine Frage an Sie richten. Wir haben die beiden Pykes eben gesprochen, und sie haben ohne weiteres zugegeben, daß Richard Malvery am Abend des 27. Februar in Stephens Haus war und ungefähr um halb elf von dort nach ‚Malvery Hold‘ ging. Sie gaben auch zu, daß sie sich über den Scheck unterhalten haben, den Sie einkassierten, und daß Richard feierlich in Abrede stellte, ihn gefälscht zu haben. Richard hat im Übrigen die wichtige Bemerkung gemacht, daß er keine Ahnung von einer Fälschung gehabt hätte. Daraus kann man nun eigentlich nur folgern, daß Richard den Scheck nicht direkt von Boyce Malvery, sondern von einer Zwischenperson erhalten hat. Und Sie haben uns ja selbst versichert, daß der Scheck auf den Überbringer ausgestellt war.“

„Ja, das stimmt“, entgegnete Mr. Cuffe.

„Erinnern Sie sich noch an das Aussehen des Schecks?“ fragte Atherton.

„So genau wie an das Bild dort an der Wand!“

„War er vollständig in der Handschrift von Boyce Malvery ausgefüllt?“

Cuffe schüttelte entschieden den Kopf.

„Nein. Die Worte ‚Überbringer‘ und ‚einhundert Pfund‘ waren nicht von ihm geschrieben, sondern wahrscheinlich von einem seiner Büroangestellten. Es war eine etwas charakterlose Schönschrift. Und die Unterschrift von Boyce Malvery sah so aus wie immer.“

„Sehr schön", meinte Atherton befriedigt. „Sie haben doch nichts dagegen, Mr. Cuffe, diese Aussagen auch in der Öffentlichkeit zu wiederholen? Das wird bald nötig sein."

„Nein, durchaus nicht, das halte ich im Gegenteil für meine Pflicht. Ich sagte Ihnen ja schon heute morgen, daß man meiner Meinung nach dem armen Richard Malvery übel mitgespielt hat. Und dann noch eins: Die Pykes sagten, daß er abends um halb elf von ihnen fortging und den Uferweg einschlug? In der Gegend wohnen sonderbare Leute, Captain! Ich nenne keinen Namen, aber Sie verstehen schon!"

Mr. Cuffe begleitete diese Bemerkung mit bezeichnenden Gesten. Dann versuchte er noch einmal, seine Besucher zu längerem Bleiben aufzufordern, aber Atherton und Blake verabschiedeten sich.

„Sonderbare Leute leben dort, sagte eben Mr. Cuffe", bemerkte Atherton, als sie zu ihrem Auto zurückgingen. „Er denkt natürlich wie alle anderen an die Clents. Was meinen Sie dazu, wenn wir denen einmal einen Besuch machten?"

„Daran habe ich auch schon die ganze Zeit gedacht, besonders seit ich Bruder und Schwester gesehen habe."

„Sie sind wirklich sonderbare Menschen, und sie wohnen auch in einem sonderbaren Haus."

„Nun, ich glaube, ich bin in merkwürdigeren Gegenden schon merkwürdigeren Leuten begegnet", erwiderte Blake kurz. „Das möchte ich auch von Dick behaupten. Es kommt mir so seltsam vor, daß er gerade hier in seiner alten Heimat zu Schaden gekommen sein sollte! Er wußte sich drüben aus den schwierigsten Situationen zu helfen."

„Ja, aber Sie wissen nicht, wie eng und verbaut ein Ort sein kann", meinte Atherton. „Wir wollen den Uferweg an der Bucht entlanggehen. Der Mond scheint gerade hell, und wir können dann die ganze Gegend besser übersehen."

In dem blassen Mondlicht sah die Küste verlassen und einsam aus. Blake konnte sich deutlich vorstellen, wie Dick Malvery in der Februarnacht hier entlangging und vielleicht den Tod fand. Er fuhr schaudernd zusammen, aber dann lachte er.

„Ist es Ihnen kalt?" fragte Atherton.

„Nein, es überlief mich nur eben, als ich daran dachte, wie geeignet dieser Platz für einen Mord ist. Und dann mußte ich auch an den Strudel denken, aus dem nie wieder etwas zum Vorschein kommt", fügte er mit einem grimmigen Lachen hinzu.

„Das hatte ich im Augenblick ganz vergessen", entgegnete Atherton nachdenklich. „Gewiß kann man darin allerhand verschwinden lassen, und er liegt auch in der Nähe des Clentschen Hauses. Ich habe die Leute schon früher einmal besucht. Das ganze Haus macht mehr den Eindruck einer kleinen Festung. Hier biegt der kleine Weg ab, wir wollen das Auto stehenlassen." Atherton lenkte den Wagen zu einer kleinen Böschung und führte Blake dann auf den schmalen Pfad, der zu der Bucht hinunterging. Plötzlich faßte er seinen Begleiter am Arm und hielt ihn an.

„Werfen Sie erst einen Blick auf den Platz, bevor wir weiter- gehen", sagte er leise. „Haben Sie schon jemals einen Ort gesehen, der sich besser zu einem Schmugglernest eignete? Das Haus liegt auf einem kleinen Vorsprung, der in die Bucht hineinragt. Und am Ende der Landzunge erhebt sich eine Gruppe von Felsen, an die sich das Haus der Clents anlehnt. Briscoe hat mir einmal erzählt, daß die Felsen dort von Höhlen durchzogen und daß dort Keller und Gänge vorhanden sind, zu denen man von dem Haus aus gelangen kann. Ich würde gern einmal den ganzen Platz systematisch durchsuchen, aber ich habe wahrscheinlich niemals Gelegenheit dazu. Der Grund und Boden gehört den Clents, und sie achten eifersüchtig darauf, daß ihn niemand betritt."

Plötzlich hörten sie das heisere Bellen eines Hundes und Kettenrasseln in ihrer Nähe.

„Sehen Sie, das ist die ‚Schildwache'. Die Kette ist so lang, daß niemand hier vorübergehen kann."

In diesem Augenblick öffnete sich die Tür, und ein breiter Lichtschein fiel quer über den Weg. Gillian Clent stand im Eingang, und ihre Gestalt hob sich von dem hellen Hintergrund ab.

18

Die beiden blieben auf dem Weg stehen, während der Hund fürchterlich heulte und bellte. Gillian Clent kam näher, und auf ein kurzes Wort von ihr kroch das Tier augenblicklich in seine Hütte zurück. Die Stille wurde jetzt nur noch durch das Rauschen der Wellen auf dem sandigen Strand und die Schritte Gillian Clents unterbrochen.

„Wer ist da?" fragte sie mit tieftönender Stimme.

Blake war aufs Neue von dieser weichen, melodischen Stimme überrascht, und er war auch erstaunt, daß Gillian nicht in dem ortsüblichen Dialekt sprach. Der Wohllaut ihrer Stimme rief die Erinnerung an die gereifte Schönheit dieser Frau, die er nur einmal kurz gesehen hatte, in ihm wach.

„Hier ist Captain Atherton aus Brychester", erwiderte der Polizeidirektor auf Gillians Anruf. „Es tut mir leid, daß ich Sie störe, Miss Clent, aber ich möchte gern Sie, Ihre Mutter oder Ihren Bruder auf ein paar Minuten sprechen."

„Meine Mutter schläft schon, und mein Bruder ist nicht zu Hause", entgegnete Gillian mit gewinnender Freundlichkeit. „Aber ich stehe Ihnen zur Verfügung, Captain Atherton. Treten Sie bitte näher. Der Hund tut Ihnen nichts, solange ich hier bin."

„Ist er wirklich so gefährlich wie sein Bellen?" fragte Atherton.

„Ja", antwortete Gillian, als sie die beiden ins Haus führte. „Bis jetzt hat er noch niemand gebissen; er hatte auch noch keine Gelegenheit dazu. Aber wenn er einmal jemand fassen sollte, würde er ihn wahrscheinlich fürchterlich zurichten. Er ist ein sehr guter Wachhund, deswegen halten wir ihn ja auch. Meine Mutter und ich sind häufig allein, und Sie wissen ja selbst, wie verlassen die Gegend hier ist. Aber, bitte, treten Sie näher!" Sie ging zur Seite, um die beiden eintreten zu lassen, und sah sie lächelnd an, als sie über die Schwelle schritten.

Blake hatte noch nie ein so merkwürdiges Haus gesehen. Von außen sah es wie ein großer Haufen von Holz und Steinen aus, die irgendwie zusammengefügt waren. Der größere Teil mußte aus dem Wrack eines Schiffes gebaut sein, das der Sturm hier ans Ufer getrieben hatte. Das sonderbare Aussehen wurde noch dadurch erhöht, daß hier und dort von außen Stützmauern errichtet waren, um das altersgraue Holz am Zusammenfallen zu hindern. Das Haus selbst lehnte sich, wie Atherton schon vorher bemerkt hatte, gegen einen hohlen, massigen, dunklen Felsen.

Als sie eintraten, sahen sie niemand in dem gemütlich eingerichteten Raum, in den Gillian Clent sie führte. Blake wurde zuerst an die Weinstube in einer altmodischen Kneipe erinnert, dann an Schiffskabinen, in denen Kapitäne von altem Schrot und Korn ihre Pfeife rauchten und ihren Grog tranken. In welchen Verhältnissen die Clents auch leben mochten, auf jeden Fall verstanden sie es, sich mit Komfort zu umgeben. Mochten draußen die Stürme heulen und die See toben, in dieser Wohnung war es warm und traulich. Dieses Haus lag abgeschlossen von der Umwelt, und man konnte von außen her kaum beobachten, was darin vorging. Blake legte sich wieder die Frage vor, ob Richard hierhergelockt worden war. Während sie sich vom Land aus der Wohnung näherten, war kein einziger Lichtstrahl aus der Hütte gedrungen, und nun entdeckte Blake, daß das einzige Fenster nach der Landseite durch starke Holzläden geschützt war. Auch vor der Tür hing ein dicker Vorhang. Aber auf der anderen Seite bemerkte er ein kleines Fenster, das in einer Wandnische angebracht war. Von dort konnte man wahrscheinlich direkt auf den Eingang der Bucht und die offene See hinaussehen. Zweifellos diente dieses Fenster zeitweilig als Lichtsignal.

Gillian wies einladend auf zwei Polsterstühle und nahm selbst in einem Sessel neben dem Kamin Platz, in dem ein helles Feuer brannte. Sie fühlte sich offenbar hier ebenso wohl wie eine Dame von Welt in ihrem Heim. Atherton, der noch nie in engere Berührung mit den Clents gekommen war, befand sich in einiger Verlegenheit, wie er die Unterhaltung beginnen sollte, aber Gillian fühlte sich nicht im Mindesten eingeschüchtert. Sie betrachtete die beiden Männer mit einem leichten Lächeln, und auch Blake geriet dadurch in Verwirrung. Gillian wandte sich schließlich an den Beamten, der ebenso wie Blake das Innere des Raumes mit seinen Blicken musterte.

„Was führt Sie zu uns, Captain Atherton?" fragte sie anscheinend gleichgültig. „Ich kann Ihnen vielleicht genauso Auskunft geben wie meine Mutter oder mein Bruder. Meiner Mutter geht es in letzter Zeit nicht sehr gut, und Judah ist selten zu Hause. Ich versehe den Haushalt, und man muß sich an mich wenden, wenn man etwas erfahren will."

„Nun gut, dann wollen wir gleich zur Sache kommen. Sie haben sicher schon von dem Verschwinden Richard Malverys gehört?"

Gillian zeigte auf den Aufruf, in dem die Belohnung versprochen wurde. Er war dicht neben dem Kamin an die Wand genagelt.

„Sehen Sie, das hat mir jemand gegeben, der hier auf der Straße vorbeikam."

„Ich ziehe Erkundigungen über Malvery ein. Sicher war er am Abend des 27. Februar in Marshwyke. Es ist auch festgestellt worden, daß er an demselben Abend in Norman's Point war, dicht vor Shilhampton. Er muß also wenigstens zweimal an diesem Abend hier vorbeigekommen sein."

„Das ist leicht möglich", erwiderte Gillian, „aber hier kommen viele Leute vorbei, die wir nicht sehen. Wissen Sie wirklich genau, daß er hier in der Gegend war?"

„Ja, ganz bestimmt."

Gillian schwieg eine Weile. Dann sah sie Blake durchdringend an. „Ist Ihr Begleiter ein Detektiv?" fragte sie plötzlich.

„Nein, Mr. Blake war der Teilhaber von Mr. Malvery in Kanada und will unbedingt auf die Spur seines alten Freundes kommen."

„Hat ihm denn jemand gesagt, daß er ihn in diesem Haus finden würde?" fragte sie mit einem spöttischen Lächeln und zeigte ihre weißen Zähne.

Atherton warf ihr einen vielsagenden Blick zu. „Ich glaube, daß Mr. Malvery früher oft hierherkam."

Gillian lachte. „Sie können ruhig sagen, daß er den größten Teil seiner Zeit hier zubrachte, Captain Atherton."

„Und das war wahrscheinlich auch die Veranlassung zu den - unvorsichtigen Bemerkungen, die Ihr Bruder über ihn machte?"

„Sie können ruhig sagen: Drohungen. Judah hat immer diese dumme Angewohnheit, viel zu reden und sich über irgendetwas oder irgendjemand zu beklagen. Ich habe niemals etwas gegen Dick Malvery gehabt. Er kam sehr oft hierher und lief mir natürlich nach, denn ich war damals jung und hübsch. Aber als er dann fortging, war es eben zu Ende. Und wenn er im Februar wieder in diese Gegend zurückkam, so hat er doch uns nicht besucht. Und Judah war zu der Zeit überhaupt nicht in England."

„Das habe ich gehört", entgegnete Atherton. „Dann wissen Sie nichts Genaueres über Richard Malverys Verschwinden?"

Gillian schüttelte den Kopf. „Nein, ich weiß nur, daß er vor Jahren plötzlich verschwand und sich nicht einmal von seinen alten Freunden verabschiedete. Aber ich will Ihnen sagen, was ich sonst von ihm weiß, wenn Sie Wert darauf legen."

„Wir sind für jede Mitteilung dankbar", erwiderte Atherton.

„Er schuldete meiner Mutter und auch mir Geld. Sie wissen ja genau, wie die Verhältnisse in ‚Malvery Hold' liegen. Als junger Mensch hatte er niemals Geld, und ab und zu haben wir ihm kleine Beträge geliehen, im Ganzen etwa fünfundzwanzig Pfund. Er hat immer gesagt, daß er uns das Geld zurückzahlen wollte; noch am Tag, bevor er wegging, versprach er es fest. Und wir hatten auch guten Grund zu glauben, daß er es ehrlich meinte. Wenigstens ich glaubte das - aber er hat uns keinen Pfennig gegeben. Wenn er wirklich tot ist, dann tut es mir leid, daß ich darüber gesprochen habe. Aber Sie baten mich ja, Ihnen alles zu sagen, was ich weiß."

„Und mehr wissen Sie nicht?"

Gillian antwortete nicht. Sie sah Blake an, der ihren Blick erwiderte.

„Wenn Sie gestatten, zahle ich Ihnen das Geld zurück", sagte er plötzlich impulsiv.

Gillian betrachtete ihn noch eine Weile schweigend, ohne auf Atherton zu achten.

„Ach, das ist im Augenblick nicht nötig", sagte sie dann. „Sie meinen es sicher gut, aber das hat noch Zeit. Wir sind bisher auch ohne das Geld ausgekommen. Jedenfalls danke ich Ihnen für das Angebot."

Atherton hatte sich erhoben und gab Blake einen Wink. Gillian führte sie schweigend hinaus und begleitete sie bis zur Hundehütte. Ihre aufrechte Gestalt hob sich noch klar vom Wasser ab, als die beiden nach Brychester zurückfuhren.

Der hohe Turm der alten Kathedrale tauchte schon vor ihnen auf, bevor einer von beiden sprach. Dann verringerte

Atherton die Geschwindigkeit und wandte sich an seinen Begleiter.

„Blake, darf ich Ihnen einen Rat geben? Gehen Sie nicht allein zu den Clents, um ihnen das Geld zu bringen, oder aus irgendeinem anderen Grund. Diese Gillian ist ein verteufelt gefährliches Mädchen!"

„Ja, das habe ich gesehen."

„Ich glaube ihr nicht", fuhr Atherton fort. „Sie weiß noch mancherlei, was sie uns nicht sagen will. Aber ich habe etwas entdeckt, was vielleicht noch von großer Bedeutung sein kann. Zum vorigen Weihnachtsfest schenkte ich Boyce Malvery eine besonders schöne Tabakspfeife. Unsere beiden Monogramme sind auf dem Pfeifenkopf eingraviert. Und heute sah ich diese Pfeife! Sie lag auf dem Tisch in Clents Haus direkt neben mir. Blake! Boyce Malvery war dort!"

19

Blake lachte, als ihm zum Bewußtsein kam, was Athertons Entdeckung bedeutete. Er fühlte plötzlich große Erleichterung. Wenn man erst einmal einen festen Punkt in der Sache hatte, würde sich das Weitere schon finden. Er hatte ja schon immer geglaubt, daß dieser Boyce Malvery mit dem Verschwinden Richards zu tun hatte.

„Ausgezeichnet!" rief er begeistert. „Das war wirklich ein Glücksfall!"

„Sie lag tatsächlich direkt vor meiner Nase, als ich dort saß."

„Aber daß die Pfeife da liegt, beweist eigentlich noch nicht, daß auch ihr Eigentümer im Haus war", sagte Blake plötzlich.

„Das mag im Allgemeinen stimmen. Die Pfeife war aber noch warm! Es hatte jemand daraus geraucht, kurz bevor wir hereinkamen. Der Betreffende hat sie auf den Tisch gelegt, während er sich selbst versteckte."

„Es wäre ja möglich, daß Boyce Malvery die Pfeife verloren und ein anderer sie gefunden hat", meinte Blake. „Ich habe Boyce Malvery heute nachmittag auf der High Street gesehen, als er von seinem Haus zu seinem Büro ging. Und da rauchte er dieselbe Pfeife. Nein, ich gehe jede Wette ein, Blake, daß ich recht habe. Boyce Malvery war während unseres Besuches irgendwo im Haus Versteckt. Ich werde wohl von jetzt ab meine Ansicht über ihn ändern müssen. Das ist doch eine sehr merkwürdige Geschichte. Ich weiß wirklich nicht, was ich davon halten soll."

Er fuhr wieder schneller und kam bald zu der Garage, wo er seinen Wagen unterstellte. Es schlug gerade elf vom großen Turm der Kathedrale, als sie wieder auf die verlassene Straße hinaustraten.

„Kommen Sie doch noch für eine halbe Stunde auf mein Zimmer", schlug Blake vor. „Ich möchte gern noch einiges mit Ihnen besprechen, solange meine Erinnerung noch frisch ist."

„Gut, ich begleite Sie. Ich hätte zwar gern noch bei Boyce Malvery vorgesprochen, um mich zu vergewissern, ob er zu Hause ist. Aber für Brychester ist es schon reichlich spät, und es hat auch keinen Zweck, seine Mutter und das Personal im Schlaf zu stören."

Sie gingen in das Hotel, und Blake bot seinem Gast eine gute Zigarre und ein Glas Whisky-Soda an.

„Nun, was haben Sie auf dem Herzen?" fragte Atherton, als sie gemütlich beieinander saßen.

„Erinnern Sie sich noch an die Bemerkung, die Gillian Clent über das Geld machte? Sie sagte doch, daß sie guten Grund zu der Annahme hätte, daß Dick Malvery ihr und ihrer Mutter das geliehene Geld zurückzahlen wollte."

„Ja, aber ich legte dieser Äußerung keine besondere Wichtigkeit bei."

„Glauben Sie nicht, daß das etwas mit dem Scheck zu tun hat? Könnte sie nicht die Zwischenperson sein, von der Dick den Scheck bekommen hat?"

„Das wäre möglich!" rief Atherton. „Die ganze Sache mit dem Scheck ist mir seitsam vorgekommen. Ich bin davon überzeugt, daß die beiden Pykes viel mehr wissen, als sie uns sagten, ebenso Gillian. Und ich habe kein Mittel, diese Leute zum Sprechen zu bringen!"

„Darin bin ich nicht so ganz Ihrer Meinung. Ich glaube, daß man sie zum Reden bringen kann!"

„Sie meinen, man könnte an ihr Gewissen appellieren und sie moralisch zwingen?" fragte Atherton lächelnd.

„Ach, das ist doch Unsinn! Nein, ich denke an - Geld!"
„Man soll die Leute bestechen und ihnen soviel zahlen, daß
es sich lohnt?"

„Nein, ich halte es für das Beste, wir setzen eine wirklich
hohe Belohnung aus. Hundert Pfund sind zu wenig. Und
nebenbei hat sich der Fuhrmann Abinett ja diese Summe
verdient. Wir wollen sie ihm morgen auszahlen. Und dann
bringen wir eine neue Bekanntmachung heraus, die wir auch
im ‚Argus' und in den Lokalzeitungen veröffentlichen. Man
muß die Gier der Leute wecken und ihnen so viel geben, daß
es sich lohnt, wie Sie sagen."

„Vorausgesetzt, daß die Pykes und Gillian Clent wirklich
etwas Wichtiges zu erzählen haben. Aber Sie müssen auch
bedenken, daß diese Leute alle möglichen Rücksichten zu
nehmen haben. Es ist sehr wahrscheinlich, daß sie nichts
erzählen dürfen, ganz gleich, wie hoch die Belohnung ist, die
Sie ihnen anbieten können."

„Wollen Sie damit sagen, daß sich die Leute durch ihre
Aussagen eventuell selbst belasten?"

„Vielleicht. Und das würde keine Belohnung aufwiegen
können, selbst wenn sie eine noch so große Möglichkeit
haben, mit heiler Haut davonzukommen."

„Trotzdem werde ich eine höhere Belohnung aussetzen,
und zwar diesmal tausend Pfund. Wir müssen auch den Text
anders abfassen, denn wenn wir nur erfahren wollen, was
Dick in der Nacht vom 27. Februar gemacht hat, würden die
Pykes natürlich die Belohnung beanspruchen. Wir müssen
also so sagen: ‚Da es bekanntgeworden ist, daß Richard
Malvery an jenem Abend in Shilhampton war und eine Villa
in Norman's Point um halb elf offensichtlich in der Absicht
verließ, an der Küste entlang nach ‚Malvery Hold' zu gehen,
werden demjenigen tausend Pfund ausgezahlt, der ihn nach
dieser Stunde gesehen hat oder Angaben machen kann, die
zu seiner Wiederauffindung, sei es lebendig oder tot führen.'
Was meinen Sie dazu?"

„Ja, so ähnlich könnte man die Bekanntmachung abfassen. Wir müssen in Erfahrung zu bringen suchen, was aus ihm geworden ist, nachdem er von den Pykes fortging. Aber wollen Sie wirklich im Ernst eine so hohe Belohnung aussetzen?"

Als Blake nickte, nahm Atherton Papier und Feder und setzte den Wortlaut auf.

„Morgen in aller Frühe bekommt es die Druckerei."

Am nächsten Morgen blieb Blake noch so lange in der Stadt, bis er sich davon überzeugt hatte, daß die neue Bekanntmachung überall an den Anschlagsäulen angeklebt war. Die Anschläge hingen in jedem Laden und in allen Lokalen aus, und kurz vor Mittag war die Sache in ganz Brychester bekannt. Die Leute schüttelten den Kopf und sagten, daß man wohl die Hoffnung aufgeben müßte, wenn auch jetzt das Verschwinden Malverys nicht aufgeklärt würde. Aber als Blake vor der Bank zufällig Daniel Pyke traf, lächelte dieser nur ironisch.

„Das hat alles keinen Zweck, Mr. Blake", sagte er und zuckte die Schultern. „Auf diese Weise werden Sie es nicht herausbringen!"

„Warum denn nicht?"

„Weil die einzigen Leute, die die absolute Wahrheit über Dick Malvery wissen, schweigen, selbst wenn Sie ihnen zehn- und zwanzigtausend Pfund bieten."

Blake dachte einen Augenblick über diese Antwort nach. „Vielleicht schreibe ich noch eine andere Belohnung aus. Wie wäre es, wenn ich demjenigen tausend Pfund verspreche, der mir die Leute nennt, die etwas wissen, es aber nicht sagen wollen? Was meinen Sie dazu?"

125

Daniel Pyke lachte und wandte sich zum Gehen.

„Ich muß jetzt zum Mittagessen!" Damit verabschiedete er sich.

Blake blieb stehen und fragte sich, wieviel die Pykes wohl in Wirklichkeit wissen mochten.

„Am Ende wissen sie überhaupt nichts Wichtiges", sagte er sich. „Ich glaube, ich muß mich ganz auf mich selbst verlassen, wenn ich etwas herausbringen will."

Am Nachmittag besuchte er ‚Malvery Hold'. Rachel lauschte seinem Bericht über die Ereignisse der beiden letzten Tage in hellem Erstaunen. Aber zu Blakes größter Überraschung zeigte sie keinerlei Verwunderung, als er ihr erzählte, daß Boyce wahrscheinlich am vergangenen Abend bei den Clents gewesen war. Sie lachte nur etwas bitter und sarkastisch.

„Das ist leicht möglich. Habe ich Ihnen nicht längst gesagt, daß das ganze Geheimnis von Dicks Verschwinden dort liegt?"

Sie gingen auf der Terrasse am Ende des verwilderten Gartens auf und ab, und bei den letzten Worten zeigte sie über die Bucht hinüber zu Clents Haus, das von hier aus gut sichtbar war.

„Dort ist ihm meiner Meinung nach ein Unglück zugestoßen", sagte sie leidenschaftlich. „Erkunden Sie all die Geheimnisse dieses Hauses, so klein und unbedeutend sie auch sein mögen, und dann werden Sie wissen, was Sie wissen wollen."

„Aber wie erklären Sie sich, daß Boyce Malvery gestern abend dort war? Warum geht er dorthin, und was hat er mit den Clents zu tun?"

„Wie soll ich das wissen? Ich weiß von Boyce Malvery nur, daß er nach dem Titel strebt, der mit dem Tod meines Vaters frei wird. Und nichts würde ihm mehr Freude machen als die Gewißheit, daß Richard den Titel nicht erbt. Sie könnten Boyce keine bessere Nachricht bringen, als daß Dick wirklich tot ist. Er hat ihn immer gehaßt, weil er ihm im Wege stand, und er lag immer auf der Lauer, um Dick zu schaden. Diese ganze Geschichte mit dem Scheck ist weiter nichts als ein gemeiner Plan, um Dick zu erledigen. Ach, ich bin so verzweifelt! Nachts kann ich nicht mehr schlafen, weil ich nicht weiß, wo Dick ist, und manchmal glaube ich ihn mitten in der Nacht am Tor klopfen zu hören. Ich bin schon mehrere Male hinuntergegangen, um zu sehen, ob er vor der Tür steht."

„Tun Sie das nicht", bat Blake. „Das führt zu nichts Gutem. Sie müssen sich selbst fest in der Hand behalten und solche Anwandlungen unterdrücken. Sie sagen, das Geheimnis läge in Clents Haus. Aber wie könnte ich an diese Leute herankommen? Ich kann nicht in ihr Haus gehen und darauf bestehen, es zu durchsuchen. Wenn ich sie nur beobachten könnte, um irgendeinen Anhaltspunkt zu finden, mag er auch noch so klein sein."

Rachel, die düster über die Bucht hinüberstarrte, in der eben die Ebbe einsetzte, ging plötzlich von der Mauer fort, an die sie sich gelehnt hatte.

„Kommen Sie diesen Weg", sagte sie. „Ich will Ihnen einen Platz zeigen, von dem aus ich das Haus der Clents oft beobachtet habe. Warum ich das tat, weiß ich selbst nicht."

Sie führte ihn über die moosbewachsene Terrasse in ein dichtes Gebüsch, das sich bis nahe an die Bught hinzog. Der Weg führte durch Gestrüpp und wurde offenbar selten benutzt. Schließlich kamen sie zu einem viereckigen, halbverfallenen Turm, der sich ein wenig über die Baumkronen erhob. Rachel stieß die Tür auf, und sie kamen auf einer Wendeltreppe zu einem Zimmer, in dem ein paar alte Möbel standen.

„Mein Großvater hat diesen Turm als Beobachtungs- und Wachtturm bauen lassen. Sehen Sie, hier sind Fenster nach Osten, Westen und Norden, und dieses vierte hier geht auf die Bucht und das Meer. Schauen Sie einmal hinaus."

Blake ging zu dem verstaubten Fenster und betrachtete die Aussicht. Er blickte auf die Bucht hinunter und konnte die Barre sehen, die draußen vor der Mündung im Meer lag; er sah den brodelnden Strudel und die kleine Landzunge mit den Felsen, an die das Clentsche Haus gebaut war.

„Sie sehen, was das für ein guter Beobachtungsposten ist", bemerkte Rachel. „Im vorigen Winter, als ich mich sehr elend fühlte und viele Sorgen hatte, kam ich häufig abends hierher, manchmal auch spät in der Nacht. Ich war dann ganz allein hier und konnte vieles beobachten. Und obwohl ich noch zu niemand darüber gesprochen habe, bin ich doch davon überzeugt, daß die Clents Schmuggler sind."

20

Blake dachte sofort an die Höhlen in den Felsen, die Atherton erwähnt hatte, und er sah Rachel verständnisvoll an.

„Das ist eine wichtige Entdeckung, die Sie da gemacht haben. Der Platz dort ist allerdings auch wie geschaffen für solche Zwecke. Aber", fügte er hastig hinzu, „heutzutage wird doch nicht mehr geschmuggelt! Die Schmuggler, von denen wir in den Abenteurergeschichten lesen, sind doch längst ausgestorben." Rachel lachte. „Es wird so lange Schmuggler geben, wie es ein Meer und Küsten gibt. Alle Leute hier würden schmuggeln, wenn sie nur die Gelegenheit dazu hätten. Sie sind noch genauso abenteuerlustig wie ihre Vorväter."

„Aber die Küste wird doch stark bewacht?"

Rachel lachte wieder und zeigte durch das Fenster.

„Sehen Sie, draußen hinter Shilhampton ist eine Wachtstation. Die nächste liegt etwa drei Meilen entfernt auf der anderen Seite von Marshwyke. Auf jeder Station finden Sie höchstens drei Beamte. Die können doch unmöglich die ganze Küste genau beobachten. Und es ist auch nicht schwierig, in diese Bucht einzufahren, ganz gleich, ob Flut oder Ebbe ist. Dort läuft ein Kanal - sehen Sie die dunkle Linie? Er führt von der Barre direkt zur Bucht und dicht in die Nähe der Felsen, wo Clents Haus steht. Nehmen Sie einmal an, daß draußen vor der Barre ein Schiff ankert. Niemand kann doch dann ein Boot hindern, von dem Schiff abzustoßen und in die Bucht zu fahren? Oder wer sollte umgekehrt jemand daran hindern, in einem Boot zu dem Schiff hinauszufahren?"

„Wie kamen Sie denn auf den Gedanken, daß die Clents sich mit Schmuggel befassen?"

„Verschiedene Beobachtungen haben mich darauf gebracht. In Clents Haus gibt es ein kleines Fenster, das direkt auf die Bucht hinausschaut, und zwar in Richtung des Kanals. Von der See aus kann man dieses Fenster sehen, wenn es erleuchtet ist. Ich habe nun bemerkt, daß in diesem Fenster manchmal ein rotes, manchmal ein grünes Licht hängt. Für gewöhnlich ist es dunkel. Mehr als einmal habe ich auch entdeckt, daß ein Boot über die Barre hinüber und den Kanal entlang bis zu Clents Haus fuhr, ebenso in umgekehrter Richtung."

„Aber hier leben doch auch viele Fischer. Könnte es sich nicht um Fischerboote gehandelt haben?"

„An die Fischerei der Clents glaube ich nicht. Das ist mehr oder weniger ein Vorwand. Ich weiß, daß Gillian Clent Kisten mit Fischen von Brychester nach London schickt, und ich habe mir schon oft gedacht, daß man überraschende Entdeckungen machen könnte, wenn man sie einmal auf dem Bahnhof öffnen würde. Es ist von hier aus nicht weit bis zur französischen Küste." Die Abenteuerlust erwachte in Blake. Seine Augen leuchteten, und er sah mit fast knabenhaftem Eifer auf die Bucht hinaus.

„Das ist ja aufregend", sagte er lachend. „Am liebsten möchte ich selbst mithelfen!"

„Was, Sie wollen auch schmuggeln?"

„Ach, ich begreife schon, daß ein Mann sein Gewissen soweit beruhigen kann, um auch daran Gefallen zu finden. Aber ich meinte eben, daß ich gern mithelfen möchte, die andern bei der Tat zu fassen!"

Rachel sah nachdenklich über die Bucht hinüber. „Natürlich sind nicht nur die Clents an dem Schmuggel beteiligt. Ich habe öfter schon daran gedacht, seit ich von Dicks Rückkehr und seinem Verschwinden hörte, daß er vielleicht mit diesen Leuten bei Nachtzeit zusammengestoßen sein könnte. Und wenn das der Fall wäre –"

Sie machte eine Pause und sah Blake an. Er verstand sofort, was sie sagen wollte und nicht aussprach.

„Da mögen Sie Recht haben. Ich glaube, wenn man diese Leute stört -"

„Sie wissen, was ich meine?"

„Ja, ich verstehe. In dieser Richtung könnte man Nachforschungen anstellen. Aber ich werde Ihnen etwas sagen", fuhr er plötzlich mit Begeisterung fort. „Wie wäre es, wenn ich in diesem alten Turm mein Lager aufschlüge und die Bucht einmal beobachtete? Vielleicht könnte ich doch manches entdecken."

„Sie wollen doch nicht hier die Nächte zubringen? Sie würden sich ja auf den Tod erkälten!"

„Ich glaube nicht. Ich habe früher oft im Freien genächtigt, und zwar in viel kälteren Gegenden. Ich will es unter allen Umständen versuchen. Können Sie es einrichten, ohne daß Ihr Personal etwas davon erfährt?"

„Unser Personal ist augenblicklich nicht sehr zahlreich. Außer dem alten Jakob und ein paar Mädchen haben wir niemand, und die kommen voraussichtlich während der Nacht nicht hierher." „Aber diesem Elphick traue ich nicht recht. Er sieht-mich immer so argwöhnisch von der Seite an, und alte Leute haben manchmal die Angewohnheit, nach Einbruch der Dunkelheit überall herumzuschleichen."

„Aber Sie können doch nicht die Nächte hier zubringen!" rief Rachel. „Wenn Sie Feuer oder Licht haben, sieht man es von außen, und ohne das ist es hier nicht auszuhalten."

„Ich komme auch ohne Feuer aus. Und mit dem Licht kann ich vorsichtig sein, so daß es niemand von außen sieht. Auf jeden Fall will ich es einmal versuchen. Vielleicht erfahre ich etwas, wenn ich das Clentsche Haus beobachte."

Rachel sah den zuversichtlichen jungen Mann etwas verwundert an.

131

„Aber die Sache hier oben ist vielleicht auch gefährlich!" sagte sie plötzlich.

Blake lachte herzlich. „Glauben Sie, mir könnte von den Schmugglern Gefahr drohen?"

„Ich dachte weniger an Schmuggler als an andere Leute. Ich mag unrecht haben, aber es kommt mir immer ein unangenehmes Gefühl, wenn ich an die da drüben denke."

„Sie meinen die Clents? Ich glaube, ich kann das jetzt verstehen, da ich sie selbst gesehen habe. Nun, wenn Not am Mann ist, werde ich mir schon zu helfen wissen. Wir wollen uns jetzt einmal überlegen, wie ich dieses alte Zimmer hier einrichte, damit ich eine Zeitlang hier wohnen kann."

Mit der Bestimmtheit und Entschlossenheit eines Mannes, der Jahre seines Lebens in wilden Gegenden, Wäldern und Gebirgen zugebracht hat, sah Blake instinktiv, wie er den alten Wachtturm für seine Zwecke benützen konnte. Er konnte ihn leicht durch die kleine Pflanzung erreichen, die sich an dieser Seite der Bucht hinzog. Die Bäume standen so dicht, und es gab so viel Unterholz, daß er auf diesem Weg kaum gesehen werden konnte. Die Verdunklung eines Lichtes in dem Zimmer selbst konnte auch einfach bewerkstelligt werden. Alles, was er brauchte, um dort die Nacht zu verbringen, waren einige Decken und Betttücher, ein warmer Mantel, genügend Proviant, ein paar Flaschen Whisky und Rauchmaterial. Tagsüber konnte er sich ja in angenehmerer Umgebung aufhalten.

„Eins hätte ich noch gern", sagte er, als er mit Rachel nach dem Haus zurückging. „Ein Boot. Dann könnte ich während der Nacht auch einmal in die Bucht hinausfahren."

„Wir haben selbst ein Boot, es ist zwar alt, aber man kann es noch gebrauchen. Es liegt hier im alten Graben."

Sie führte ihn um eine Ecke des alten Hauses zu einer Stelle, wo das Wasser der Bucht durch eine alte Steinschleuse in einen tiefen Graben lief, der früher einmal das ganze Haus eingeschlossen hatte, jetzt aber nur noch auf der Parkseite vorhanden war. Rachel zeigte auf einen der kleinen Stege, die sich hier und da über den Graben spannten.

„Gehen Sie dort hinüber, da liegt das Boot. Es ist an einen Pfosten angebunden. Ich muß jetzt ins Haus; ich habe meinen Vater schon zu lange allein gelassen. Kommen Sie bitte noch einmal zu mir, bevor Sie nach Brychester zurückgehen."

Sie eilte durch eine Seitentür in das Herrenhaus, und Blake ging zu der bezeichneten Stelle. Er kam durch ein zerfallenes Tor in der Umfassungsmauer und befand sich dann am Rande eines kleinen Teichs, der sich bis in die Wiesen hinzog. Jetzt wuchsen Binsen und Schilf an den Ufern, und zwei Schwäne segelten auf dem Wasser. Blake sah das Boot, das an einem Pfosten festgebunden war. Er untersuchte es sogleich und fand, daß er es für seine Zwecke noch gebrauchen konnte, obwohl es alt und etwas schwerfällig gebaut war.

Praktisch wie immer, wollte Blake gleich einen Versuch mit dem alten Fahrzeug machen, besonders da die Ruder darin lagen. Aber als er es loszubinden begann, hörte er plötzlich eine unangenehme, hohe Stimme, die aus einem der Nebengebäude in der Nähe zu kommen schien.

„Was machen Sie denn mit dem Boot?" rief Jakob Elphick ärgerlich. „Lassen Sie das in Ruhe! Man muß doch tatsächlich seine Augen überall haben. Es ist ganz schlimm heutzutage. Machen Sie jetzt, daß Sie fortkommen!"

Blake, der langsam die Knoten löste, drehte sich um und sah, daß der Alte mit langen Schritten auf ihn zukam. Elphick schien sich während der kurzen Zeit ihrer Bekanntschaft verändert zu haben. Er ging gebückter, und sein Gang war unsicher. Er stützte sich jetzt auf einen starken Stock, und es war offenbar, daß er auch nicht mehr gut sehen konnte. Er schien Blake überhaupt nicht wiederzuerkennen.

„Es ist schon gut, Jakob", sagte der junge Mann beruhigend, „Sie kennen mich doch, ich bin Mr. Blake. Miss Malvery hat mir gesagt, daß ich mit dem Boot einmal in die Bucht hinausfahren könnte. Ich stehle Ihnen doch das Fahrzeug nicht!"

Jakob legte die Hand über die Augen, als ob er sich noch nicht an den Fremden erinnern könnte.

„Besinnen Sie sich denn nicht auf mich, Jakob?" fragte Blake freundlich. „Ich suche doch nach Mr. Richard. Und Miss Rachel hat mir erlaubt, mit dem Boot in die Bucht zu fahren."

„Mr. Richard ist die ganze lange Zeit nicht zu Hause gewesen, und ich weiß nichts davon, daß er wiedergekommen ist", erwiderte der Alte ärgerlich. „Ich habe auch gar nichts mit ihm zu tun. Miss Rachel ist noch ein junges Mädchen, und sie hat kein Recht, fremde Leute an unser Boot zu lassen. Ich kann nicht erlauben, daß die Leute hier zum Vergnügen auf dem Teich herumfahren. Sie müssen jetzt hier Weggehen; wir können keine fremden Leute brauchen, die sich hier herumdrücken und alles auskundschaften wollen. Gehen Sie jetzt fort!"

Blake sah, daß der alte Mann wirklich böse war. Außerdem hatte sich Jakob nun zwischen ihn und das Boot gestellt. Blake wandte sich deshalb zum Haus und traf dort Rachel in der Halle.

„Ihr Jakob ist wirklich sehr alt", sagte er. „Der wird es nicht mehr lange machen. Er war ganz außer sich und schimpfte, daß ich das Boot nehmen wollte. Er scheint jeden zu fürchten, der sich hier in der Nähe umsieht."

„Ich weiß es", erwiderte sie. „Er ist sehr nervös und unruhig und glaubt, er muß an allen Ecken und Enden aufpassen. Und wie alles hier, geht auch er dem sicheren Verfall entgegen."

„Nun, dann bringe ich wenigstens etwas neues Leben hierher", entgegnete Blake kühn. „Wenn Sie nachts Hilfe brauchen, so finden Sie mich in dem alten Turm, und zwar von heute abend an."

Er brachte den Rest des Tages damit zu, sich zu verproviantieren, und als die Dunkelheit hereingebrochen war, schaffte er seine Decken und Vorräte nach ‚Malvern Hold', ohne daß ihn jemand sah. Am nächsten Morgen richtete er das Zimmer so gut wie möglich her, dichtete das Fenster ab, und am folgenden Abend begann er dann mit seinen Nachtwachen. Keiner der Küstenwächter, die auf ihren einsamen Gängen die Ufer abpatrouillierten, beobachtete die Bucht und das Clentsche Haus sorgsamer als Blake.

21

Das schwere Leben in Kanada hatte Blake abgehärtet, und Schweigen und Einsamkeit waren für ihn alltäglich. Dort drüben hatte er manchmal wochenlang nichts von Menschen gesehen oder gehört. Er hatte allerdings auch weit genug von ihnen entfernt gewohnt. Aber hier war es anders. Hier lebten Menschen in allernächster Nähe; von der anderen Seite der Bucht schimmerte Licht herüber, und ab und zu fuhr draußen auf der See ein Schiff vorüber. Aber er sah dies alles nur wie ein Gefangener hinter vergitterten Fenstern, er konnte sie nicht erreichen. Als er seine Nachtwachen in dem Turm begann, war er von der Außenwelt vollständig abgeschnitten.

Mehrere Nächte lang ereignete sich nichts. Nach Einbruch der Dunkelheit kam er zu dem Turm, sah, wie die Lichter auf der anderen Seite der Bucht allmählich aufleuchteten, mehrere Stunden brannten und dann wieder verlöschten. Mit der Zeit kannte er sie alle und wußte auch, zu welcher Zeit man in den einzelnen Häusern zur Ruhe ging. Im Gasthaus ,Zum Gelichteten Anker' blieb es bis halb elf hell, in Clents Haus brannte um Mitternacht, manchmal sogar um ein Uhr noch Licht. Wenn es auch dort dunkel wurde, strahlten nur noch die Sterne und das Drehfeuer des Leuchtturms von Shilhampton. Das tiefe Schweigen der Nacht wurde nur unterbrochen von dem monotonen Rauschen des Wassers. Ab und zu trug der Wind auch den Klang der Glocken von Brychester herüber.

Blakes Hoffnungen erfüllten sich während der ersten Woche nicht. Er suchte die Bucht dauernd nach Lichtern ab, die von der Barre zum Ufer kamen, und er lauschte angestrengt auf Ruderschläge in der Dunkelheit. Aber es schien, als ob die große Bucht gegen Mitternacht in Schlaf versänke. Kein Schiff kam zur Barre und sandte ein Boot zur Küste, und kein Signal wurde vom Clentschen Haus gegeben. Weder an der Barre noch auf dem Festland blitzte ein geheimnisvolles Licht auf. Und am Ende der Woche äußerte Blake zu Rachel und zu Atherton, die um sein Vorhaben wußten, daß seine Nachtwachen vielleicht noch monatelang dauern würden.

Aber in der achten Nacht geschah etwas.

Es war zwischen ein und zwei Uhr morgens, und das Licht im Clentschen Haus war schon eine gute Stunde ausgegangen. Es war kaum ein Stern am Himmel zu sehen, nur das Licht des Leuchtturms von Shilhampton wanderte im Kreise. Blake konnte es aber auch nicht so deutlich wie sonst erkennen, da ein leichter Dunst über der Küste lag und Nebel vom Kanal heraufzog. Er dachte gerade daran, sich in seine Decken zu wickeln und einige Stunden zu schlafen, als er plötzlich das Geräusch von Rudern in der Bucht hörte. Er öffnete das Fenster, lehnte sich weit hinaus und lauschte dann angestrengt.

Es war unmöglich, auf der Oberfläche des Wassers etwas zu sehen, aber es mußte ein Boot sein, das von der Barre zum Ufer gesteuert wurde und mit der hereinkommenden Flut in die Bucht kam. Blakes Gehör war scharf entwickelt, und er hätte die Spur des Bootes auf einer Karte aufzeichnen können. Das Fahrzeug kam etwa von der Mitte der Barre direkt auf die Spitze der Landzunge zu, wo Clents Haus lag. Er konnte sogar feststellen, daß die Ruder in den Gabeln mit Tuch umwickelt waren, und er mußte darüber lachen. Das alte Boot von ,Malvery Hold' lag verborgen unter den Bäumen des Turms. Er hatte es fertiggemacht, falls er es brauchen würde, und auch er hatte dieselbe Vorsichtsmaßregel getroffen, seine Ruder mit Tuch zu umwickeln.

Hier lockte also ein Abenteuer. Das unsichtbare Boot kam immer näher in die Bucht herein. Er wußte auch, daß es zum gegenüberliegenden Ufer steuerte. Deswegen würde es für ihn ein leichtes sein, in gerader Linie vom Wachtturm zu Clents Haus hinüberzufahren und es abzufangen.

137

Blake machte sich sofort an die Arbeit. In der nächsten Minute hatte er den Turm verlassen, schlich sich leise zum Wasser hinunter und band das Boot los. Bald war er aus den überhängenden Ästen und Zweigen heraus. Die Dunkelheit schien in der Bucht noch tiefer zu sein als sonst, und als er vom Ufer abstieß, bemerkte er, daß ihn der Nebel vollständig umgab.

Die Flut kam herein, aber es regte sich kaum ein Windhauch. Die Oberfläche des Wassers war glatt und ruhig, aber die Strömung stark, und Blake mußte sich fest in die Ruder legen, um dagegen anzukommen. Er hatte sich seinen Kurs genau überlegt, bevor er ins Boot stieg. In gerader Linie wollte er die Bucht durchqueren. Aber als er nach kurzer Zeit zum Ufer zurückschaute, hatten Nebel und Dunkelheit den Wachtturm vollständig eingehüllt, so daß er sich nicht mehr orientieren konnte. Bald darauf wurde er selbst von der Finsternis vollkommen verschlungen, ebenso wie das fremde Boot, das er abfassen wollte. Als er zehn Minuten kräftig gerudert hatte, hielt er an und lauschte. Nach einer kleinen Weile hörte er wieder das leise Geräusch von Rudern, das näher und näher kam. Aber plötzlich verstummte es und setzte erst nach einiger Zeit wieder ein. Es schien jetzt wieder aus größerer Entfernung zu kommen, und Blake ruderte aufs Neue vorwärts. Er wußte allerdings, daß er jede Orientierung verloren hatte. Es war möglich, daß er direkt auf die Felsen zu ruderte, aber ebenso konnte er auch auf Marshwyke zuhalten. Das letzte erschien ihm wahrscheinlicher, wenigstens nach der Strömung der Flut zu urteilen.

Aber zehn Minuten später machte Blake eine Entdeckung, die ihn erstarren ließ. Er ruderte mit aller Kraft so ruhig wie möglich, aber er kam nicht von der Stelle. Im Gegenteil, es war, als senke er nur die Ruder ins Wasser und höbe sie wieder heraus. Alle seine Anstrengungen blieben vergeblich, und plötzlich wußte er, daß er sich in der Nähe des gefährlichen Strudels befand.

In dem dichten Seenebel war er dorthin geraten, und nun trieb ihn die Strömung dem gefährlichen Punkt immer schneller zu. Es war, als ob ihn eine geheime unterirdische Gewalt unwiderstehlich mit sich fortriß. Obwohl Blake kaltblütig und besonnen war, packte ihn doch sekundenlang wahnsinniges Entsetzen. Wie oft hatte er diesen dunklen Fleck auf der Oberfläche der Bucht beobachtet! Wie viele Leute hatten ihm den Strudel gezeigt und ihm erzählt, daß alles unrettbar verloren war, was in seinen Bereich kam. Er hatte nicht die geringste Lust, die Geheimnisse dieses Strudels zu ergründen. Er begann wieder mit aller Kraft zu rudern, um dem Schrecklichen zu entkommen. Arme und Hände schmerzten ihn wie noch nie zuvor in seinem Leben, als er die Ruder wieder sinken ließ. Er war um keine Handbreit vorwärtsgekommen. Aber in dem tiefen Schweigen, das nun folgte, hörte er die anderen Ruder dicht in seiner Nähe.

Dieser schreckliche Kampf um sein Leben hatte ihm allen Stolz genommen. Er dachte nur noch an Rettung und Sicherheit. Einen Augenblick kam ihm der Gedanke, sich ins Wasser zu stürzen und zu schwimmen, aber er sah sofort ein, daß das zwecklos war. Allein würde er noch leichter in dem Strudel verschwinden als mit dem Boot zusammen. Und als ihm nun zum Bewußtsein kam, daß Menschen in der Nähe waren, klammerte er sich an diese letzte Hoffnung und rief um Hilfe. Schrill klang sein Ruf über die Bucht.

„Hilfe! Hilfe - Hilfe!"

Im nächsten Augenblick trieb das alte Boot gegen einen großen, dunklen Holzpfahl, der hoch aus dem quirlenden Wasser herausragte. Mit aller Gewalt schlug es dagegen, drehte sich im Kreise und schlug wieder dagegen. Dann wirbelte es umher wie ein Stückchen Kork. Aber Blake hatte die Geistesgegenwart besessen, den Holzpfahl zu umklammern, und als das Boot nun unter seinen Füßen fortgespült wurde, zog er sich daran aus dem Wasser und kletterte hinauf. Das Boot war verloren, aber er war gerettet,

139

wenn ihn jemand aus dieser entsetzlichen Lage befreien konnte.

Das Geräusch der anderen Ruder kam näher, und eine Frauenstimme rief ihn an. Es überraschte ihn nicht, daß es Gillian Clent war, die er hörte, denn er hatte schon geahnt, daß sie unterwegs war. „Wer ist da?" rief sie. „Wo sind Sie?"

„Hier auf dem großen Pfahl", erwiderte Blake. „Mein Boot ist verloren. Kommen Sie nicht in die Nähe, sonst werden Sie auch fortgespült."

Zu seinem größten Erstaunen beantwortete Gillian Clent seine Warnung mit einem lauten Lachen, das ebenso sanft klang wie ihre Stimme. Und es erschien ihm eher freundlich als ironisch oder spöttisch.

„Auf dem großen schwarzen Pfahl sind Sie in Sicherheit", rief sie wieder. „Sie können die ganze Nacht dort zubringen. Es sind Sprossen da, auf die man die Füße stellen kann."

„Die habe ich schon gefunden, aber trotzdem möchte ich nicht die ganze Nacht hierbleiben. Gibt es denn keine Möglichkeit, von hier fortzukommen? Mein Boot ist in diesen verdammten Strudel geraten."

Wieder hörte er ein Lachen, aber diesmal klang es unterdrückt.

„Sind Sie nicht Mr. Blake, der neulich abends mit Atherton zu uns kam?"

„Jawohl. Aber was kann man denn tun? Sie können mit Ihrem Boot natürlich nicht in die Nähe kommen."

„Doch, das kann ich. Aber Sie müssen warten. In zehn Minuten bin ich wieder hier."

Er hörte, daß sie angestrengt ruderte und daß gleich darauf der Kiel des Bootes auf dem Kies des Ufers knirschte. Ketten rasselten, und etwas Schweres wurde auf nasse Bretter geworfen. Dann hörte Blake wieder das Geräusch der Ruder, und ein Licht fiel über die gurgelnden und brodelnden Wasser unter ihm. Gleich darauf erschien Gillian Clent in einem Boot. Er sah, wie sie ein festes Tau nachzog, das offenbar an einem Pfosten am nahen Ufer befestigt war. Das Boot kam dicht in die Nähe des großen Holzpfostens, und Gillian leuchtete mit einer Laterne nach oben.

„Mr. Blake, Sie müssen herunterspringen", sagte sie ruhig. „Wenn Sie dann unten sind, müssen Sie mir helfen, das Boot aus der Strömung zurückzuziehen. Mit Rudern können Sie hier nichts anfangen."

Blake sprang hinunter, und ohne ein weiteres Wort packte er das Tau und zog kräftig daran, bis der Kiel auf dem Ufer auflief. Ebenso schweigend half er Gillian, das Boot festzumachen. Als das geschehen war, nahm sie die Laterne und sah ihn an.

„Wollen Sie nicht zu mir hereinkommen nach Ihrem Abenteuer? Oder wollen Sie wieder zu Ihrem Wachtturm zurückgehen?"

22

Blake zitterte noch in Erinnerung an dieses grauenvolle Erlebnis, und es war ihm sehr lieb, sich einige Zeit ausruhen und sammeln zu können. Fast unbewußt machte er einige Schritte auf das Haus zu.

„Wenn Sie gestatten, ruhe ich mich ein wenig aus."

„Das ist das Beste, was Sie machen können, Mr. Blake." Sie führte ihn bis zur Tür und stieß diese mit den Ellenbogen auf. Dann winkte sie Blake herein, setzte die Laterne auf den Tisch und steckte die Hängelampe an. Aus einer Ecke brachte sie dann eine Flasche und ein Glas.

„Ein Schluck wird Ihnen guttun. Es ist guter, alter französischer Cognac, eine Sorte, die Sie selbst für Geld und gute Worte nicht kaufen können."

Blake war froh, daß er etwas zu trinken bekam und dankte ihr. Er hatte großen Respekt vor ihren starken muskulösen Armen bekommen.

„Sie fürchten sich offenbar nicht vor diesem schrecklichen Strudel da draußen", sagte er bewundernd. „Sie scheinen die Strömung so genau zu kennen, daß sie Ihnen nichts anhaben kann."

„Da haben Sie allerdings recht", entgegnete sie lachend. „Aber ich fürchte mich ebenso davor wie alle ändern, die ihn kennen, nur mit dem Unterschied, daß ich weiß, wie ich mich davor schützen kann - Sie wissen es nicht. Wäre Ihr Boot nicht glücklicherweise gegen den großen Pfosten gestoßen, so wären Sie längst ertrunken. Sie kennen das Meer nicht genügend, um in einer dunklen Nacht hinausrudern zu dürfen. Denken Sie daran, Mr. Blake!"

„Jedenfalls können Sie es aber", erwiderte er und beobachtete sie, während sie das Feuer im Kamin anfachte und einen Wasserkessel darüber hängte.

142

„Ich kenne jede Stelle der Bucht genauso gut wie diese Wohnung hier. Das ist auch ganz erklärlich, denn ich habe ja mein ganzes Leben hier zugebracht. Ich würde meinen Weg in der Bucht mit verbundenen Augen finden. Aber wenn Sie klug sind und ein anderes Boot bekommen, dann seien Sie selbst am Tage vorsichtig, wenn Sie hier in die Nähe kommen. Es gibt hier Strömungen und Strudel, die nur Leute kennen, die jahrelang an dieser Bucht gelebt haben. Deshalb kommt auch das viele Treibholz hier ans Ufer. Wir wissen genau, wo wir es auflesen müssen."

Blake antwortete nichts. Er war bis auf die Knochen durchfroren und trank schweigend seinen Cognac. Gillian Clent war ihm ein großes Rätsel, und die Situation war merkwürdig genug. Mitten in der Nacht saß er in einem einsamen Haus allein bei dieser Frau. Irgendwo in einem Winkel dieses Hauses schliefen wohl ihre Mutter und ihr Bruder, aber er hatte ein unbestimmtes Gefühl, daß die beiden nicht in der Wohnung waren. Gillian sprach plötzlich, als ob sie seine Gedanken erraten hätte.

„Sie finden, daß dies ein sonderbares Haus ist, und es kommt Ihnen überhaupt alles sonderbar vor. Sie denken über die ungewöhnliche Tatsache nach, daß ich zu einer solchen Zeit in die Bucht hinausrudere, aber wenn meine Mutter und Judah, wie heute, fort sind, dann fahre ich öfters nachts zu meinem Vergnügen hinaus und rudere, bis ich müde bin. Warum sollte ich das nicht tun? Es macht mir Spaß, genau wie es Ihnen Spaß macht, die Nächte in dem Wachtturm zuzubringen."

„Woher wußten Sie denn das?"

„Es wäre sehr merkwürdig gewesen, wenn ich das nicht bemerkt hätte. Ich beobachte alles ganz genau, was hier in der Gegend vorgeht. Außerdem war ich neulich abends dort, um mich zu vergewissern, und habe Sie gesehen. Es gibt dort Risse in den Mauern, von denen Sie keine Ahnung haben."

Blake schwieg wieder. Gillian setzte sich in einen Sessel neben dem Kaminfeuer und sah ihn nachdenklich an.

„Sie glauben, Sie können etwas über Richard Malvery erfahren, wenn Sie diesen Platz und die Bucht beobachten. Lassen Sie sich von mir warnen, und geben Sie es auf. Es hat keinen Zweck." „Ich gebe nichts auf, was ich einmal begonnen habe, wenn nicht ein guter Grund dafür vorhanden ist", erwiderte Blake hartnäckig. „Ich will alles über Dick Malverys Verschwinden herausbringen, ganz gleich, wie lange ich dazu brauche und was es kostet."

„Vielleicht kostet es aber mehr als Geld", sagte sie bedeutungsvoll. „Es leben hier in der Gegend Leute, die nicht wünschen, daß man ihnen dazwischenkommt. Es kann Ihnen schlecht gehen."

„Das heißt, daß Sie mehr wissen, als Sie sagen wollen. Aber ich fürchte mich nicht."

„Das sehe ich. Sie gehören nicht zu den Ängstlichen. Aber ich warne Sie, weil ich es gut mit Ihnen meine. Sie kommen sicher nicht in Unannehmlichkeiten, wenn Sie nur nach dem Verbleib Dick Malverys forschen, aber die Schwierigkeiten bleiben nicht aus, wenn Sie Ihre Nase in Dinge stecken, die weder mit ihm noch mit Ihnen zu tun haben. Ist das klar?"

„Nein."

Gillian lachte, als sie den Kessel mit dem kochenden Wasser vom Feuer nahm und sich daran machte, Tee zu bereiten.

„Manchmal passieren hier in der Bucht Dinge, über die man weiter nicht zu sprechen braucht", sagte sie.

„Ja, das weiß ich. Hier wird geschmuggelt."

„Es kommen Leute her, die wissen, wen sie hier finden. Wenn sie aber Fremde treffen, können sie abscheulich werden, und gewöhnlich haben sie es viel zu eilig, um lange zu fragen, was die andern hier wollen."

„Natürlich, das weiß ich. Sie schlagen einem lieber den Schädel ein oder stechen einen mit dem Messer nieder. Aber ich bin ja gar nicht darauf aus, mit diesen Leuten zusammenzustoßen. Wenn sie derartig guten Cognac oder Tabak oder Spitzen bringen, dann ist das Sache der Zollbeamten, nicht meine."

„Es wäre aber doch möglich, daß die Leute Ihnen das nicht glauben", sagte Gillian. „Ich sage Ihnen, daß Sie sich dadurch in Gefahr begeben. Ich weiß eigentlich nicht, warum ich Sie überhaupt warne, aber es wäre mir wirklich sehr unangenehm, wenn ein so hübscher junger Mann wie Sie zu Schaden kommen sollte."

„Ich bin Ihnen sehr dankbar. Und ich wäre Ihnen noch mehr verpflichtet, wenn Sie mir mehr von Dick Malvery erzählen wollten. Haben Sie noch nichts von der neuen Belohnung gelesen, die ausgesetzt wurde?"

Gillian hatte einige Erfrischungen auf den Tisch gestellt und wandte sich jetzt scharf zu ihm. Ihre Augen blitzten ärgerlich.

„Ich frage nicht viel nach Belohnungen. Wenn ich etwas wüßte und es nicht sagen wollte, würde mich keine Geldsumme dazu bringen. Nehmen Sie etwas von dieser kalten Pastete, sie ist gut. Den Tee können Sie auch trinken. Es ist nicht das Zeug, was einem sonst hier in der Gegend vorgesetzt wird."

Blake aß und trank auf ihr Zureden hin. Diese Frau hatte einen merkwürdigen Einfluß auf ihn. Sie fesselte ihn so stark, daß er noch mit ihr sprach, als es schon dämmerte. Aber als er ging, war er seinem Ziel um keinen Schritt näher gekommen. Gillian wollte ihm nicht mehr über Dick sagen, als sie ihm und Atherton schon erzählt hatte.

„Ich möchte Sie aber noch eins fragen", sagte Blake, als er schon auf der Türschwelle stand. „Glauben Sie, daß Dick Malvery wieder auftauchen wird?"

Gillian sah an ihm vorbei.

„Ich glaube nicht, daß Dick Malvery jetzt wiederkommt", erwiderte sie zögernd. „Lassen Sie lieber alles so, wie es nun ist, Mr. Blake."

„Nein, ich führe eine einmal begonnene Sache auch auf irgendeine Weise durch. Ich werde über das schweigen, was Sie mir heute nacht sagten - Sie wissen, was ich meine."

„Ja", entgegnete sie ruhig. „Ich wußte von Anfang an, daß Sie nicht darüber sprechen würden."

Als sie ihm noch das Geleit gegeben hatte, bis er an dem Wachhund vorbei war, kehrte sie in die Wohnung zurück und schloß die Tür, während Blake in der Morgenfrühe am Ufer der Bucht entlang seinem Wachtturm zuschritt. Er hatte über vieles nachzudenken, als er durch die Sanddünen und das Marschland ging. Dies war die abenteuerlichste Nacht gewesen, die er seit seiner Ankunft in Brychester erlebt hatte, und er überdachte noch einmal alle Ereignisse. Er war dem Tod sehr nahe gewesen und von Gillian Clent gerettet worden. Dann hatte er einige Stunden allein mit dieser geheimnisvollen Frau verlebt, aber er war der Lösung des Rätsels doch nicht näher gekommen. Es stand dagegen fest, daß Gillian Clent nichts verraten würde, selbst wenn sie von dem Verschwinden Richard Malverys etwas wußte.

Blake kam nach Marshwyke, als der kleine Ort gerade aufwachte. Er sah einige Frauen an den Türen der Häuser, sah Männer, die ihre Netze flickten und am Strand aushängten, und ging an Booten vorbei, die an Land gezogen waren. Von den Schornsteinen stieg der erste graue Rauch zum Himmel auf, und die Leute sahen in verwundert an. Sie konnten sich nicht denken, warum er schon so früh unterwegs war. Er wollte den Weg quer durch die Bucht einschlagen, aber kaum war er einige Schritte in dieser Richtung gegangen, als ihn ein Mann von einer nahen Hütte anrief.

„Was machen Sie denn da?" rief der Fischer und eilte halb angezogen aus der Tür. „Der Weg ist doch nicht sicher - den können nur Leute gehen, die ihn genau kennen."

„Solange man genau den Pfählen folgt, kann doch nichts passieren", erwiderte Blake und zeigte auf die geschwärzten, von der See ausgewaschenen Holzpfähle, die den Weg von einem Ufer der Bucht zum andern anzeigten. „Man kann überhaupt nicht fehlgehen, wenn man sich daran hält."

„Wenn Sie klug sind, lassen Sie es lieber bleiben. Der Triebsand hier ist sehr gefährlich. Wir kennen ihn doch, und auch wir müssen die Augen offenhalten. Gehen Sie bloß nicht dorthin, wo er trocken aussieht. Das sind die heimtückischen Stellen. Aber hier in der Bucht ist über Nacht etwas passiert. Sehen Sie einmal!" Blake folgte mit den Blicken der ausgestreckten Hand des Mannes und sah, daß auf dem Strudel etwas Braunes hin und her gestoßen wurde.

„Das ist ein Boot, das der Strudel gepackt hat!" sagte der Alte. „Und ich möchte nicht wissen, wo der Mann ist, der in dem Boot saß. Niemand ist jemals wieder lebend aus dem Strudel herausgekommen, der einmal hineingeriet. Das Boot schwimmt oben, aber wo mag der Mann sein?"

Blake sah keinen Grund, noch mehr Rätsel aufkommen zu lassen, und sagte offen, daß er selbst versucht hätte, in der vergangenen Nacht über die Bucht zu fahren. Der Fischer zog erstaunt die Augenbrauen hoch.

„Das ist aber doch nicht möglich! Wie sind Sie denn da wieder herausgekommen! Schwimmen kann man doch nicht. Solange ich denken kann, hat sich noch niemand daraus retten können."

„Gillian Clent hat mich gerettet."

Der Alte wandte sich plötzlich etwas schroff ab. „Ja, ja", murmelte er noch halblaut, „diese Clents sind unterwegs, wenn andere Leute in ihren Betten liegen und schlafen."

Blake überquerte die Bucht den Pfählen entlang. Er sah neugierig auf diese merkwürdigen, trockenen Stellen im Sand, die sich rechts und links befanden. War es möglich, daß man Dick Malvery irgendwo unter dieser unschuldig aussehenden Oberfläche suchen mußte? Er stellte sich vor, wie sein Freund diese traurige Bucht in der Dunkelheit durchquerte. Ein falscher Schritt -

Als er aufschaute, sah er Rachel Malvery, die ihm vom Gehölz her zuwinkte. Sie eilte ihm entgegen. Blake verstand, daß sie ihn suchte, und beschleunigte seine Schritte.

„Brauchen Sie meine Hilfe?" fragte er, als er bei ihr ankam.

„Ich bin schon nach dem Turm gegangen, um Sie zu holen. Der alte Jakob hat einen Anfall, und ich fürchte, er liegt im Sterben. Ich erschrak so sehr. Er sagt dauernd dieselben Worte, seitdem wir ihn gefunden haben."

„Und was sagt er denn?"

„Ihr müßt ihn aus dem Graben holen - ihr müßt ihn aus dem Graben holen!" Das sagt er immerzu, weiter nichts. Und wir wissen nicht, was er damit meint."

23

Blake dachte sofort an das sonderbare Benehmen Jakob Elphicks, als er damals das Boot losbinden wollte, das jetzt auf der Oberfläche des Strudels hin und her geworfen wurde.

„Der Burggraben!" rief er. „Es ist merkwürdig, aber Jakob war damals so besorgt, daß ich nicht mit dem Boot in dem Graben fahren sollte!"

„Ich habe einen Jungen zum Dorfarzt geschickt, aber ich glaube nicht, daß er ihm noch helfen kann."

Sie führte Blake in einen Teil des Hauses, den er bisher noch nicht betreten hatte. Über eine altersschwache Treppe kamen sie zu einem Zimmer, in dem der Alte auf dem Bett lag. Er war vollständig angekleidet, konnte sich aber offenbar nicht mehr bewegen. Nur seine Finger zuckten und verkrampften sich in der Decke, die man über ihn gebreitet hatte. Ein Mädchen stand in der Nähe und schüttelte den Kopf, als Rachel und Blake eintraten.

„Es bleibt immer dasselbe", berichtete sie. „Er sagt nichts anderes als diese Worte. Ich habe mit ihm gesprochen, aber er scheint mich nicht zu verstehen, denn er gibt mir keine Antwort." Blake trat an das Bett und neigte sich über Jakob. Auf den ersten Blick erkannte er, daß das Ende nahe bevorstand. Diesen Mann quälte ein Geheimnis, das in Verbindung mit dem Burggraben stand, und Blake hielt es für gut, dieses Geheimnis noch zu erfahren, bevor der Alte starb. Freundlich beugte er sich über das aschgraue Gesicht und sprach leise zu ihm.

„Was ist es, Jakob? Was wollen Sie uns sagen?"

Elphick starrte Blake einige Zeit an, als ob er sich Mühe gäbe, ihn wiederzuerkennen, dann sah er auf Rachel, die neben dem Bett stand, und auf das Mädchen.

„Ihr müßt ihn aus dem Graben herausholen", erwiderte er schwach, „Aus dem Graben. Ich - ich - werde keine Ruhe im Grabe haben, wenn nicht auch er richtig begraben worden ist." Das waren zum ersten Mal andere Worte.

„Jakob, wer ist es denn - wer liegt denn in dem Graben?" fragte Blake eindringlich.

Aber Elphick starrte verständnislos in die Gesichter der anderen. Blake gab Rachel ein Zeichen, ihm aus dem Raum zu folgen; Sie traten leise an ein Fenster und sahen auf die Nebengebäude und den Teich, wo die Schwäne in einsamer Ruhe segelten.

„Jakobs Worte bedeuten etwas, Miss Malvery. Es liegt jemand in dem Graben."

Rachel wurde bleich und setzte sich auf das steinerne Fensterbrett. Auch ihr kam derselbe furchtbare Gedanke, der in Blake aufgetaucht war. Er nickte, als sie ihn entsetzt ansah.

„Natürlich habe ich sofort daran gedacht. Es kam mir schon damals so sonderbar vor, daß der Alte unruhig und ängstlich wurde, als ich mit dem Boot in den Burggraben fahren wollte. Dort muß jemand im Wasser liegen, und ich werde den Graben durchsuchen. Kommen Sie bitte nicht mit."

Einige Augenblicke starrte sie ihn beklommen an, dann schaute sie auf den Burggraben hinaus, dessen Oberfläche von Schilf und Schlingengewächsen bedeckt war.

„Ich bin auf alles gefaßt", sagte sie schließlich. „Ja, gehen Sie. Aber wenn Sie den Teich oder breitere Stellen des Grabens untersuchen wollen, brauchen Sie ein Boot."

Blake lachte bitter. „Ja, das Boot ist durch meinen Fehler in den Strudel geraten. Ich bin in der vergangenen Nacht hinausgefahren und der gefährlichen Stelle zu nahe gekommen - Gillian Clent hat mir das Leben gerettet."

Rachel zuckte zusammen, und ihre Wangen erglühten.

„Ja, es stimmt", fuhr Blake fort. „Sie hätte mich ja auch im Stich lassen können, wenn sie gewollt hätte. Dann wäre mir nichts übriggeblieben, als mich die ganze Nacht an den Pfahl anzuklammern, aber das hätte ich wahrscheinlich nicht ausgehalten, denn es war sehr kalt. Ja, sie hat mich gerettet; ich verdanke ihr mein Leben. Ich blieb dann noch einige Stunden in dem Clentschen Haus, ruhte mich aus und stärkte mich. Sie ist eine sonderbare Frau, und obwohl wir viel miteinander gesprochen haben, habe ich doch nicht mehr erfahren als bei meinem ersten Besuch."

Rachels Wangen brannten plötzlich. „Ich will nichts von Gillian Clent hören. Ich will wissen, was - was Jakob meinte."

„Natürlich", entgegnete Blake ruhig. „Ich kann mir vorstellen, was Sie fühlen müssen. Ich gehe jetzt und suche den ganzen Graben ab. Aber fürchten Sie sich nicht unnötig, vielleicht sind es nur leere Worte."

„Nein, das glaube ich nicht. Aber selbst wenn es das Schlimmste sein sollte, so ist es besser als diese ewige Ungewißheit."

Blake ging durch das verfallene Haus auf den alten, gepflasterten Hof. Dort blieb er einen Augenblick stehen und überlegte, auf welche Weise er den Burggraben methodisch absuchen könnte. Wenn diese merkwürdigen Worte Jakobs einen Sinn hatten, so war ein Toter in dem Graben verborgen. Die erste Frage war nun, in welchem Teil des Grabens er wohl liegen könnte.

Das Haupthaus und die Nebengebäude von ‚Malvery Hold' waren ziemlich ausgedehnt. Spätere Eigentümer hatten das burgähnliche Schloß aus dem sechzehnten Jahrhundert immer mehr ausgebaut. Es stand auf einer Bodenerhebung an der Grenze des Marschlandes, das die Bucht einfaßte, und der Graben erhielt sein Wasser von der See. Zur Flutzeit war er bis an den Rand, während der Ebbe dagegen nur wenig gefüllt. Er begann am äußersten Ende der Umfassungsmauer, die das Haus, die Nebengebäude, Gärten und Hof umgab, und erweiterte sich an der Stelle zu einem kleinen Teich, wo Blake das Boot gefunden hatte. Von da aus verengte er sich wieder, bis er in die Bucht mündete. Dieser Punkt lag östlich zwischen dem Haus und dem Gehölz, in dem der Wachtturm stand. Hier wollte er mit seinen Nachforschungen beginnen und dann den Graben bis zum anderen Ende verfolgen. An der von Efeu und Schlinggewächsen bedeckten Umfassungsmauer zog sich ein schmaler Fußpfad rings um das Haupthaus und die Nebengebäude. Er öffnete sich an einer Stelle auf die Gärten, an einer anderen auf den Hof und an einer dritten auf das Gelände vor dem Teich. Blake ging diesen Fußweg entlang und kam bald an den Flügel des Gebäudes, in dem Richard Malverys Zimmer lagen. Er sah den viereckigen Turm mit der Wendeltreppe. Auch Richard mußte bei seinem letzten Besuch den Weg benützt haben, den Blake jetzt ging.

Der junge Mann legte sich eine Theorie zurecht, nach der sich die Vorgänge erklären ließen. Er hatte genug von Jakob Elphick gesehen, um zu wissen, wie eifersüchtig dieser alte Mann das ihm anvertraute Grundstück bewachte. Auf seine alten Tage war der Mann überängstlich geworden und hatte sich wahrscheinlich auch zur Nachtzeit zuweilen durch einen Rundgang vergewissert, ob alles in Ordnung war. Vielleicht hatte er auf diesen Gängen auch eine Schußwaffe bei sich getragen. Wenn Jakob nun an jenem Februarabend Dick Malvery in der Dunkelheit aus dem Haus herauskommen sah, war es da nicht möglich, daß er ihn nicht erkannte und auf ihn schoß? Bei der Gemütsverfassung des Alten war es sehr wohl denkbar, daß er Dick auf diese Weise getötet hatte. Und was war dann natürlicher, als den getöteten, vermeintlichen Einbrecher und Dieb in aller Eile in den

Graben zu werfen? Je länger Blake darüber nachdachte, desto wahrscheinlicher erschien ihm diese Lösung.

Blake hörte, wie oben im Haus ein Fenster geöffnet wurde, und schaute hinauf. Rachel zeigte auf jemand, der neben ihr stand und lehnte sich dann etwas mehr hinaus.

„Doktor Strahan kommt zu Ihnen hinunter!" rief sie ihm zu.

Blake wartete, bis der Arzt aus der Tür des viereckigen Turms heraustrat. Dr. Strahan sah aus, als ob er etwas von seinem Beruf verstünde, und schien sich für die Vorgänge sehr zu interessieren. Sie begrüßten sich durch ein Nicken.

„Miss Malvery hat mir erzählt, was Sie hier unten machen. Der alte Elphick ist tot. Er starb gleich, nachdem ich kam. Aber ich hörte noch, wie er wieder diese Worte sprach, die Sie alle in solche Aufregung versetzt haben."

„Sie müssen doch schließlich eine Bedeutung haben, wenn er sie immer wiederholte."

„Er kann auch Wahnvorstellungen gehabt haben. Ich möchte sagen, er lag in einem leichten Delirium", erwiderte der Arzt, der mit großem Interesse den Graben entlang sah. „Natürlich habe auch ich von dem geheimnisvollen Verschwinden Mr. Richard Malverys gehört. Bringen Sie die Worte des Alten irgendwie damit in Verbindung?"

„Gerade als Miss Malvery mich eben anrief, dachte ich daran." Er wiederholte dem Arzt kurz, wie er sich den Gang der Ereignisse vorstellte. „Es ist leicht möglich, daß sich die Sache so zugetragen hat. Der arme, alte Jakob war in der letzten Zeit schlimmer als ein losgelassener, bissiger Wachhund. Er hat auch mich mehr als einmal angefahren, einmal sogar direkt bedroht."

„Und Sie wollen jetzt den Graben untersuchen? Für den Fall, daß -"

„Ja. Es wird eine ziemlich mühsame und langwierige Arbeit sein. Zweimal am Tag steigt die Flut, und dann ist der Graben vollkommen gefüllt. Zur Ebbezeit ist der Wasserstand nicht sehr hoch, wie Sie eben sehen können. Ich habe an einigen Stellen mit einer Stange ins Wasser gestoßen und dabei festgestellt, daß der Grund weich und schlammig ist. Wenn etwas Schweres hineingeworfen wird, so sinkt es wahrscheinlich unter, aber nicht sehr tief. Wenn nun der alte Jakob einen Toten hier in den Graben warf, so hatte er ihn doch wahrscheinlich beschwert. Denn wenn er diese Vorsichtsmaßregel außer Acht ließ, dann kann nur das Wurzelwerk der Erlen und der anderen Bäume am Ufer den Körper daran hindern, wieder an die Oberfläche zu kommen. Wenn er ihn aber beschwerte, dann wird er in den Schlamm eingesunken sein."

Während dieses Gespräches waren sie auf die Brücke zugegangen, die zu dem Gehölz hinüberführte. Plötzlich packte der Arzt Blake am Arm und wies auf einen Weidenstamm jenseits des Grabens. Dort hatte jemand erst vor kurzem ein rohes Kreuz mit einer Axt in die Rinde geschlagen.

„Was ist das?" rief Strahan. „Warum ist dort ein Kreuz?"

Blake sah hinüber und schaute dann zu den Fenstern des Hauses hinauf. Wenn sie in dem Graben etwas fanden, so sollte Rachel Malvery jedenfalls nicht dabei sein, wenn es ans Tageslicht befördert wurde.

„Kommen Sie, wir wollen über diese Brücke gehen und einmal den Schlamm unterhalb dieses Stammes untersuchen."

An der Stelle stand das Wasser etwa fünfzig bis sechzig Zentimeter tief, und der Grund war mit weichem, schwarzem Schlamm bedeckt. Strahan sah zögernd auf seine eleganten Schuhe und die Hose, aber Blake, der einen derben Anzug trug, krempelte nur seine Ärmel hoch und sprang dann, ohne sich zu besinnen, hinein. Er durchsuchte den

Boden zwischen den Wurzeln des alten Baumes und richtete sich plötzlich erregt wieder auf: „Ich habe etwas gefunden. Hier ist ein Tau an eine alte Wurzel gebunden. Und es ist gespannt - wir haben etwas gefunden!"

24

Strahan setzte sich auf einen großen Stein, der in der Nähe im Gras lag, und zog Schuhe und Strümpfe aus. Dann krempelte er seine Hosen bis zu den Knien auf und stieg ins Wasser. „Lassen Sie mich einmal sehen", sagte er. „Wo ist das Tau?"

„Hier", entgegnete Blake, der schon eifrig dabei war, Gestrüpp und Gräser mit Händen und Füßen beiseite zu schieben. „Sehen Sie, hier ist es dicht unter der Wasseroberfläche an die Wurzeln gebunden. Es ist so schmutzig, daß man es nicht mehr sehen kann. Bücken Sie sich einmal, und fassen Sie es an, dann wollen wir zusammen ziehen. Fühlen Sie nicht, daß ein schweres Gewicht daran hängt?"

Strahan faßte mit der Hand in den Morast und konnte auch das Tau fühlen, das um eine knorrige Wurzel der Weide gebunden war. Er zog daran, aber es rührte sich nichts.

„Daran hängt ein schweres Gewicht!" rief er.

„Das Kreuz, das hier in den Baumstamm eingeschlagen ist, deutet eigentlich darauf hin, daß hier ein Toter liegt. Es sieht aus wie ein Grabkreuz, und sicher wollte Jakob auch etwas Ähnliches damit zum Ausdruck bringen. Wir müssen das Gewicht heben." Blake war wieder ans Ufer gestiegen. „Ich werde Werkzeug, Axt und Spaten holen, um die Wurzeln zu beseitigen. Vielleicht müssen wir auch diesen Teil des Grabens absperren und das Wasser ausschöpfen, damit wir im Trockenen arbeiten können." Er lief über die kleine Brücke zu einem Schuppen im Hof, in dem er beim Vorübergehen einige Gartengeräte hatte stehen sehen. Als er dort ankam, fuhr Atherton gerade mit seinem Wagen von der anderen Seite auf den Hof. Sie sahen sich im gleichen Augenblick, und Blake eilte zu dem Beamten.

„Was führt Sie denn zu dieser Stunde hierher?" fragte er. „Ist etwas passiert?"

„Ich wollte einmal mit Ihnen sprechen. Aber, was ist denn hier los, Blake? Sie sind ja in einem merkwürdigen Aufzug!" „Es ist jetzt keine Zeit, lange Erklärungen abzugeben. Kommen Sie mit und helfen Sie."

Er drückte Atherton einige Werkzeuge in die Hand und ging dann mit raschen Schritten zu der Weide zurück. Unterwegs erklärte er die Situation.

Strahan stand noch bis zu den Knien im Morast, als sie bei ihm ankamen.

„Es wird noch schwere Arbeit geben", meinte Blake. Er legte bis auf Hose und Hemd alle Kleidung ab und arbeitete angestrengt. Methodisch räumte er die Wurzeln und das Gestrüpp weg, die das Ufer bedeckten.

Er war an körperliche Arbeit gewöhnt; die andern hätten diese Leistung überhaupt nicht vollbringen können. Aber sie halfen ihm, so gut sie konnten, und trugen die abgehauenen Wurzeln und Büsche fort. Die Ebbe war an ihrem tiefsten Stand angekommen, was die Arbeit erleichterte. Sie mußte getan sein, ehe die Flut wieder einsetzte und das Wasser stieg. Je weiter Blake vorankam, desto größer wurde die Spannung. Alle waren eigentlich mehr oder weniger davon überzeugt, daß sie hier die Leiche Richard Malverys finden würden. Soweit wie möglich war nun alles Gestrüpp und Wurzelwerk entfernt, das hinderlich war. Dicke Schweißtropfen perlten auf Blakes Stirn, aber er gönnte sich keine Pause.

Endlich schien er etwas gefunden zu haben. Das Wasser war aufgerührt und schlammig, so daß man nicht hindurchsehen konnte. Atherton und Strahan beugten sich weit vor.

„Ja, hier liegt ein Toter", rief Blake jetzt. „Das Tau ist fest um ihn gebunden."

157

Die beiden am Ufer hielten den Atem an vor Erregung. Blake kniete nun vollständig durchnäßt im Wasser und arbeitete mit beiden Händen. Plötzlich erhob er sich.

„Es ist nicht Dick!"

Die anderen neigten sich vor.

„Woher wissen Sie das?" fragte Atherton.

„Es ist allerdings nicht ganz gewiß, aber der Mann hier unten hat ein glattes Gesicht und keinen Bart. Er scheint eine schwere Wunde an der Schläfe zu haben!"

Die Spannung stieg immer mehr, je näher man der Lösung des Rätsels kam. Aber die Sache schien noch verwickelter zu werden, wenn es nicht Richard Malvery war. Wer konnte es sonst sein?

Strahan sprang jetzt auch wieder zu Blake ins Wasser. „Es wird sehr schwer sein, den Körper herauszuziehen", meinte er.

„Atherton, gehen Sie doch zu Miss Malvery und sagen Sie ihr, daß wir zwar einen Toten gefunden haben, daß es aber nicht ihr Bruder ist", schlug Blake vor. „Ich weiß, daß sie in größter Angst und Sorge wartet."

„Wir wollen die Arbeit hier erst zum Abschluß bringen. Ich gebe acht, daß sie nicht hierherkommt."

Blake schickte Atherton nach einer Weile zu dem Schuppen zurück, um dort noch ein Tau oder einen Strick zu holen, während er mit Strahan eifrig weiterarbeitete, um den Schlamm zu entfernen. Dann banden sie den neuen Strick an das Tau, zogen mit vereinten Kräften daran, und endlich gelang es den dreien, den Körper herauszuziehen und an Land zu bringen. Blake schöpfte mit einer alten Gießkanne Wasser und schüttete es über Gesicht und Kleider des Toten, so daß dieser nach und nach vom Schlamm befreit wurde. Der Tote war offenbar ein junger Mann von achtzehn oder zwanzig Jahren, mittelgroß und kräftig gebaut. An der dunkelblauen Seemannskleidung erkannten sie, daß es sich um einen Matrosen handeln mußte.

„Die Kälte hat die Leiche gut konserviert", meinte Blake. „Das ist ein Glück. Wir können noch verhältnismäßig viel erkennen."

Strahan zeigte auf eine tiefe Wunde, die sich quer über die rechte Schläfe des Mannes zog und im Haar verlief.

„Dieser arme Kerl ist durch einen schweren Schlag mit einer Eisenstange ermordet worden", sagte der Arzt. „Man sieht, daß er auf der Stelle tot war. Das hat natürlich der alte Elphick getan."

Ein scharfer Ausruf Athertons warnte die beiden anderen. Sie wandten sich um und sahen Rachel Malvery in der Tür der Umfassungsmauer. Sie hatte ihre Angst nicht länger unterdrücken können. Und als sie nun sah, daß sich die drei über eine reglose Gestalt am Ufer neigten, machte sie einen Schritt vorwärts.

Aber Blake sprang schnell ins Wasser und watete auf die andere Seite hinüber.

„Es ist nicht Dick", rief er, als er das jenseitige Ufer erreichte.

„Aber Sie haben doch dort einen Toten gefunden!" sagte sie entsetzt.

„Ja, wir haben einen Mann gefunden, der ermordet wurde. Er sieht aus wie ein Matrose. Aber gehen Sie bitte wieder ins Haus, und überlassen Sie uns diese traurige Arbeit. Das Schlimmste ist jetzt vorüber. Die Tatsache, daß es nicht Dick ist, muß Ihnen doch eine große Beruhigung sein."

Mit offensichtlicher Anstrengung löste sich ihr Blick von der kleinen Gruppe jenseits des Grabens.

„Trotzdem muß dieser Fund etwas mit Dick zu tun haben", erwiderte sie. „Bitte teilen Sie mir sofort mit, wenn Sie etwas Näheres wissen."

Blake wartete, bis sie wieder im Haus verschwunden war, dann ging er zu den anderen zurück.

„Wir wollen den Toten jetzt in einen Raum tragen und seine Kleider vorsichtig untersuchen", sagte er. „Vielleicht finden wir dabei eine Aufklärung."

Atherton und der Arzt holten Bretter herbei, und auf diesen trugen sie die Leiche über die Brücke in den nächsten Schuppen, wo sie sie auf einer großen, alten Kiste niederlegten. Nachdem sie durch weiteres Übergießen mit Wasser den letzten Schlamm entfernt hatten, sahen sie, daß der Anzug des Toten aus starkem, fast unverwüstlichem blauem Seemannstuch war, wie es die Matrosen allgemein tragen, wenn sie an Land gehen. Auch die schweren Stiefel waren noch in gutem Zustand. Der junge Mann schien auf Urlaub gewesen zu sein, und dieser Eindruck verstärkte sich noch, als Blake die Jacke aufknöpfte und in der Weste eine goldene Uhr mit Kette fand. In Westen- und Hosentaschen fanden sie eine verhältnismäßig große Geldsumme und allerlei andere Gegenstände.

„Wenn der alte Jakob diesen jungen Menschen für einen Einbrecher hielt, hat er sich gewaltig geirrt", sagte Blake halb zu sich selbst. „Ich wundere mich nur, warum er ihn niedergeschlagen hat. Jedenfalls muß er ihn unter verdächtigen Umständen in der Nähe des Hauses gesehen haben. Aber wie kam der Matrose nach ‚Malvery Hold'? Er mußte doch hier etwas zu tun haben! Sicher erkannte ihn der Alte im Dunkeln nicht und schlug ihn einfach nieder." Blake faßte jetzt in die innere Brusttasche der Jacke. „Sehen Sie, hier ist etwas. Vielleicht gibt uns das Aufschluß."

Er zog eine etwas abgenutzte Brieftasche aus dem durchnäßten Rock, die mit einer Kordel zugebunden war und reichte sie Atherton hinüber, der die Schnur sofort löste.

„Wenn Papiere und Briefe darin sein sollten, so müssen sie erst getrocknet werden", sagte der Beamte. „Am besten bringen wir die Brieftasche in die Küche und lassen dort das Wasser abdampfen." Dieser Vorschlag wurde ausgeführt, und eine halbe Stunde später war die Brieftasche so weit getrocknet, daß man darangehen konnte, den Inhalt zu prüfen. Blake und Strahan hatten sich inzwischen in dem Zimmer des Wachturms so gut wie möglich gesäubert und sich umgezogen, soweit Blakes Vorrat an Anzügen dazu reichte.

Zuerst kamen einige Ansichtspostkarten von Shilhampton zum Vorschein.

„Das ist wenigstens etwas", meinte Atherton. „Daraus können wir sehen, daß der junge Mann zuletzt dort war."

Dann fanden sie einen Brief, der an Daniel Trethewen, Shilhampton, postlagernd, adressiert war. Daraus schloß Atherton, daß das der Name des Toten war. Die einzelnen Fächer der Brieftasche waren zusammengeklebt, und Blake löste das Leder vorsichtig mit Hilfe seines Taschenmessers.

„Sehen Sie, hier ist ein Briefumschlag. Die Adresse ist mit Bleistift geschrieben und kaum noch leserlich - Miss Rachel Malvery steht darauf!" rief Blake plötzlich laut.

„Dann wollte der junge Mann diesen Brief wahrscheinlich ins Haus bringen", erwiderte Atherton.

Es war eine Briefkarte mit eingedruckter Marke. Den Schriftzügen nach zu urteilen, schien die Adresse in großer Eile geschrieben zu sein. Als Blake die Handschrift genauer betrachtete, fuhr er überrascht auf.

„Großer Gott, das ist ja Dicks Handschrift! Jetzt wird mir plötzlich alles klar. Als er an dem Abend die Villa der Pykes verließ, kam er nicht direkt hierher, sondern ging nach

Shilhampton. Dort schrieb er die Briefkarte und gab dem Matrosen Geld, damit er die Nachricht hierherbringen sollte. Und später in der Nacht hat der alte Jakob den Boten dann für einen Einbrecher gehalten und ihn niedergeschlagen. Diese Entdeckung bringt uns einen großen Schritt vorwärts!"

„Aber wir dürfen den Brief nicht öffnen. Wir müssen ihn Miss Malvery übergeben", sagte Atherton.

Die drei verließen die Küche, um zu Miss Malvery zu gehen.

25

Rachel war zuerst so erregt, daß sie nicht imstande war, den Brief zu öffnen. Mit zitternden Händen reichte sie ihn Atherton zurück.

„Bitte, machen Sie ihn für mich auf, und lesen Sie ihn vor", bat sie.

Der Polizeidirektor löste die einzelnen Blätter sorgfältig voneinander. Das Papier war ausgewaschen, und er fürchtete, daß die Mitteilung unleserlich geworden sein könnte. Aber mit einiger Mühe gelang es ihm doch noch, die Worte zu entziffern. Dick mußte mit einem sehr harten Bleistift geschrieben haben, denn die Buchstaben waren schaff in das Papier eingedrückt.

Blake und Strahan traten näher und sahen ihm über die Schulter.

„Der Brief trägt keine Ortsbezeichnung und kein Datum", begann Atherton. „Hören Sie bitte.

‚Liebe Rachel, Du wirst erstaunt sein, dieses Schreiben zu erhalten. Ich bin wieder nach Hause gekommen, und was noch mehr bedeutet, ich habe draußen in der Fremde Erfolg gehabt und bringe genügend Geld mit, um alle meine Schulden hier zu bezahlen. Ich war heute abend in ‚Malvery Hold' und habe in meinem Zimmer etwas verwahrt, bevor ich nach Shilhampton ging, wo ich zu tun habe. Heute abend kann ich leider nicht mehr nach Hause kommen. Ich habe seit meiner Ankunft in England von einer Sache erfahren, die ich erst aufklären muß, bevor ich zu Euch zurückkehren kann. Es kann sein, daß meine Abwesenheit ein oder zwei Tage, vielleicht auch eine Woche dauert. Aber so lange ich auch fernbleibe, mache Dir keine Sorgen. Früher oder später komme ich zurück. Bitte, geh in mein Zimmer, wenn Du diesen Brief bekommst, und nimm meine Brieftasche an Dich, die in dem alten Sekretär liegt. Du findest tausend

Pfund in Banknoten darin. Verwahre sie bitte, bis ich wiederkomme.

Mit herzlichem Gruß
Dick'"

Atherton legte den Brief auf den Tisch und sah Rachel an, die seinen Blick verstört und verzweifelt erwiderte.

„Ach, immer noch keine Gewißheit!" sagte sie hoffnungslos. „Wir wußten ja schon, daß er an jenem Abend in Shilhampton war. Aber wohin ist er gegangen? Glauben Sie, daß er sich nach London gewandt hat?"

„Nein, das glaube ich nicht!" rief Blake. „Vor allem müssen wir jetzt herausbringen, wo er diesen Brief schrieb und wie er dazu kam, ihn diesem Matrosen zu geben. Ich gehe jede Wette ein, daß er nicht von Shilhampton fortgegangen ist. Wir müssen zwischen hier und diesem Ort weiter nach ihm forschen."

„Vielleicht bekommen wir in Kürze darüber eine Mitteilung", sagte Atherton. „Wie Sie wissen, Blake, kam ich heute morgen hierher, um Ihnen etwas mitzuteilen. Gestern abend erhielt ich einen Brief von dem Besitzer des Gasthauses ,Zum Mond und Stern', das in einem Außenbezirk von Shilhampton liegt. Er schreibt, daß er leider nicht persönlich kommen könne, weil er krank zu Bett liegt, aber wenn ich ihn aufsuchte, könnte er mir Mitteilungen machen, die sich auf das Verschwinden Richard Malverys beziehen. Sobald wir nun hier die nötigen Anordnungen wegen des Toten getroffen haben, wollen wir hinfahren und hören, was dieser Mann zu sagen hat. Doktor, wenn Sie zum Dorf gehen, seien Sie doch so liebenswürdig und schicken Sie den Polizeibeamten her. Er soll dafür sorgen, daß der Tote fortgebracht und alles zu der Leichenschau vorbereitet wird."

164

Sie verabschiedeten sich von Rachel und versprachen, sie sofort von jedem Fortschritt zu verständigen. Dann nahm Blake neben Atherton Platz, und sie fuhren zu dem Gasthaus ‚Zum Mond und Stern'.

„Glauben Sie nicht, daß wir heute morgen einen großen Schritt weitergekommen sind?" fragte Blake.

„Ich glaube kaum. Meiner Meinung nach ist dieser Brief nur der Beweis dafür, daß Dick Malvery jetzt erst von dem gefälschten Scheck erfahren hat und daß er daraufhin irgendeinen bestimmten Entschluß gefaßt hat. Haben Sie sich eigentlich schon einmal überlegt, warum er wohl seine Absicht änderte und, statt nach Hause zurückzukehren, diesen Boten schickte?" „Nein. Wie denken Sie denn darüber?"

„Dick Malvery hat wahrscheinlich dauernd über diesen gefälschten Scheck nachgedacht, seitdem ihm Stephen Pyke in London davon erzählte. Sie wissen doch noch, was uns die Pykes darüber sagten?"

„Ja. Dick soll vollständig ahnungslos gewesen sein."

„Und daraus schlossen wir, daß er den Scheck nicht von Boyce Malvery, sondern von einer Zwischenperson erhalten hatte. Ich nehme nun an, daß sich Dick Malvery plötzlich entschloß, während er in Shilhampton oder in der Nähe war, diese Person ausfindig zu machen, da sie doch am geeignetsten war, ihn von dem Verdacht zu reinigen und alles aufzuklären. Nehmen wir einmal an, daß meine Annahme richtig ist, dann können wir ferner aus dem Inhalt des Briefes folgern, daß er nicht genau wußte, wo er diese Person finden konnte. Er schreibt doch wörtlich, daß seine Abwesenheit ein oder zwei Tage, vielleicht auch eine Woche dauern könnte. Einen gewissen Anhaltspunkt mußte er also haben, sonst hätte er wohl nichts von ein oder zwei Tagen geschrieben."

165

„Ich glaube, Sie haben das richtige getroffen. Wenn wir nur erfahren könnten, wer ihm den Scheck gab oder schickte!"

„Ich habe eine schwache Vermutung", erwiderte Atherton lächelnd, „aber die Sache ist im Augenblick noch zu ungewiß, so daß ich nicht einmal zu Ihnen darüber sprechen möchte. Trotzdem arbeite ich natürlich in dieser Richtung weiter. Aber heute morgen muß ich etwas herausbringen, was von unmittelbarer Wichtigkeit ist, und zwar, wann Dick diesen Brief an seine Schwester schriebe vor oder nach seinem Besuch bei den Pykes?" „Das halten Sie für so wesentlich?"

„Ja. Und ich hoffe, daß uns der Wirt vom ‚Mond und Stern‘ in dieser Beziehung einige Aufklärung geben kann. Dort liegt das Gasthaus." Atherton zeigte auf ein Gebäude, das vor ihnen an der Straße vor den Klippen lag. „Und dort sehen Sie Stephen Pykes Villa. Aus dem Brief des Wirts schließe ich, daß Malvery in dem Gasthaus war. Natürlich hat der Mann auch von der großen Belohnung gehört und hat sicher etwas zu berichten."

Das Gasthaus zum ‚Mond und Stern‘, vor dem sie jetzt abstiegen, lag einsam an der Straße, die von Shilhampton nach Marshwyke führt. Es war sehr ruhig in der Gaststube, als Atherton und Blake eintraten. Der Polizeidirektor wurde anscheinend erwartet, denn gleich darauf erschien eine kräftige Frau in mittleren Jahren und führte sie in ein anderes Zimmer. Dort saß in einem bequemen Lehnsessel ein alter Mann, dessen rechter Fuß mit Wolltüchern umwickelt war.

„Guten Morgen, meine Herren", begrüßte er sie, während die Wirtin den beiden Besuchern Stühle anbot.

„Sie sehen ja, daß ich nicht zu Ihnen kommen konnte", wandte er sich dann an Atherton. „Ich habe leider einen Gichtanfall, aber ich wollte Sie doch gern wegen der Sache sprechen, für die eine so große Belohnung ausgesetzt ist", fuhr er fort, als seine Frau gegangen war. „Es handelt sich um den jungen Mr. Richard."

„Wissen Sie denn etwas?" fragte Atherton.

„Ja, aber ich wußte nicht, daß es damit in Zusammenhang stand, bis ich den Bericht in der Zeitung las. Wenn man natürlich von einer Belohnung von tausend Pfund hört, dann strengt man sich an und denkt nach, ob einem nichts einfällt."

„Nun, dann erzählen Sie einmal. Der Herr hier ist Mr. Blake, der die Belohnung ausgesetzt hat. Sie können also in seiner Gegenwart frei sprechen."

„Ich erinnere mich daran, daß in den dunklen Nächten gegen Ende Februar ein großer, schlanker Herr hier ins Gasthaus kam und mich fragte, ob ich ihm Bleistift und Papier geben könnte. Er wollte einen Brief schreiben. Er sah aus, als ob er von Übersee käme."

„War er allein?" fragte Atherton.

„Nein, er hatte einen jungen Burschen von neunzehn oder zwanzig Jahren bei sich. Es war ein Matrose, wie ich an seinem blauen Anzug sah. Der Junge hatte seinen besten Anzug an und schien auf Urlaub zu sein. Jeder trank ein Glas, und der Fremde kaufte eine Handvoll Zigarren für den Matrosen. Er hatte übrigens einen schwarzen Bart, das habe ich festgestellt, während er den Brief schrieb. Nachher sprachen die beiden noch in der Ecke miteinander, und ich sah, wie er dem Matrosen den Brief und Geld gab. Nachher sagten sie gute Nacht und gingen wieder. Und nun denke ich mir, daß dieser Fremde vielleicht der junge Mr. Richard gewesen sein könnte."

„Daran kann man wohl kaum zweifeln", erwiderte Atherton. „Mr. Malvery war an dem Abend hier in unmittelbarer Nähe. Können Sie mir nun sagen, um wieviel Uhr er hier war?"

„Ja, das weiß ich noch. Als die beiden weggingen, schlug es gerade neun."

„Und haben Sie gesehen, nach welcher Richtung sie gingen?" „Gesehen habe ich es nicht, aber ich habe gehört, daß der eine nach Marshwyke und der andere nach Shilhampton ging. Aber wer nun nach der einen und wer nach der anderen Richtung ging, das kann ich Ihnen nicht sagen. Ich weiß nur, daß sie sich vor der Tür verabschiedeten und in verschiedenen Richtungen fortgingen."

„Haben Sie den Matrosen nicht gekannt?"

„Nein, er war mir vollkommen fremd. Ich habe ihn weder vorher noch nachher gesehen."

„Sie werden den armen Kerl auch nicht wieder zu Gesicht bekommen", entgegnete Atherton und erzählte dem Wirt, daß man den Mann heute morgen tot auf gefunden habe.

Dann verabschiedeten sie sich von dem Wirt und gingen wieder zu ihrem Wagen hinaus.

„Genau das, was ich erwartete", meinte Atherton, als sie ein- stiegen. „Ich fahre jetzt nach Shilhampton, denn ich habe Stephen Pyke etwas zu fragen, und später muß ich zu Boyce Malvery."

26

Mr. Stephen Pyke hatte seine Geschäftsräume über einem bekannten Laden in der Hauptstraße von Shilhampton. Atherton und Blake fanden ihn in einem Klubsessel, wo er mit dem Durchblättern von Zeitungen beschäftigt war. Er empfing seine Besucher in liebenswürdiger Weise und zeigte kaum Erstaunen, als Atherton ihm erzählte, was sich am Vormittag zugetragen hatte. Er hörte alles an, als ob er die letzten Ereignisse als notwendige Teile einer ganzen Geschichte betrachtete, und schien sich auch nicht darüber zu wundern, daß Atherton ihn wieder aufsuchte.

„Mr. Pyke", sagte der Polizeidirektor schließlich, „es ist Ihnen doch klar, daß Sie und Ihr Bruder früher oder später als Zeugen unter Eid aussagen müssen, was Sie wissen. Wäre es nicht besser, wenn Sie mir jetzt schon alles anvertrauten?"

„Ich glaube nicht, daß Sie uns zu Aussagen zwingen können. Sie vermuten also wirklich, daß wir mehr wissen?"

„Ja. Wenigstens eine Sache möchte ich erfahren, die Sie neulich aber d verschwiegen haben."

„Nun, und das wäre?"

„Hat Richard Malvery Ihnen gesagt, wer ihm den Scheck gab oder sandte, den Boyce als eine Fälschung erklärte?".

Stephen schüttelte den Kopf. „Diese Frage möchte ich nicht beantworten, bevor ich mit meinem Bruder gesprochen habe. Und ich glaube nicht, daß wir sie beantworten werden, ohne daß uns die Umstände dazu zwingen."

„Nun gut, das beweist mir zum mindesten, daß Richard Malvery Ihnen das gesagt hat."

Blake und Atherton fuhren nach Brychester zurück, und erst als sie sich der Stadt näherten, brach Atherton das Schweigen.

„Blake, wenn ich jetzt Boyce Malvery aufsuche, kann ich Sie leider nicht mitnehmen. Ihre Anwesenheit würde die Sache nur komplizieren, da er sehr gegen Sie aufgebracht ist. Da sich die Dinge nun so weit entwickelt haben, muß ich mich einmal über den Scheck mit ihm unterhalten."

„Ich glaube nicht, daß er Ihnen etwas sagen wird!"

„Nun, das werden wir ja bald sehen", entgegnete Atherton mit einem kurzen Lachen. „Boyce und ich waren sehr miteinander befreundet, seitdem ich hierherkam, aber in letzter Zeit ist mir manches etwas zweifelhaft an ihm vorgekommen. Wenn die Geschichte der Pykes, die sie uns von dem Scheck erzählten, wahr ist, dann hat Boyce doch keinen Grund, mit seinen Aussagen hinter dem Berg zu halten. Ich werde heute noch ein Wort mit ihm reden. Später kann ich Ihnen ja erzählen, was ich herausgebracht habe - vielleicht ist es aber aus dienstlichen Gründen auch nicht möglich."

Er setzte Blake im ‚Kardinalshut' ab und ging zu den Büroräumen des Notars in der High Street. Die Aufgabe, die ihm bevorstand, war weder angenehm noch leicht. Seitdem Atherton nach Brychester gekommen war, hatten die beiden viel miteinander verkehrt, und das war umso bemerkenswerter, als Boyce Malvery sonst gegen alle Leute sehr zurückhaltend war. Es fiel daher Atherton nicht leicht, den Rechtsanwalt in einer Sache auszufragen, in der er seiner Meinung nach eine recht zweifelhafte Rolle gespielt hatte. Aber Atherton war ohne jede Absicht bereits argwöhnisch gegen Malvery geworden und deshalb fest entschlossen, zu handeln. Entweder brach der Verdacht, den er gegen Boyce gefaßt hatte, in sich zusammen, oder er bestätigte sich. Atherton mußte ziemlich lange warten und wurde dann etwas von oben herab empfangen. Sein alter Freund zeigte nicht das alte, herzliche Entgegenkommen, als er ihm einen Stuhl anbot.

„Sie haben also doch endlich einmal Zeit gefunden, Ihren neuen Freund allein zu lassen und einen alten Bekannten aufzusuchen, Atherton?" fragte er ironisch, während er sich eine Zigarre ansteckte und seinem Besucher den Kasten zuschob. „Es ist lange her, seitdem ich Sie zuletzt gesehen habe."

„Reden Sie doch keinen Unsinn, Malvery", entgegnete Atherton ruhig. „Sie wissen sehr wohl, wieviel ich in der Sache Ihres Vetters zu tun hatte."

„Sie haben sich viel Arbeit umsonst gemacht. Meiner Meinung nach lassen Sie sich viel zu sehr von diesem Blake beeinflussen."

Atherton, der zeigen wollte, daß er nicht gegen Boyce voreingenommen war, steckte sich eine Zigarre an und nahm Platz.

„Sie müßten mich eigentlich gut genug kennen, Malvery, um zu wissen, daß ich mich nicht beeinflussen lasse. Sie vergessen, daß ich in meiner Stellung als Polizeibeamter unparteiisch sein muß. Was ich bis jetzt getan habe, war unbedingt notwendig."

„Ich kann diese Notwendigkeit unter keinen Umständen einsehen. Die ganze Sache erscheint mir so lächerlich! Es hat doch keinen Sinn, etwas geheimnisvoll zu machen, was gar nicht geheimnisvoll ist."

Atherton lachte gutmütig.

„Im Gegenteil! Die Sache ist wirklich rätselhaft."

„Kein bißchen!" entgegnete Boyce entschieden. Unwillkürlich nahm er die Haltung an, in der ihn Atherton schon häufig vor Gericht gesehen hatte. „Ich sage Ihnen, was daran geheimnisvoll erscheint, ist nur das Äußere. Also hören Sie auf mich. Sie haben mir noch nicht die Möglichkeit gegeben, mich zu der Sache zu äußern, denn Sie haben ja die ganze Zeit in der Gesellschaft dieses Blake zugebracht."

„Das ist zwar nicht ganz richtig, aber sprechen Sie nur weiter."

„Jeder, der meinen Vetter Richard Malvery etwas genauer kennengelernt hat, weiß ebensogut wie ich, daß er ein vollständig verantwortungsloser, leichtsinniger Mensch war. Vor allen Dingen änderte er seine Meinung wie eine Wetterfahne. Fragen Sie doch die Leute in der Stadt. Die können Ihnen sagen, daß man sich auf ihn in keiner Weise verlassen konnte. Wenn er einen Entschluß gefaßt hatte, war eine Viertelstunde später wieder alles über den Haufen geworfen. Niemand kann mich davon überzeugen, daß der Aufenthalt in einem rauhen, fremden Land ihn von Grund auf ändern konnte!"

„Ich höre eifrig zu", meinte Atherton, als Boyce eine Pause machte.

„Ich will Ihnen ja gern zugestehen, daß alles, was Sie über Richard Malvery in Erfahrung gebracht haben, wahr ist oder daß es der Wahrheit sehr nahe kommt. Wir wollen einmal annehmen, daß er am Abend des 27. Februar tatsächlich in Brychester auftauchte, daß er mit dem Wagen des alten Abinett fuhr, daß ihn Briscoe sah, daß er heimlich in ‚Malvery Hold' war und dort tausend Pfund in eine Schublade legte -"

„Das sind erwiesene Tatsachen, dabei gibt es doch nichts mehr anzunehmen. Ich habe die Banknoten selbst gesehen."

„Bis dahin nehme ich auch alles als wahr an. Ich gebe auch zu, daß er später noch nach Shilhampton ging. Aber weiter gehe ich nicht. Ich habe meine eigene Ansicht darüber, was dann passierte."

„Ich würde sie sehr gern hören."

„Nun gut", fuhr Boyce gleichgültig fort. „Meine Ansicht gründet sich auf eine genaue Kenntnis von Richards Charakter. Bedenken Sie, er hatte fünfhundert Pfund in der Tasche. Das muß doch für einen Menschen wie ihn eine sehr große Versuchung gewesen sein. Als er nach ‚Malvery Hold' kam, hat sein Vaterhaus sicher keine große Anziehungskraft auf ihn ausgeübt. Sie kennen ja das alte Haus gut genug. Also ist er einfach auf und davon. Vielleicht nach Paris, vielleicht auch nach Monte Carlo. Möglicherweise ist er auch irgendwo überfallen worden und hat so sein Ende gefunden. Es ist aber ebenso leicht möglich, daß er plötzlich wieder in Brychester auftaucht und Sie auslacht, weil Sie so viel Aufhebens seinetwegen gemacht haben. Ich sage Ihnen, Atherton, es existiert nicht der geringste Beweis, daß Richard Malvery in dieser Gegend blieb oder daß er hier von irgendeinem Mißgeschick ereilt wurde. Und wenn Sie noch so viele Nachforschungen anstellen, wird es Ihnen nicht gelingen, etwas herauszubringen!"

Die letzten Worte sagte er halb ironisch, halb trotzig, dann bückte er sich, nahm den Feuerhaken und begann in dem brennenden Holz herumzustochern.

„Malvery", sagte Atherton, der einem Impuls folgte, „ich möchte Ihnen doch etwas Neues mitteilen. Wir haben heute morgen dort drüben in der Gegend von ‚Malvery Hold' einen Toten gefunden!"

Boyce ließ den Feuerhaken plötzlich fallen und wandte sich mit aschgrauem Gesicht an seinen Besucher. Auf seiner Stirn stand Angstschweiß.

„Was sagen Sie da?" rief er entsetzt. „Einen Toten?"

„Warum erschrecken Sie denn so furchtbar?" fragte Atherton scharf, denn Malverys Angst gab ihm zu denken.

„Haben Sie die Leiche erkannt? War es Richard Malvery?" fragte Boyce erregt.

„Nein, er war es nicht."

173

Boyce riß sich zusammen, ging mit einem rauhen Lachen zu dem Schrank in der Ecke, nahm eine Whiskyflasche und einen Siphon heraus, schenkte sich ein Glas ein und leerte es mit einem Zug. Allmählich kam wieder Farbe in sein Gesicht.

„Verdammt noch einmal", sagte er mit einem krampfhaften Versuch, unbefangen zu erscheinen. „Warum werfen Sie mir so alarmierende Nachrichten an den Kopf? Ich bin tatsächlich sehr erschrocken. Wissen Sie denn nicht, daß ich in letzter Zeit hochgradig nervös bin?"

„Ich dachte, Sie hätten Nerven von Eisen und Stahl."

„Nein, das stimmt nicht. Mein Herz ist auch angegriffen. Wenn es Richard gewesen wäre - denken Sie doch einmal, was das für mich bedeutet hätte! Wer war es denn?"

Atherton erzählte ihm, was sich ereignet hatte, und erwähnte auch die Aussagen der Pykes. Während er sprach, gewann Boyce allmählich sein Selbstbewußtsein wieder, und als Atherton geendet hatte, stand wieder der kühle und kritische Boyce Malvery vor ihm.

„Ist das alles?" fragte der Rechtsanwalt. „Ihr Bericht von der Auffindung des Toten und von dem Brief, den Sie bei ihm fanden, bestätigt doch nur, was ich gesagt habe. Dick hat es sich nun einmal in den Kopf gesetzt, irgendwohin zu gehen, statt nach Hause zurückzukommen. Deswegen schickte er ja seiner Schwester die Nachricht. Es ist doch ganz klar, daß er sich zuerst ein paar Tage amüsieren wollte. Vielleicht lebt er auch jetzt noch in einem Rausch von Vergnügen, wenn er Glück beim Spiel gehabt hat."

„Ich glaube, daß Richard mit einer ganz bestimmten Absicht fortging."

„Welche Absicht sollte denn das gewesen sein?" fragte Boyce verächtlich.

„Er wollte den Menschen auffinden, der ihm Ihren Scheck übermittelte", erwiderte Atherton und beobachtete Boyce scharf. „Oder der wenigstens vorgab, daß dieser Scheck von Ihnen stammte."

„Es ist gut, daß Sie diesen Zusatz machen."

Der Polizeidirektor wandte keinen Blick von dem Rechtsanwalt.

„Sie sollten mir alles sagen, was Sie wissen, Malvery; Sie wissen so gut wie ich, daß das ein wichtiger Anhaltspunkt ist."

„Nein, ich werde Ihnen nichts sagen", entgegnete Boyce schroff.

Dann bemerkte er, daß ein Klient auf ihn warte. Atherton verabschiedete sich und ging. Aber er fragte sich an diesem Tag noch häufig, warum Boyce Malvery solches Entsetzen gezeigt hatte, als er von der Auffindung eines Toten hörte.

27

Am Abend schloß sich Atherton ein und war für niemand zu sprechen. Er mußte einmal ungestört nachdenken. Am meisten hatte ihn Boyce Malverys Haltung in Erstaunen gesetzt. Dieser sonderbare Furchtanfall war doch zu merkwürdig, und die lahme Erklärung, die ihm Boyce gegeben hatte, befriedigte ihn nicht. Boyce hatte in jenem Augenblick sicher zu hören erwartet, daß man die Leiche Richards gefunden hatte. Aber warum sollte er sich darüber aufregen oder gar fürchten? Das mußte doch einen guten Grund haben. Wenn Richard tot war, gewann Boyce Malvery doch höchstens dadurch. Der alte Sir Brian würde wohl nicht mehr lange leben, und Boyce erbte dann den Titel. Warum wollte er es nicht bekanntwerden lassen, wenn er wußte oder glaubte, daß sein Vetter nicht mehr lebte? Hier lag noch ein tieferes Geheimnis. Aber wie sollte man zu einer Lösung kommen?

Atherton faßte schließlich den Entschluß, erstens in aller Ruhe festzustellen, welche Verbindung zwischen Boyce Malvery und Gillian Clent bestand. Die Auffindung der Pfeife hatte ihn davon überzeugt, daß Boyce sich an jenem Abend im Hause der Clents aufgehalten hatte und natürlich heimlich dorthin gekommen war. Und zweitens mußte er in Erfahrung bringen, was aus Hester Prynne geworden war, die man bisher nicht wiedergesehen hatte. Ihre plötzliche Flucht von Brychester mochte viel mehr bedeuten, als man zunächst hatte annehmen können. Boyce Malvery und seine Mutter versuchten allerdings, die Sache als vollkommen bedeutungslos hinzustellen. Mrs. Malvery hatte Atherton auf der Straße angehalten und ihr Bedauern darüber ausgesprochen, daß sie ihn überhaupt mit der Sache belästigt hatte. Sie hatte ihm erzählt, daß Hester ein schwieriges, launenhaftes Mädchen sei und das Leben in Brychester wahrscheinlich zu langweilig gefunden habe. Es schien besonders ihre Absicht zu sein, Atherton davon zu überzeugen, daß weder sie noch ihr Sohn diese persönliche

Angelegenheit in der Öffentlichkeit behandelt wissen wollten. Atherton hatte sich zuerst über Hester Prynnes Verschwinden den Kopf nicht weiter zerbrochen. Aber nun erschien es ihm notwendig, ihren Aufenthaltsort zu entdecken, um Auskunft über verschiedene Dinge von ihr zu erhalten. Auch die plötzliche Ohnmacht betrachtete er jetzt von einem ganz anderen Gesichtspunkt aus.

Inzwischen gab es aber auch noch verschiedene andere Angelegenheiten aufzuklären, vor allem die Ermordung des Matrosen. Am Tag nach der Entdeckung der Leiche fuhren Atherton und Blake zusammen zur gerichtlichen Leichenschau. Keiner von beiden hatte eine Ahnung, daß diese an sich notwendige, nur formelle Verhandlung neues Licht auf das Verschwinden Richard Malverys werfen könnte. Der Polizeidirektor wußte in solchen Dingen sehr genau Bescheid und glaubte, daß alles programmmäßig verlaufen und damit erledigt sein würde. Die Tatsachen waren ja einfach und klar. Der Tote gehörte offenbar der Besatzung eines Schiffes an, das Shilhampton angelaufen hatte. Entweder war er dort abgemustert worden, oder er hatte einen Abendurlaub an Land erhalten, wozu er sich landfein gemacht hatte. Auf jeden Fall hatte er die Bekanntschaft Richard Malverys gemacht und war in dem Gasthaus ‚Zum Mond und Stern' gewesen. Alles Weitere hatte sich dann so abgespielt, wie Blake und er es vermuteten. Jakob Elphick hatte nach der Ermordung die Leiche in den Graben versenkt und in dem unklaren Bewußtsein, daß es sich hier um ein Grab handelte, ein Kreuz in den Baumstamm geschlagen. Nichts konnte klarer sein als diese Geschichte.

Die Verhandlung fand in dem großen Versammlungsraum des Dorfes statt, wohin man den Toten gebracht hatte, und es dauerte nicht lange, bis die Zeugen ihre Aussagen gemacht hatten. Schließlich empfahl der Vorsitzende den zwölf Geschworenen, ihren Spruch dahin zu fassen, daß der Matrose irrtümlicherweise von Jakob

Elphick erschlagen wurde, der inzwischen auch gestorben war und nicht mehr zur Rechenschaft gezogen werden konnte.

Aber zum größten Erstaunen aller erhob sich einer der Geschworenen und protestierte lebhaft dagegen.

„Wir müssen erst noch mehr Aussagen hören, bevor wir unseren Spruch fällen können", sagte er. „Und bei allem Respekt vor der Ansicht des Herrn Vorsitzenden möchte ich noch etwas mehr wissen, bevor ich Jakob Elphick oder einen anderen dieser Tat beschuldige!"

Die Leute im Saal reckten die Hälse, um den Mann zu betrachten, der sich so abweisend äußerte. Auch Blake, der zum ersten Mal eine solche Verhandlung mitmachte, musterte den Geschworenen neugierig. Es war ein älterer Mann mit scharfen Gesichtszügen und rötlichem Haar. „Das ist Mr. Stubbs, der Kolonialwarenhändler", hörte er eine Stimme hinter sich. „Der wird schon seine Meinung sagen und seinen Kopf durchsetzen - der läßt sich nichts gefallen!"

Aus diesen Worten schloß Blake, daß Mr. Stubbs eine bekannte Persönlichkeit hier war.

Der Vorsitzende war über diesen plötzlichen Angriff überrascht und sah verwirrt zu den Geschworenen.

„Natürlich", erwiderte er. „Wenn einer von Ihnen mit dem Gang der Verhandlung und allem, was wir gehört haben, noch nicht zufrieden ist und sich noch kein klares Bild machen kann, dann muß er das frei und offen sagen. Ich wüßte allerdings nicht, welche Zeugen wir noch vernehmen könnten. Für mich ist der Fall vollkommen eindeutig."

„Für mich aber durchaus nicht", erklärte Mr. Stubbs hartnäckig. „Ich muß noch mehr über die Sache wissen. Ich bin nicht davon überzeugt, daß der junge Mann von Jakob Elphick umgebracht wurde. Wir haben bisher nur gefolgert. Das genügt mir nicht!"

Der Vorsitzende lehnte sich in seinen Stuhl zurück und blickte über seine Brille hinweg der Reihe nach die einzelnen Beamten, Schreiber, Polizisten und Rechtsanwälte an. Er hatte die ganze Verhandlung als vollständig klar angesehen und geglaubt, daß sie in einer guten halben Stunde zu Ende wäre. Er sah sich um, ob von irgendeiner Seite ein Vorschlag oder eine Anregung kommen könnte, aber er fand nicht die geringste Unterstützung und Hilfe.

„Was wollen Sie denn noch wissen, Mr. Stubbs?" fragte er ein wenig betreten. „Ich weiß nicht, welche weiteren Zeugen wir noch vorladen könnten. Sie äußerten, daß Ihnen die bisherigen Aussagen nicht genügen - wie soll ich das verstehen?"

„Ich will nicht leugnen, daß viel gegen den alten Mann spricht, aber der junge Matrose kann doch auch von einem anderen erschlagen worden sein!"

„Wollen Sie den Verdacht auf eine besondere Person lenken?" fragte der Vorsitzende ein wenig unsicher. Er wußte aus seiner früheren Praxis, daß Mr. Stubbs gewöhnlich recht unangenehme Fragen stellte, nicht nur als Geschworener, sondern auch bei Komiteesitzungen und sonstigen Angelegenheiten. „Stellen Sie weitere Fragen, oder geben Sie eine Anregung. Wir sind hier verhimmelt, um die Wahrheit herauszubringen. Was verstehen Sie unter ‚einem andern'?"

Mr. Stubbs lehnte sich über den Tisch vor. „Es leben sonderbare Leute an der Bucht von Marshwyke, und es kommen auch allerhand Leute von außerhalb dorthin", erwiderte er bedeutungsvoll. „Hier ist weder die Zeit noch der Ort, auf Einzelheiten einzugehen, aber es ist gut genug bekannt, daß sich häufig unerwünschte Elemente in der Bucht von Marshwyke herumtreiben."

„Ich fürchte, mit derartig ungenauen Angaben können wir nichts anfangen", entgegnete der Vorsitzende.

179

„Sie wissen, daß wir hier sind, um den Tod dieses jungen Mannes aufzuklären."

„Gut, dann will ich etwas sagen, was nicht ungenau ist", unterbrach ihn Mr. Stubbs. „Ich behaupte, daß dieser junge Mann von solchen Leuten ermordet wurde, wie ich sie eben erwähnte, und nicht von Elphick!"

„Meinen Sie, er könnte einen Zusammenstoß mit solchen Leuten gehabt haben? Das ist aber immer noch unsicher. Denken Sie denn an eine bestimmte Person?"

Mr. Stubbs sah sich im Saal um, zog die Weste herunter und runzelte die Stirn. „Ich meine Schmuggler!"

Der Vorsitzende seufzte. Diese Verhandlung verlief so ganz anders, als er erwartet hatte. Er wollte gerade dem Gedanken Ausdruck geben, daß das nicht zur Sache gehörte, als Mr. Stubbs in seiner Rede fortfuhr.

„Es ist uns allen wohlbekannt, daß hier in der Bucht viel geschmuggelt wird. Schmuggler kommen von der See herein, und es wohnen Leute an der Küste, die mit ihnen Zusammenarbeiten. Ich behaupte, es ist leicht möglich, daß dieser junge Matrose mit Schmugglern zusammengestoßen ist und von ihnen getötet wurde. Und bevor diese Verhandlung geschlossen wird, beantrage ich, daß Sie als Vorsitzender auch Zeugen über diese letzte von mir angedeutete Möglichkeit vorladen und vernehmen. Es sind mehrere Leute hier, die darüber Auskunft geben können."

Hinten an der Tür standen zwei Zollbeamte, die wie andere als Zuhörer hereingekommen waren, und Mr. Stubbs zeigte auf die beiden.

„Ich beantrage, daß sich diese beiden Beamten darüber äußern. Die Bucht gehört zu dem Gebiet, über das sie die Aufsicht führen; und sie wissen wahrscheinlich besser als jeder andere, was dort vorgeht."

Der ältere der beiden Beamten wurde vereidigt und sagte aus, daß er sich auf keine besonderen Ereignisse in der Nacht des 27. Februar besinnen könne. Er glaube auch nicht, daß an diesem Abend etwas Außergewöhnliches passiert sei. Auch von Fremden habe er an diesem Tag nichts gesehen oder gehört.

„Ich sehe nicht ein, wie uns das weiterbringen könnte", bemerkte der Vorsitzende. „Möchten Sie selbst noch etwas fragen, Mr. Stubbs?"

Der Geschworene erhob sich und sah den Zeugen mit dem Blick eines Mannes an, der den Dingen auf den Grund kommen will.

„Ist Ihnen die Tatsache bekannt, daß häufig Schmuggler in die Bucht kommen?"

Der Beamte zögerte und sah den Vorsitzenden an. „Ich glaube, daß ich diese Frage nicht beantworten kann, ohne von meiner Vorgesetzten Behörde dazu bevollmächtigt zu sein."

„Ganz recht", stimmte der Vorsitzende zu. „Ich glaube, wir können nicht auf eine Antwort dringen, Mr. Stubbs. Die Zollbehörde mag ihre eigenen Ansichten und Pläne über diese Angelegenheit haben, die hier nicht weiter besprochen werden können."

„Sehr schön! Sehr gut!" rief Stubbs. „Natürlich wieder einmal Geheimmethoden! Aber die öffentliche Meinung darf nicht unterdrückt werden, und das Publikum will sich nicht immer bevormunden lassen. Ich stelle fest, daß von Zeit zu Zeit Schmuggler in die Bucht kommen, und ich behaupte, daß wahrscheinlich Schmuggler diesen armen Menschen getötet haben. Diese Annahme ist ebenso glaubwürdig wie die andere. Ich gebe unter keinen Umständen einen bestimmten Spruch ab. Meiner Meinung nach muß die Verhandlung vertagt werden, damit weitere Zeugen verhört werden können."

Mr. Stubbs hatte anscheinend großen Einfluß bei den anderen Geschworenen. Man hörte beifällige Äußerungen, und schließlich sah sich der Vorsitzende gezwungen, die Verhandlung für zwei Wochen zu vertagen.

Atherton verließ den Sitzungssaal mit Blake, aber plötzlich berührte Mr. Stubbs seinen Arm.

„Darf ich Sie um einen Gefallen bitten, Captain? Kommen Sie doch mit Ihrem Freund auf ein paar Minuten in meine Wohnung."

28

Atherton wußte, daß Stubbs ein Großsprecher war und sich gern in alle möglichen Dinge einmischte. Deshalb wollte er zuerst den Vorschlag ablehnen und vorschützen, daß er zuviel zu tun hätte. Aber dann überlegte er sich die Sache. Manchmal bekam man von einer Seite Aufklärung und Hilfe, von der man es am wenigsten erwartet hätte. Die beiden begleiteten also Mr. Stubbs die Straße entlang. Aber schon nach kurzer Zeit blieb der Geschworene wieder stehen.

„Da ist sie", sagte er leise. „War es mir doch so vorgekommen, als ob ich die alte Hexe in einer dunklen Ecke des Versammlungssaales gesehen hätte! Sie kommt eben aus dem Geschäft von Filson."

Blake schaute über die Dorfstraße und sah eine alte Frau aus einem Fleischerladen treten. Sie lenkte unwillkürlich die Aufmerksamkeit aller Blicke auf sich, denn sie war ungewöhnlich groß und kräftig und hatte sehnige Arme, obwohl ihr Gesicht schon von vielen Furchen und Falten durchzogen war. Ihr Haar war jedoch noch schwarz, und ihre Augen blickten fest und entschlossen unter einem merkwürdig geformten Hut hervor. Sie trug einen großen Mantel, der sie vom Hals bis zu den Füßen vollständig einhüllte. In der einen Hand schwang sie einen schweren Stock.

„In früheren Tagen hätte man mit einer solchen Frau kurzen Prozeß gemacht und sie einfach als Hexe verbrannt", sagte Mr. Stubbs. „Ich dachte mir gleich, daß sie zu der Verhandlung kommen würde, um zu hören, was los war."

„Das ist ja die alte Clent", meinte Atherton. „Wirklich eine sonderbare Person."

Sie waren inzwischen wieder weitergegangen und vor dem Haus des Kolonialwarenhändlers angekommen. Er führte sie durch seinen Laden, in dem es nach Tee, Kaffee, Käse und Schinken duftete, in ein gemütliches

Wohnzimmer. Nachdem er seine Gäste mit Getränken und Zigarren versorgt hatte, nickte er Atherton zu.

„Ich lasse mich nicht so leicht davon überzeugen, daß der arme, alte Jakob den Matrosen umgebracht haben soll."

„Aber wie wollen Sie dann die Worte erklären, die er immer und immer wieder vor seinem Tod sagte?"

„Es gibt viele Dinge in der Welt, die wir nicht erklären können. Ich will ja letzten Endes nicht bestreiten, daß Jakob Elphick nicht vielleicht doch den Matrosen aus Versehen erschlagen hat. Die Aussagen haben mich eben nicht befriedigt. Meiner Meinung nach muß man auch die Möglichkeit in Betracht ziehen, daß der Mann einen Zusammenstoß mit Schmugglern hatte. Und vor allem hat die Sache viel mit dem Verschwinden des jungen Richard Malvery zu tun. Sie wissen doch noch gar nicht, ob nicht auch Dick Malverys Leiche in dem Graben liegt."

Weder Blake noch Atherton gaben eine Antwort, und Mr. Stubbs sah sie selbstzufrieden an.

„Sehen Sie, Captain, es gibt Dinge, die weder Sie noch die Zollbeamten wissen. Aber ich lebe seit vielen Jahren hier am Ufer dieser Bucht."

„Ich lasse mich gerne von Ihnen belehren", erwiderte Atherton. „Und sicher würden auch die Zollbeamten sehr froh sein, wenn sie Informationen von Ihnen bekommen könnten."

„Das weiß ich nicht so gewiß. Ich habe schon öfters höheren Beamten Mitteilung darüber gemacht, aber die haben mir stets die kalte Schulter gezeigt. Trotzdem bin ich fest davon überzeugt, daß in der Bucht von Marshwyke viel geschmuggelt wird, und ich bin ganz sicher, daß die Clents, Mutter, Sohn und Tochter, daran beteiligt sind. Weswegen, glauben Sie wohl, wäre diese alte Hexe sonst heute morgen zur Verhandlung gekommen? Die wollte doch nur hören, ob etwas über sie gesagt würde. Ich glaube, das geheimnisvolle

Verschwinden von Mr. Richard hängt hauptsächlich mit den Clents zusammen. Ihr Haus müßte einfach niedergerissen werden, dann würde man merkwürdige Dinge finden!"

„Worauf gründet sich denn Ihr Verdacht?" fragte Atherton.

„Vergleichen Sie doch mal die Clents mit den anderen Leuten von Marshwyke. Das Volk hier ist arm wie überall an der Küste. Es wird gerade soviel verdient, wie zum Leben gebraucht wird. Wir Kaufleute wissen das am allerbesten. Aber diese Clents haben mehr Geld, als sie ausgeben können. Haben Sie schon mal Gillian auf dem Markt von Brychester gesehen? Die geht gekleidet wie eine vornehme Dame. Sie essen und trinken nur das Beste. Haben Sie eine Ahnung, was die alles bei mir Kaufen, und ebenso drüben beim Fleischer! Judah hat goldene Uhrketten und Gillian kostbaren Schmuck. Mit diesem Judah würde ich mich an Ihrer Stelle wirklich etwas mehr befassen. Das wäre eine dankbare Aufgabe."

„Er verdient doch sicher viel Geld, wenn er auf See ist."

Mr. Stubbs schüttelte nur ungläubig den Kopf. „Auf See! Wer beweist Ihnen denn, daß Clent überhaupt zur See fährt? Er verschwindet für einige Zeit, dann kommt er zurück und sagt, er war in Konstantinopel, Buenos Aires, New Orleans und Gott weiß wo sonst noch, und in Wirklichkeit war er kaum zweihundert Kilometer von Shilhampton entfernt."

„Wohin geht er denn Ihrer Meinung nach?" fragte Atherton. „Ich will Ihnen etwas sagen", entgegnete Mr. Stubbs ganz leise, nachdem er einen Blick auf die geschlossenen Türen und Fenster geworfen hatte. „Außer mir und meiner Frau weiß niemand etwas davon. Jedes Jahr mache ich mit meiner Frau eine Erholungsreise entweder nach Eastbourne, nach Bournemouth oder nach Brighton. Voriges Jahr sind wir nach dem Festland hinübergefahren. Wir waren noch niemals im Ausland und wollten uns gern einmal Boulogne ansehen. Wirklich ein nettes, schönes

Städtchen, besonders wenn man ins Kasino geht, wo sie um Geld spielen. Es ist sehr interessant, dort zuzusehen. Sie kennen es natürlich, Captain?"

Atherton bejahte.

„An der Hauptstraße, die vom Hafen zur Mitte der Stadt führt, gibt es viele Cafés und Restaurants, und gewöhnlich saßen wir abends in einem der Lokale und sahen zu, wie die Leute vorübergingen. Und eines Abends kommt doch tatsächlich Judah Clent dort vorbei! Aber den hätten Sie kaum wiedererkannt, so fein und elegant sah er aus. Wie ein vornehmer Herr! Uns hat er nicht gesehen!"

„War er allein?" fragte Atherton.

„Nein, er ging mit ein paar anderen Herren, mit denen er sehr gut bekannt zu sein schien. Da sah er wirklich nicht nach einem Matrosen aus, der zur See fährt. Haben Sie einmal Judah Clents Hände betrachtet?"

Der Polizeidirektor schüttelte den Kopf.

„Die gehören keinem Schwerarbeiter, der Taue wickelt und Schiffsmaschinen ölt", fuhr Mr. Stubbs fort. „Am nächsten Tag reisten wir wieder ab, und einen Tag später kommt Gillian Clent hier zu mir in den Laden, um etwas zu kaufen. ‚Ich habe ja Ihren Bruder so lange nicht gesehen?' frage ich ganz unschuldig. ‚Der ist wohl wieder auf See?' - ‚Ja, Judah ist nach Archangelsk unterwegs', sagt sie. Da haben Sie doch den Beweis!"

Mr. Stubbs schlug mit der flachen Hand auf den Tisch und nahm einen großen Zug aus seinem Glas, bevor er weitersprach.

„Ich möchte wetten, daß das Haus der Clents ein Nest für geschmuggelte Waren ist. Die lassen sich nicht auf große, schwere Sendungen ein, sondern auf bestimmte hochwertige Dinge, die man leicht transportieren kann. Diese Zollbeamten sind wirklich sehr stupide, die können nur bis zu ihrer Nasenspitze sehen. Aber ich bin doch selbst im Kolonialwarenhandel tätig, und da höre ich verschiedenes. In einem leichten Boot kann man eine ganze Menge von diesen Dingen verpacken und sie hier in die Bucht bringen, ohne daß jemand etwas davon merkt. Sie müßten einmal eine Razzia dort abhalten, Captain, dann würden Sie bald herausfinden' womit das Verschwinden Dick Malverys und des jungen Matrosen zusammenhängt!" Atherton und Blake verließen die Wohnung von Mr. Stubbs sehr nachdenklich. Als sie wieder in das Auto steigen wollten, kam der Zollinspektor auf sie zu, der während der Verhandlung bei der Leichenschau eine Aussage gemacht hatte. Er sah den Polizeidirektor bedeutungsvoll an.

„Sie haben doch heute die Andeutungen von Mr. Stubbs gehört?" fragte er. „Wir wissen darüber mehr, als er annimmt, und Sie werden in kurzem erfahren, was wir wissen."

29

Atherton winkte Blake, ihm zu folgen. Sie ließen den Wagen vor dem Gasthaus stehen, traten ein und ließen sich in einer ruhigen Ecke nieder.

„Sie können in Gegenwart dieses Herrn unbesorgt sprechen", sagte Atherton und zeigte auf Blake.

„Wenn ich Sie recht verstanden habe, bereiten Sie eine Razzia vor?"

„Ja, und wir wollten Sie bitten, uns einige Ihrer Leute zur Unterstützung mitzugeben. Ich konnte natürlich bei der Verhandlung nichts sagen, aber wir haben die Vorgänge in der Bucht von Marshwyke schon lange beobachtet und nehmen an, daß eine Menge französischer Waren dort eingeschmuggelt wird, vor allem Tabak und Luxusartikel. Aber wir konnten bisher nichts Bestimmtes nachweisen und wußten nicht, ob die Waren hier in die Bucht gebracht werden oder ob sie im Hafen von Shilhampton an Land kommen. Wir haben aber einen ganz gewissen Dampfer und dessen Kapitän in Verdacht, der regelmäßig zwischen Le Havre und Shilhampton fährt. Wenn der Dampfer das nächste Mal in Shilhampton eingelaufen ist, wollen wir eine bestimmte Stelle der Bucht plötzlich durchsuchen."

Atherton sah sich um, aber es war niemand in Hörweite.

„Sie meinen natürlich Clents Haus", sagte er dann leise.

„Ganz recht. Wahrscheinlich werden die geschmuggelten Waren dort in das Haus gebracht. Die Hütte und die Höhlen in den Felsen sind uns schon seit langem verdächtig vorgekommen. In der ersten Nacht, nachdem der Dampfer im Hafen von Shilhampton einläuft, wollen wir zuschlagen. Soviel wir wissen, ist das Schiff morgen fällig. Auf jeden Fall müssen wir einen Versuch machen. Wir lassen Ihnen noch genauere Nachricht zukommen."

Atherton und Blake schwiegen auf dem Heimweg, bis sie einen guten Teil der Fahrt hinter sich hatten.

„Ich glaube, wir entdecken in der nächsten Zeit verschiedenes, Blake, und vielleicht ist es größer und bedeutsamer, als wir bisher erwartet haben", sagte der Polizeidirektor schließlich.

„Wie meinen Sie das?"

„Es werden natürlich mehr Leute als die Clents in die Geschichte verwickelt sein, denn wenn ein ganzes Schmugglersystem besteht, gehört dazu eine große Organisation. Sicher sind Leute im Hintergrund, die die Sache leiten. Wenn die Razzia abgehalten wird, werde ich persönlich an Ort und Stelle sein, und ich glaube, daß es auch für Sie interessant sein könnte."

Blake antwortete nicht gleich, und dann lachte er ein wenig verlegen, als ob er unangenehm berührt sei.

„Es ist möglich, daß Sie mich für einen sentimentalen Menschen halten, aber ich wünschte, ich hätte das alles nicht gehört."

„Warum denn nicht?" fragte Atherton erstaunt.

„Gillian Clent hat mir vor kurzem das Leben gerettet. Ich wäre jetzt sicher nicht mehr hier, wenn sie mir nicht zu Hilfe gekommen wäre. Es sieht nach Undankbarkeit und Verrat aus, wenn ich jetzt an der Razzia teilnehme. Ich hielte es unter Umständen sogar für meine Pflicht, sie vor der drohenden Gefahr zu warnen."

„Nun, das wäre aber wirklich eine Verrücktheit von Ihnen", erwiderte Atherton brüsk. „Sie dürfen doch Ihren persönlichen Neigungen nicht nachgeben, wenn es sich um Bestrafung von Verbrechen handelt!"

„Ganz recht", sagte Blake kurz. „Aber Gillian Clent hätte auch davonrudern und mich meinem Schicksal überlassen können. Ich fühle mich ihr zu Dank verpflichtet."

„Aber gegen Gillian Clent persönlich soll doch gar nichts unternommen werden. Ihr soll doch nichts geschehen. Im Übrigen haben Sie doch nichts mit den Plänen der Zollbeamten und der Polizei zu tun. Sie haben sich doch die Aufgabe gesetzt, das Verschwinden Dick Malverys aufzuklären."

„Nun, ich habe mich schließlich auch noch um andere Dinge zu kümmern. Vor allem möchte ich seiner Schwester helfen. ‚Malvery Hold' ist das traurigste und ungemütlichste Heim, das ich jemals gesehen habe. Man wird unwillkürlich schwermütig, wenn man sich dort aufhalten muß."

Atherton sah auf die bewegte See und die schweren Wolken am Himmel. Sie waren die Anzeichen für einen von Südosten aufziehenden Sturm.

„Wir werden ein böses Unwetter bekommen", sagte er dann. „Voriges Jahr um diese Zeit hatten wir auch einen schrecklichen Sturm, und ich kann mich darauf besinnen, daß damals viel Schaden angerichtet wurde. Das alte ‚Malvery Hold' wird wieder sehr darunter leiden."

„Dann will ich mich einmal umsehen, ob ich dort irgendwie helfen kann. Nun ist auch noch Jakob Elphick gestorben, und Miss Malvery hat gar keine männliche Hilfe mehr."

Blake stieg am Ende der Bucht aus und ging von da zu Fuß nach ‚Malvery Hold'. Der Wind hatte bereits eine große Stärke erreicht, und der junge Mann mußte sehr dagegen ankämpfen, um vorwärts zu kommen. Der äußere Verfall des Hauses machte wieder einen deprimierenden Eindruck auf ihn. Alles, was mit ‚Malvery Hold' in Verbindung stand, schien der Untergang geweiht zu sein. Er dachte an den toten Elphick und an Sir Brian, der zitternd und hilflos wie ein Kind in seinem Stuhl saß, während das Herrenhaus über ihm zusammenzustürzen drohte. Schon bevor Blake das Tor erreicht hatte, hörte er den Wind in den verlassenen Räumen und Dachkammern heulen, und als er den Fahrweg entlangging und über abgebrochene Äste und Zweige stieg, sah er, wie die großen Ulmen vom Sturm hin und her gepeitscht wurden.

Rachel Malvery war sofort wieder nach Hause zurückgekehrt, nachdem sie bei der Totenschau ihre Zeugenaussage gemacht hatte. Sie kam ihm jetzt in der Halle entgegen und führte ihn in einen Raum, der augenblicklich als Wohnzimmer benützt wurde. Blake erzählte von dem Ausgang der Verhandlung, von der Theorie, die sich Mr. Stubbs gebildet hatte, und von der ^ beabsichtigten Razzia.

„Es scheint so, als ob die Clents immer mehr zum Mittelpunkt der Ereignisse würden", meinte er schließlich.

„Ich habe schon immer geglaubt, daß wir die Lösung des Geheimnisses bei ihnen suchen müssen", erwiderte Rachel.

„Ich bin aber nicht nur hergekommen, um Ihnen das zu sagen. Das ist im Augenblick nicht so wichtig. Ich wollte Sie vor allem fragen, ob ich Ihnen irgendwie behilflich sein kann. Jakob Elphick muß begraben werden, und Sie haben jetzt niemand im Haus, der Sie unterstützt. Und es wäre zu viel für Sie, wenn Sie diese Dinge allein ordnen sollten. Ich bleibe jedenfalls in der Nähe, ich kann ja im Wachtturm schlafen. Bitte, lassen Sie mich Ihnen helfen."

„Ich danke Ihnen, daß Sie gekommen sind. Doktor Strahan hat schon Anordnungen getroffen. Einige Verwandte des alten Jakob, die im Dorf wohnen, holen ihn von hier ab. Wenn Sie hierbleiben wollen, bin ich Ihnen sehr dankbar. Es ist niemand hier, und ich fürchte, daß es auch mit meinem Vater zu Ende geht." Er sah Rachel an, die ruhig und gefaßt vor ihm stand. Sie war abgespannt und müde von den vielen Nachtwachen am Krankenbett ihres Vaters. Impulsiv ergriff er ihre Hände.

„Ich will zu Ihnen halten, was auch kommen mag", sagte er mit stockender Stimme. „Sagen Sie mir nur, was ich machen soll, ich will alles für Sie tun."

191

Sie erwiderte den Druck seiner Hände leicht und lächelte ein wenig, als sie zu ihm aufschaute.

„Ich verstehe Sie. Augenblicklich gibt es nichts zu tun - aber es ist so schön, wenn man einen Menschen in der Nähe weiß, auf den man sich verlassen kann. Es wird mir alles viel leichter werden, wenn Sie im Hause sind. Aber jetzt müssen Sie sich stärken."

Sie ließ ihm eine Mahlzeit servieren und ging dann wieder zu ihrem Vater.

Im Laufe des Tages wurde der Sturm immer stärker und heftiger. Einige Leute aus dem Dorf kamen und holten die Leiche des alten Elphick ab. Äste krachten, und in dem Gehölz wurden ganze Bäume vom Sturm entwurzelt und umgestürzt. Das Dach eines kleinen Schuppens löste sich und fiel krachend und polternd in den Hof. Und noch immer nahm das schreckliche Höllenkonzert zu. Die Wogen in der Bucht stiegen höher und donnerten gegen das Ufer. Der Graben um das Schloß trat aus seinen Ufern, so daß der Hof und die Keller des Hauses überschwemmt wurden.

Am Spätnachmittag bahnte sich Blake einen Weg zum Wachtturm und sah dort die entsetzliche Verwüstung, die das Unwetter in dem Gehölz angerichtet hatte. Auch das Dach des Wachtturms war vom Sturm abgerissen worden und ein Teil des Obergeschosses eingestürzt. Mit größter Anstrengung kämpfte sich Blake wieder zum Haus zurück. Als er dicht davor stand, stürzte einer der Schornsteine ein und riß ein großes Loch in die Dachfläche. Der Tod schien auf den schwarzen, düsteren Wolken und auf den weißen, schaumgekrönten Wellen daher zureiten, die, vom Sturm getrieben, gegen das Ufer brandeten. In dieser Nacht schlief keine lebende Seele am Strand und im Dorf.

Blake erwartete jeden Augenblick, daß ganz ‚Malvery Hold' Zusammenstürzen würde wie ein Kartenhaus. Die Mädchen waren mit Rachel im Zimmer des alten Sir Brian versammelt. Dieser Raum lag im Erdgeschoß und war noch

192

am sichersten. Blake ging von einem Stockwerk zum andern, vom östlichen Flügel zum westlichen. Dachsparren krachten, Fenster wurden eingedrückt, Glasscheiben splitterten auf den Boden. Es war, als ob Riesenhände das Werk der Menschen zerstören und das ganze Haus in Stücke reißen wollten. Gegen Mitternacht erreichte der Sturm seine höchste Gewalt und wurde zum Orkan. Mit ohrenbetäubendem Lärm donnerten die sich überstürzenden Wellen gegen die Küste, und die Natur war in wildem Aufruhr. Blake starrte aus einem Fenster der großen Halle in die Nacht hinaus, als Rachel plötzlich seinen Arm leicht berührte.

„Kommen Sie leise", sagte sie. „Ich glaube - es geht zu Ende mit ihm."

Blake folgte ihr eilig in das Zimmer des alten Sir Brian. Beim flackernden Licht der Lampe sah er den hageren alten Mann mit dem gespenstisch weißen Haar in seinem Sessel sitzen. Seine abgezehrten Wangen hatten die Farbe von gebleichtem Elfenbein. Zwei Mädchen standen neben ihm. Als Rachel wieder herein kam, trat die eine etwas beiseite.

„Er hat sich nicht bewegt, seitdem Sie fortgingen", sagte sie.

Plötzlich öffnete Sir Brian die Augen, hob den Kopf und sah sich um. Einen Augenblick lang hörte sein Zittern auf, und er sprach mit klarer Stimme: „Mein Sohn Richard - mein Sohn Richard -"

Dann fiel sein Kopf nach hinten, und seine Gestalt sank in sich zusammen. Sir Brian Malvery war nicht mehr.

30

Atherton fuhr mit seinem Wagen nach Brychester zurück. Seine Gedanken waren ebenso in Aufruhr wie das Meer draußen. Als er in der Stadt ankam, ging er gleich in sein Büro. Der Wachtmeister, der die schriftlichen Arbeiten bei ihm versah, kam ihm auf der Treppe entgegen.

„In Ihrer Abwesenheit kam ein gewisser Bill Jeffery dreimal hierher und fragte nach Ihnen", meldete er. „Er war früher Gärtner bei Mr. Boyce Malvery, ist aber vor kurzer Zeit von ihm weggegangen. Er möchte Sie in einer besonderen Angelegenheit sprechen."

„Wo ist er denn jetzt?" fragte Atherton.

„Seit zehn Uhr vormittags hat er sich hier in der Nähe herumgetrieben. Als er das letztmals hier war, sagte er, daß er in ein Gasthaus in der Nähe gehen wolle, um etwas zu essen. Später wollte er dann wiederkommen. Er deutete mir an, daß er Ihnen etwas zu sagen hätte, was Sie sofort wissen müßten. Soll ich mich einmal nach ihm umsehen?"

„Ja, tun Sie das und bringen Sie ihn gleich her."

Der Beamte hatte den kleinen Mann mit dem faltigen Gesicht und den klugen Augen bald gefunden und brachte ihn zu Atherton mit.

Der Polizeidirektor gab dem Wachtmeister einen Wink, die Tür zu schließen.

„Sie sind also wieder zurück, Jeffery? Ich dachte, Sie hätten Brychester verlassen?"

„Ja, ganz recht. Seit ein paar Wochen bin ich von Mr. Boyce fort. Ich arbeite jetzt bei Colonel Chaloner in Shilhampton. Seine Villa liegt gerade vor der Stadt."

„Ja, das weiß ich. Was haben Sie mir denn nun zu erzählen? Ist es privat?"

194

Jeffery zog seinen Stuhl näher an Athertons Schreibtisch und holte aus seiner Brusttasche ein zusammengefaltetes, zerknittertes Exemplar des Aufrufes hervor, in dem die tausend Pfund versprochen wurde. „Deswegen bin ich hergekommen", sagte er dann. „Ist es richtig, daß das Geld für Mitteilungen ausgezahlt wird, die zur Auffindung von Mr. Richard Malvery führen, ganz gleich, ob er tot oder lebendig ist?"

„Ja, das stimmt."

Jeffery faltete den Aufruf wieder zusammen und steckte ihn ein. „Und es ist auch klar, daß unsere Unterhaltung als streng vertraulich gilt?"

„Selbstverständlich, wenn Sie es wünschen. Und wenn Sie uns wirklich etwas mitteilen können, wodurch es uns gelingt, Mr. Richard Malvery aufzufinden, dann bekommen Sie auch die Belohnung. Aber nun erzählen Sie endlich!"

Jeffery lehnte sich vor, legte beide Hände auf die Knie und sah Atherton fest an.

„Unsere Miss Hilda hat drüben in Frankreich Bekannte besucht."

„Was hat denn das mit der Sache zu tun?"

„Gestern ist sie wieder zurückgekommen, und zwar mit dem Dampfer, der um halb sechs abends in Shilhampton ankommt, direkt von Le Havre. Und wenn der Dampfer in den Hafen einläuft, wartet ein direkter Zug, um die Passagiere nach London zu bringen, das heißt, wenn sie dorthin fahren wollen. Einige tun es, andere lassen es, wie unsere Miss Hilda."

„Bitte, kommen Sie doch zur Sache!"

„Das gehört alles dazu", entgegnete Jeffery unbeirrt. „Der eine erzählt seine Geschichte eben so und der andere so. Ich muß das alles berichten, damit es Ihnen auch klar wird. Also, unsere Miss Hilda war mehrere Monate in

Frankreich, und sie hatte viel Gepäck bei sich. Deshalb hat ihr Vater, der Oberst, das Auto für sie zum Hafen geschickt, und ich bin mit dem leichten Wagen hingefahren, um das Gepäck abzuholen. Sehen Sie, so kam ich zum Hafen von Shilhampton. Verstehen Sie auch, was ich sage?"

„Ja, ich höre jedes Wort. Aber vielleicht geht es etwas schneller?"

„Hören Sie nur zu! Wenn so ein Dampfer ankommt, gibt es immer viel Spektakel und Durcheinander, und man kann viel beobachten. Ich mußte warten, bis die Koffer von unserer Miss Hilda von Bord gebracht wurden. So sah ich mich ein wenig auf dem Bahnsteig um und beobachtete die Leute, die nach London weiterfuhren. Nun ist dort so ein kleines Häuschen auf der Station, wo man Geld wechseln kann - kennen Sie das?"

„Natürlich, das ist die Wechselstube."

„Ganz recht. Also bevor der Zug nach London abfuhr, stand ich daneben. Und während ich einen Franzosen betrachtete, flitzt auf einmal etwas an mir vorbei. Und wer war das wohl?"

„Eine Dame?"

„Ja, eine Dame, die man hier vermißt. Sie kennen sie!"

„Um Himmels willen, Sie meinen doch nicht etwa Miss Prynne?"

Jeffery lachte vor Vergnügen. „Doch, die meine ich. Wir haben sie immer Miss Essie genannt."

Atherton richtete sich auf und sah seinen Besucher nachdenklich an. „Haben Sie sich auch nicht geirrt?"

„Nein, Sie können sich auf mich verlassen! Ich kenne Miss Essie viel zu genau, um mich zu täuschen! Ich folgte ihr also, weil ich wußte, daß sie vermißt wurde. Aber Sie wissen ja, welches Gedränge manchmal auf einem Bahnsteig herrscht. Bevor ich sie erreichen konnte, sprang sie in den Zug, und der Zug fuhr ab!"

„Ist das alles?" fragte Atherton enttäuscht. „Ich dachte, Sie wollten mir etwas anderes erzählen."

„Warten Sie noch einen Augenblick. Ich schaute auch in den Wagen, in den sie hineinsprang. Ein Herr hielt die Tür für sie auf." Jeffery schlug sich knallend mit der flachen Hand aufs Knie. „Und wissen Sie, den kannte ich auch!"

„Wen meinen Sie denn?"

„Es war Mr. Richard, so wahr ich lebe! Ich kann einen Eid darauf leisten, daß er es war!"

Atherton atmete schwer. Plötzlich brachen all seine Theorien in sich zusammen. Er hatte Richard Malvery immer für tot gehalten. Unwillkürlich stand er auf, trat ans Fenster und starrte auf die regennasse Straße hinaus.

„Die Sache ist sehr ernst", sagte er dann. „Haben Sie wirklich Mr. Malvery erkannt?"

„Na, ich kannte doch Mr. Richard schon, als er noch so klein war!" Jeffery zeigte die Größe mit der Hand und lachte. „Den kenne ich ganz bestimmt. Er hat sich, in den fünf Jahren auch kein bißchen verändert."

„Was - trug er denn keinen Bart?"

„Nein, ebenso wenig wie Sie und ich. Nur einen kleinen schwarzen Schnurrbart hat er. Er sah allerdings ein wenig dünn und abgemagert aus."

„Miss Prynne fuhr also mit ihm?"

„Das ist todsicher. Ich sah noch, wie sie beide lachten und miteinander sprachen. Und dann war noch ein anderer Herr bei ihnen."

„Wie sah der denn aus?"

197

„Der war mir ganz fremd. Sah aus wie ein Franzose. Ich hatte ja nicht viel Zeit, etwas zu beobachten."

„Haben Sie schon zu jemand über Ihre Entdeckung gesprochen?" fragte Atherton, nachdem er einen Augenblick nachgedacht hatte.

„Nein, das tue ich doch nicht. Ich habe mir einen halben Tag Urlaub geben lassen, um Ihnen alles mitzuteilen. Ich kann schweigen wie kein anderer."

„Das ist recht. Schweiger Sie auch jetzt noch darüber, wenn Sie gehen."

„Schön. Und wie steht es mit der Belohnung? Bekomme ich die jetzt ausbezahlt?"

„Überlassen Sie das nur mir; so schnell geht das nicht. Aber ich werde schon dafür sorgen, daß Sie nicht zu kurz kommen."

Atherton versank in tiefes Nachdenken, als der Gärtner gegangen war. Aber plötzlich schrak er auf, als es zwei Uhr schlug, und erhob sich, um noch verspätet zu Mittag zu essen.

Als er nach dem Essen wieder in sein Büro zurückkam, wartete Zollinspektor Dorker auf ihn, der am Morgen in Malvery mit ihm gesprochen hatte.

„Ich bin direkt hergekommen, um Sie zu benachrichtigen. Wir halten die Razzia in Clents Haus in dieser Nacht ab, denn wir haben bestimmte Nachrichten erhalten, daß sich der Mann, den wir suchen, heute abend dort aufhält. Wir möchten Sie bitten, auch hinzukommen und zwei Beamte mitzubringen, auf die Sie sich verlassen können. Wir treffen uns an der Straßengabelung, wo der Weg nach der Landzunge abbiegt, Punkt elf Uhr. Wer zuerst kommt, wartet dort im Schatten der Felsen."

„Wenn aber der Sturm noch schlimmer wird, ist es vielleicht unmöglich, dorthin zu kommen."

198

„Wir müssen unter allen Umständen dort sein, ganz gleich, wie das Wetter ist. Es ist unsere einzige Chance."

Am selben Abend fuhr Atherton mit seinen beiden besten Leuten zum Kreuzweg bei Marshwyke. Er hatte ursprünglich die Absicht gehabt, Blake aus ‚Malvery Hold' abzuholen, aber in dem schwachen Mondlicht, das ab und zu durch die schwarzen Wolken sichtbar wurde, erkannte er, daß die Uferstraße von den Wellen unterspült und zum Teil zusammengebrochen war. Zwischen ihm und dem alten Haus lag eine große Wasserwüste.

31

„Ich möchte mit dem Wagen nicht auf der Straße nach Shilhampton fahren", sagte Atherton zu seinen Leuten, „und in Marshwyke möchte ich auch kein Aufsehen erregen. Was machen wir nun am besten?"

„Wir stellen ihn in Redmans Farm unter", sagte Mr. Rennie, der aus dieser Gegend stammte, „und zwar in der Scheune. Von Redmans Obstgarten aus führt ein Weg durch eine tiefe Bodensenke in die Nähe von Clents Haus. Dort können wir entlanggehen und sind gleichzeitig auch vor dem Sturm etwas geschützt."

Sie führten den Plan aus, nahmen Mr. Redman das Versprechen ab, strengstes Stillschweigen zu bewahren, und ließen sich dann von ihm auf den Weg bringen. Schweigend eilten sie durch die Senke zu dem verabredeten Treffpunkt. Als sie ankamen, löste sich eine Gestalt aus dem Schatten der großen Felsen.

„Sind Sie es, Atherton?" fragte Mr. Dorker, dem die Zollstation in Shilhampton unterstand. „Kommen Sie schnell in den Windschatten, wo wir sprechen können. Meine beiden Leute sind auch hier. Wenn alles so geht, wie wir erwarten, kommt unser Mann gegen Mitternacht zu Clent."

„Trotz des Sturms?" fragte Atherton.

„Wir glauben bestimmt, daß er kommt, und wir wollen ihn und die Clents zusammen fangen. Vor allem wollen wir aber ihre Unterhaltung abhören. Einer meiner Leute kennt den Weg in das Haus, und zwar durch die Höhlen hier in den Felsen. In der vergangenen Nacht haben wir das schon ausgekundschaftet. Wir lagen dauernd auf der Lauer, und als einmal alle drei zu gleicher Zeit abwesend waren, durchsuchte der Mann das ganze Haus und die dahinterliegenden Höhlen."

„Haben Sie irgendetwas gefunden?"

„Nein, nicht das geringste! Aber der Mann hat dabei einen Platz entdeckt, von dem aus man das Wohnzimmer überblicken und hören kann, was innen vorgeht. Heute nacht wird das verhältnismäßig leicht sein. Wir erregen keinen Argwohn, da der Sturm ja alle Geräusche übertönt. Rennie wird uns gleich zu diesem Platz bringen. Der Rest unserer Leute versteckt sich in der Nähe. Sind Sie und Ihre Beamten bewaffnet?"

„Selbstverständlich", entgegnete Atherton. „Erwarten Sie denn, daß es zu einem Handgemenge kommt?"

„Möglich ist es. Hauptsächlich liegt mir daran, die Unterhaltung der Leute im Haus zu belauschen. Hoffentlich kann ich alle Informationen bekommen, die ich brauche, um den Kapitän heute abend zu verhaften. Aber sein Schiff liegt ja sicher genug im Hafen, und er kann nicht ausfahren, bevor sich der Sturm gelegt hat. Erst nachdem wir ihr Gespräch mit angehört haben, wollen wir uns entscheiden, wie wir vorgehen. Informieren Sie jetzt Ihre Leute, dann brechen wir auf."

Die sechs Männer erreichten ohne Zwischenfall die Felsen am Ende der Halbinsel. Der Zollbeamte Rennie, der das Haus vorher durchsucht hatte, führte Dorker und Atherton durch einen Höhlengang.

„Gehen Sie voraus", flüsterte ihm der Zollinspektor nach einer Weile zu. „Aber seien Sie vorsichtig!"

Der Mann glitt lautlos durch das Dunkel, während die anderen warteten und auf den heulenden Sturm lauschten. Rennie kam bald wieder zurück.

„Es ist alles in Ordnung", berichtete er leise. „Nur Gillian Clent ist zu Hause, aber sie erwartet offenbar jemand."

„Woran haben Sie das gesehen?"

„Sie hat den Wasserkessel aufs Feuer gesetzt, und auf dem Tisch stehen Flaschen und Gläser. Außerdem brennt ein Licht im Fenster nach der Landseite."

„Von der alten Frau und dem Sohn haben Sie nichts gesehen?"

„Nein!"

„Also, dann los!"

Rennie ging voran, Mr. Dorker hielt sich an seinem Rock fest, und Atherton legte die Hand auf die Schulter des Zollinspektors. Sie gingen auf weichem Sand, aber als Atherton einmal die Hand seitlich ausstreckte, berührte er nasse Felsen. Weiter hinten waren die Wände zu beiden Seiten trocken und schließlich mit Brettern verschlagen. Etwas weiter vorne sah er einen Lichtschimmer und hörte, daß jemand mit einem Feuereisen am Kamin hantierte.

Rennie hielt plötzlich vor einem Fenster an, das in eine Holzwand eingelassen war. In dem Zwielicht trat er beiseite und ließ Dorker und Atherton vortreten. Die eine Fensterscheibe war zerbrochen; die anderen waren mit Ölfarbe bestrichen, die jedoch hier und dort abgeblättert war. Von hier aus konnte man unbemerkt das Innere des Zimmers beobachten und auch hören, was dort gesprochen wurde. Auf ein Zeichen Dorkers ging Rennie zurück, um die anderen auf ihre Posten zu führen.

Atherton bückte sich etwas und blickte in den Raum, in dem er noch kürzlich mit Blake und Gillian gesessen hatte. Er konnte das ganze Zimmer übersehen, das in dieser wilden, stürmischen Nacht einen warmen und gemütlichen Eindruck machte. Ein großes Feuer von Treibholz brannte in dem altmodischen Kamin und warf rote Lichter in alle Ecken und Winkel. Heute schien alles ganz besonders sauber und hübsch gemacht zu sein. Das blankgeputzte Kupfergeschirr glänzte vom Kamin herab, aus einem Glasschrank leuchtete schönes Porzellan, und auf dem Tisch standen alte Kristallgläser. Und Gillian Clent saß, schön und anziehend wie immer, in einem Polstersessel am Feuer. Weißer Stoff lag auf ihrem Schoß, und mit einer Nadel reihte sie emsig Stich an Stich. Ab und zu sah sie auf die Uhr und wandte sich lauschend nach dem Vorhang vor der Haustür. Kurz vor Mitternacht zupfte der Zollinspektor Atherton am Ärmel. Gillian war von ihrem Sitz aufgesprungen und hatte den Vorhang vor der Tür zurückgezogen.

Gleich darauf trat ein Mann ein, der bis zu den Augen in einen Mantel gehüllt war. Er nahm ihn ab und warf Schal und Hut beiseite. Die beiden Lauscher am Fenster waren sprachlos vor Erstaunen, denn dieser Mann war - Boyce Malvery.

32

Gillian ließ sich wieder nieder und nahm ihre Näharbeit auf. Boyce Malvery trat zu ihr.

„Allein?"

„Allein."

Ohne weitere Umstände trat er an den Tisch und schenkte sich selbst ein Glas ein. Dann sah er sie scharf an.

„Wo ist Judah, und wo ist Ihre Mutter?"

„Ich erwarte, daß Judah jeden Augenblick mit Hanson kommt. Ich dachte, Sie hätten die beiden schon getroffen. Meine Mutter habe ich seit heute morgen nicht gesehen. Sie ist zu der Leichenschau nach Malvery gegangen."

Boyce runzelte ärgerlich die Stirn. „Was hat sie denn dort zu tun?"

„Sie muß doch hören, ob es Neuigkeiten gibt."

„Was für Neuigkeiten?"

„Nun, es ist doch absolut notwendig, daß wir auf dem Laufenden bleiben. Wir müssen doch über alles informiert sein, damit wir uns danach richten können."

Boyce nahm einen tiefen Zug aus seinem Glas, setzte sich dann an den Tisch und seufzte bedrückt.

„Eine verdammte Nacht!" sagte er. „Es kostete allerhand Anstrengung, heute hierherzukommen."

„Ich erwartete Sie auch beinahe nicht mehr."

„Sie wußten genau, daß ich kommen würde, und wenn das Unwetter auch noch so groß wäre. Hanson kommt auch, darauf können Sie sich verlassen."

Er brummte, als er einen Blick auf die alte Standuhr in der Ecke warf. Seine Augen wanderten unruhig und nervös in dem Raum umher.

„Was hat denn Ihre Mutter wieder im Sinn?" fragte er plötzlich. „Sicher führt sie nichts Gutes im Schilde. Was wollte sie denn nur bei der Verhandlung?"

„Vor allem wollte sie erfahren, wie es in ‚Malvery Hold‘ steht."

„In ‚Malvery Hold‘? Was geht sie denn das an?" erwiderte Boyce ärgerlich.

„Sie wollte eben hören, wieviel man über den toten Matrosen und Ihren Vetter Dick wußte."

„Was hat sie denn damit zu tun?"

Gillian sah von ihrer Näharbeit auf und schaute Boyce an. „Wenn Leichen hier in der Nähe gefunden werden, dann kommen wir in Teufels Küche!"

Boyce rückte unruhig auf seinem Stuhl hin und her. „Leichen!" sagte er halblaut. „Was für Leichen?"

„Dick Malvery! Man kann nie wissen. Vielleicht wird er bei dem Sturm herausgespült."

„Sie wissen doch ganz genau, daß aus diesem Strudel keiner mehr herauskommt, der einmal hineingeraten ist", erwiderte er verbissen.

„Ich weiß nicht einmal genau, ob Dick überhaupt hineingeriet. Sie haben uns das ja nur erzählt."

„Ich wünschte nur, ich hätte Ihnen gar nichts erzählt!" fuhr er sie an. „Ich muß in jener verteufelten Nacht meine Nerven vollständig verloren haben. Wenn aber die Wellen ihn‘ tatsächlich ans Ufer spülen sollten, dann fällt die Sache auf Sie!"

„Zweifellos. Wir haben ja schon immer die Kastanien für Sie aus dem Feuer geholt, Boyce. Aber warten Sie nur, meine Mutter läßt sich von Ihnen nicht so einfach hinters Licht führen. "

„Was soll denn das nun schon wieder heißen?" rief Boyce aufgebracht.

„Sie ist nicht so dumm, wie Sie glauben. Lassen Sie es sich nur einfallen, sie an der Nase herumzuführen. Sie ist schon furchtbar wütend auf mich und auch auf Sie. Entweder müssen Sie mich heiraten, Boyce, oder sie wird es Ihnen heimzahlen. Sie können ja wählen."

Boyce stand fluchend auf und ging hin und her. „Verdammt noch einmal! Habe ich nicht immer gesagt, daß ich nichts tun Kann, bevor ich weiß, wie die Sache ausgeht? Wenn der Alte drüben in ‚Malvery Hold' endlich abkratzt -"

„Ich habe heute nachmittag in Marshwyke gehört, daß er diese Nacht kaum überleben wird. Blake ist auch im Herrenhaus."

„Dieser gemeine Lump!" brummte Boyce. „Nun, wenn der Alte stirbt, können wir ja über die Sache reden."

„Sie werden schon vorher darüber reden müssen", Gillian legte ihre Näharbeit nieder und beugte sich lauschend vor. „Da kommt jemand", sagte sie. „Das sind Judah und Hanson."

Sie ging zur Tür und zog den Vorhang fort. Boyce sank wieder in seinen Stuhl und griff nach seinem Glas. Aber er setzte es nieder, ohne getrunken zu haben, als sich die Tür öffnete und Barbara Clent allein mit ihrem Sohn ins Zimmer trat. Boyce sprang auf und sah sie etwas verwirrt an, denn die beiden machten gerade keinen sehr liebenswürdigen Eindruck.

„Wo ist Hanson?" fragte er.

Barbara Clent lachte, als sie ihren dicken Mantel ablegte, und die beiden Beobachter hinter dem Fenster sahen, daß Boyce zusammenfuhr. Sie antwortete nicht, aber Judah, der in seinem Ölzeug noch größer als sonst aussah, schlug mit der Faust auf den Tisch, daß die Gläser tanzten.

„Wo ist Hanson? Verdammt noch mal!" rief er. „Festgenommen haben sie ihn!"

Boyce riß sich zusammen und überwand mit größter Energie die unbestimmte Furcht, die ihn ergreifen wollte. Er lächelte sogar ironisch.

„Also los! Nicht so grob, Mr. Judah Clent! Und keine Drohungen! Wer hat Hanson festgenommen?"

„Die Polizei hat ihn verhaftet", sagte Barbara.

„Heute abend an Bord seines Schiffes. Und Sie sind der Nächste, der drankommt!"

Boyce leerte sein Glas bis auf die Neige und goß sich dann aufs neue ein. Die anderen drei beobachteten ihn schweigend.

„Nun wollen wir einmal die Lage besprechen", sagte er mit einem harten Lachen. „Was haben Sie gehört? Ich muß alles wissen."

Der Zollinspektor schlich sich leise von Atherton fort, um seinen Leuten einen Befehl zu geben.

„Ich bin gleich wieder hier", flüsterte er Atherton zu. Als er nach einer kleinen Weile wiederkam, wiederholte Boyce eben seine Frage.

„Also, was haben Sie gehört?" rief er ärgerlich. „Wir müssen jetzt rasch überlegen und handeln."

„Wir haben genug gehört, um zu wissen, daß die Sache jetzt zu Ende ist", entgegnete Barbara Clent. „Wir haben es auch satt, Sie hier immer in Schutz zu nehmen. Die Polizei hat Hanson festgenommen, und sicher hat man auch Ihnen nachspioniert und Sie angezeigt. Mr. Malvery, Ihr Spiel ist aus!"

„Sie meinen wohl Ihr eigenes Spiel?" erwiderte Boyce wütend.

Judah kam mit einem Fluch näher.

„Benehmen Sie sich hier, sonst schlage ich Ihnen die Knochen im Leibe entzwei", rief er drohend. „Führen Sie bloß keine großen Reden hier!"

„Uns geht es nichts an", sagte Barbara. „Die Beamten können jeden Augenblick herkommen - sie werden nichts finden, nicht eine Spur. Dafür habe ich immer Sorge getragen. Und wenn sie kommen, dann wissen wir von Ihren Geschäften mit Hanson eben nichts. Wir haben Ihnen hier lange genug Vorschub geleistet, und jetzt bleibt nur noch übrig, mit Ihnen abzurechnen. Sie werden Gillian niemals heiraten - dazu sind Sie ja gar nicht mehr in der Lage -, und das müssen Sie irgendwie gutmachen. Judah, geh zur Tür."

Boyce hatte bereits seinen Mantel genommen und war auf den Ausgang zugegangen, während die Alte sprach. Aber vor Judahs großer Gestalt hielt er an.

„Was, Sie wagen es, mich hier festzuhalten? Das tun Sie auf Ihre eigene Gefahr, Judah Clent. Ich gehe, und wenn Sie versuchen, mich daran zu hindern, dann wird es Ihnen leidtun. Und Sie, Mrs. Clent, sollten es sich nicht einfallen lassen, mir zu drohen! Sie vergessen, daß ich genug über Sie weiß, um Sie auf lange Jahre ins Gefängnis zu bringen. Sie sind in meiner Gewalt und -"

„Da sind Sie schwer im Irrtum! Wir haben Sie unter dem Daumen", unterbrach ihn Barbara mit einem häßlichen Lachen. „Sie mögen sich für schlau halten und auch schlau sein, aber wir sind auch nicht dumm. Wir haben Sie in der Hand, Mr. Boyce Malvery. Wir brauchen nur ein Wort zu sagen, dann kommen Sie wegen Mordes vor Gericht. Wir haben Ihren Vetter nicht erschossen und in den Strudel geworfen - aber Sie haben das getan!"

208

Boyce biß die Lippen zusammen und machte sich heimlich unter seinem Mantel zu schaffen. Aber er blieb an seinem Platz stehen.

„Wenn es dazu kommen sollte", erwiderte er verächtlich, „dann weiß ich nicht, wessen Wort mehr geglaubt wird - meinem oder Ihrem. Fangen Sie bloß keinen Streit mit mir an, sonst zeige ich Sie wegen Mordes an, und Sie kommen bestimmt an den Galgen! Sie können mich auch anzeigen, aber wer wird Ihnen Glauben schenken? Sie können nichts beweisen, und das wissen Sie auch."

Gillian legte die Hand auf den Arm ihrer Mutter.

„Er hat recht", sagte sie. „Wir können nichts gegen ihn unternehmen. Der einzige Beweis ist seine eigene Erzählung, wir haben keinen Zeugen. Laß ihn gehen." Die Alte sah von ihrer Tochter auf Boyce, und plötzlich verzerrten sich ihre Züge in wildem Haß. Dann warf sie Judah einen Blick zu, den dieser wohl verstand. „Wir lassen die Leute hier nicht so ohne weiteres ungestraft gehen", sagte sie bedeutungsvoll „Und wenn es nicht anders sein kann, so sollen Sie wenigstens einmal ordentlich verprügelt werden!"

Judah Clent, der Boyce dauernd im Auge behalten hatte, nahm eine Hundepeitsche von der Wand und ging in gebückter Haltung und mit vorgestrecktem Kopf auf Boyce los. Seine weißen Zähne blitzten, und er erinnerte an ein wildes Tier, das auf sein Opfer losspringen will.

„Los, Judah!" hetzte die Alte.

„Nehmen Sie sich in acht", brüllte Boyce.

Er trat etwas zur Seite, aber Judah kam näher.

„Schlag zu!" zischte seine Mutter.

Plötzlich schrie Gillian laut auf, und im selben Augenblick fiel ein Schuß, den Boyce aus der Tasche seines Mantels abgefeuert hatte. Judah Clent stöhnte schwer auf und fiel über den Tisch. In der nächsten Sekunde schleuderte

Boyce mit einem Faustschlag die Hängelampe zu Boden, sprang in der allgemeinen Verwirrung zur Tür und eilte hinaus in den wütenden Sturm.

33

Als die Lampe am Boden verlosch, packte Rennie Atherton und den Zollinspektor am Arm.

„Kommen Sie schnell, ich bringe Sie ins Haus!"

Atherton stieß sich mehrmals an den Felswänden, als sie den engen Gang entlangeilten; dann wurde eine Tür vor ihm aufgerissen, und sie traten in die Stube, die jetzt nur noch vom Kaminfeuer erhellt wurde. Gillian Clent steckte gerade eine andere Lampe an, und gleich darauf sahen sie, daß die Alte neben Judah kniete, der vom Tisch auf den Boden gesunken war. Ein Blick zeigte Atherton, daß der Mann tot war. Boyce Malvery hatte zweifellos nur versucht, ihn kampfunfähig zu machen, um seine Flucht zu ermöglichen, hatte ihn aber ins Herz getroffen.

Barbara Clent richtete sich mit einem tiefen Seufzer langsam auf, nahm die kleine Lampe, die Gillian auf den Tisch gestellt hatte, und leuchtete in Judahs Gesicht. Dann wandte sie sich zu den drei Leuten, die neben ihrem Sohn standen, und sah sie forschend an.

„Ihre Aufgabe liegt dort draußen", sagte sie mit merkwürdiger Ruhe, obgleich ihre Augen wild flackerten. „Gehen Sie hinaus und fangen sie an. Überlassen Sie das hier uns Frauen. Mein Sohn ist tot; wir können weiter nichts tun als ihn aufbahren."

Sie zeigte auf die Tür, und die drei gehorchten unwillkürlich. Atherton wandte sich noch einmal zu Gillian, die bleich und zitternd auf ihren toten Bruder schaute. „Wir haben alles gesehen", sagte er leise. „Wir standen hinter jenem Fenster. Meine Leute haben Boyce Malvery wahrscheinlich gefangen. Wir kommen später zurück."

Gillian schauderte plötzlich.

„Ach, bringen Sie ihn nicht her", erwiderte sie mit einem tiefen Seufzer. „Kommen Sie nicht hierher mit ihm zurück.

Meine Mutter würde ihn umbringen. Nehmen Sie ihn mit fort, wenn Sie ihn gefangen habe."

Atherton nickte und folgte dann den anderen. Die Leute wann auf Rennies Signal sofort zur Tür geeilt, aber Boyce Malvery war ihnen in der Dunkelheit entkommen.

Währenddessen hatte sich der Sturm allmählich etwas beruhigt. Der Wind hatte sich von Südosten nach Osten gedreht und kam nur noch in einzelnen heftigen Stößen. Und in einer der Ruhepausen trug der Wind den Klang der Schritte eines dahineilenden Mannes zu den Beamten herüber.

„Zur Straße nach Shilhampton!" rief der Zollinspektor plötzlich, „Vorwärts!"

Alle liefen den schmalen Fußweg entlang. Der Mond trat eben aus den Wolken hervor, und einer der Zollwächter erkannte den Flüchtling. So schnell er konnte, eilte er hinter ihm her.

„Er wird den Seitenweg nach Brychester nehmen, der bei Black Point abbiegt", rief Atherton keuchend. „Sprechen Sie jetzt nicht, Sie brauchen ihre Kräfte", ermahnte ihn Dorker. Atherton wußte, daß der Zollinspektor Recht hatte. Es war keine Kleinigkeit, in Mänteln und schweren Stiefeln die Straße entlangzulaufen. Sein Atem kam schließlich nur noch stoßweise, aber er hielt durch.

Endlich kamen sie bei Black Point an, wo der Weg nach Brychester abzweigt. Es war einer der höchsten Punkte der Gegend, und man konnte von hier aus die Bucht übersehen. Die Straße lief ungeschützt an einem Abhang entlang, der zwanzig Meter tief senkrecht abfiel.

Als der Mond aufs Neue hinter Wolkenbänken hervorkam, zeichnete sich Boyce Malverys Gestalt in einiger Entfernung von seinen Verfolgern plötzlich klar gegen den Himmel und die Lichter von Shilhampton ab. Aber als er um die nächste Ecke eilen wollte, packte ihn ein heftiger

Windstoß. Er taumelte und wurde in die Tiefe geschleudert. Ein schriller Todesschrei klang herauf.

Atherton und Dorker berieten, was man nun tun sollte. Aber gleich darauf kam ihnen ein Mann auf der Straße von Brychester entgegen und eilte auf sie zu.

„Was ist los?" rief er schon von weitem. „Ich sah, daß jemand vom Sturm über die Klippe geweht wurde. Wer ist es?"

Atherton ging auf ihn zu.

„Wer sind Sie denn?" rief er atemlos.

Der Fremde wandte ihm sein Gesicht voll zu, und einer der Beamten, der aus Marshwyke stammte, stieß plötzlich einen Schrei aus.

„Großer Gott, das ist Mr. Richard!"

Richard Malvery zeigte ungeduldig auf die Klippe.

„Wer ist dort hinuntergestürzt?" fragte er erregt. „Sie sind doch Mr. Atherton? Ich erkenne Sie wieder. Aber reden Sie doch, und erzählen Sie, was passiert ist!"

„Es war Ihr Vetter!" entgegnete Atherton.

Richard Malvery holte tief Atem, sah einen Augenblick auf die verwunderten Gesichter der Leute ringsum und zeigte dann auf den Rand der Klippe.

„Genau an der Stelle war es", sagte er. „Dort hat er auf mich geschossen, als ich im Februar hierherkam. Ich fiel über die Klippe, aber das Gestrüpp hielt meinen Fall auf, und so blieb ich am Leben."

Einer der Zollwächter kletterte mit außerordentlicher Gewandtheit nach unten. Aber als er nach einer geraumen Zeit wieder zu den anderen zurückkehrte, schüttelte er den Kopf.

„Boyce Malvery ist vollständig zerschmettert."

34

Eine Stunde später saß Dick Malvery mit Atherton im Wohnzimmer von Redmans Farm, wo sie bei Tagesanbruch Schutz gefunden hatten.

Die beiden saßen allein an einem hellen Kaminfeuer und stärkten sich mit heißem Kaffee. Atherton hatte Dick Malvery alles erzählt, was während der Nacht in Clents Haus vorgegangen war, aber dieser zeigte wenig Erstaunen darüber und nickte nur hin und wieder.

„Sie werden alles besser verstehen, wenn ich nun von mir berichte", meinte er. „Ich habe nicht allzu viel zu sagen. Wie Sie wissen, kam ich im Februar nach England zurück und hatte dann eine Besprechung mit Stephen Pyke in London. Er erzählte mir damals von dem Scheck, der die Ursache all dieser Mißverständnisse ist. Ich erhielt ihn seinerzeit von Hanson, dem Kapitän eines kleinen Schiffes, das zwischen den nordfranzösischen Häfen und Shilhampton verkehrt. Ich traf Hanson sowohl in Shilhampton als auch in Clents Haus, wo ich damals viel verkehrte. Abgesehen davon wettete ich für Hanson bei den Rennen, und kurz bevor ich nach Kanada ging, schuldete er mir ungefähr hundert Pfund. Er gab mir den Scheck in Clents Haus in Gillians und ihrer Mutter Gegenwart und sagte mir, daß Boyce ihm den Scheck in Zahlung gegeben hätte. Ich sah die Unterschrift meines Vetters und dachte natürlich, daß alles in Ordnung wäre. Der alte Cuffe war so freundlich, mir darauf Geld zu geben, und noch am selben Abend trat ich meine Reise nach Kanada an, ohne jemand ein Wort davon zu sagen.

Als ich nun im vergangenen Februar zurückkam, hörte ich mit Entsetzen, daß der Scheck gefälscht sein sollte. Ich ahnte sofort, daß es sich um irgendeine Schurkerei von Boyce handelte, der mir schaden wollte. Mit diesem Gedanken kam ich nach Brychester und ging zu Nick Briscoe, um zu sehen, ob man mich er kennen würde. Das war nicht der Fall, und ich überlegte nun, was ich tun sollte.

Am besten war es, Kapitän Hanson selbst zu finden. Dessen Zeugnis konnte ja sofort meine Unschuld beweisen. Ich verwahrte meine Brieftasche in ‚Malvery Hold‘, weil ich Hanson wahrscheinlich in üblen Hafenkneipen suchen mußte. Dann ging ich zu den Pykes, nachdem ich vorher durch einen Matrosen einen Brief an meine Schwester geschickt hatte. Nach meinem Besuch bei Pyke wollte ich nach Shilhampton gehen, aber dann dachte ich plötzlich daran, daß Gillian und Barbara Clent gesehen hatten, wie Hanson mir den Scheck gab.

Sie konnten mir gewiß auch sagen, wo der Kapitän sich augenblicklich aufhielt, und sicher würde ich ihnen willkommen sein, wenn ich ihnen erzählte, daß ich jetzt meine Schulden bezahlen könnte. Ich machte mich also auf den Weg zu ihnen, aber bei Black Point begegnete ich Boyce, und es kam natürlich zu einem Zusammenstoß zwischen uns.“

„Wurden Sie handgemein mit ihm?“

„Ich packte ihn am Kragen und wollte ihn zwingen, die Wahrheit zu gestehen. Zuerst mag er wohl nicht gewußt haben, wer ich war, aber nachher gelang es ihm, sich von mir loszumachen. Er zog einen Revolver und feuerte auf mich. Ich sprang beiseite und fiel dabei über den Rand der Klippe, und zwar an derselben Stelle, an der er heute abstürzte. Aber ich fiel in Gesträuch und Gestrüpp und konnte an der Klippe hinunterklettern. Ich war klug genug, mich ruhig zu verhalten, denn ich überlegte, daß er sofort wieder auf mich schießen würde, wenn er mich sähe. Von unten aus konnte ich erkennen, daß er über den Rand der Klippe schaute, und deshalb lag ich lange Zeit vollständig still.“

„Eine Frage“, unterbrach ihn Atherton. „War zu der Zeit Flut?“

„Ja, das Wasser kam ganz in meine Nähe. Boyce mußte zu dem Schluß kommen, daß mich die Flut weggespült hatte und daß ich wahrscheinlich in den Strudel geraten war. In

Wirklichkeit hatte ich aber nur ein paar Kratzer und Schrammen davongetragen. Nach einiger Zeit konnte ich wieder aufstehen und ging die Klippen entlang nach Shilhampton. Am nächsten Morgen fragte ich nach Hanson, und noch vor dem Frühstück war ich an Bord eines Schiffes, das nach Le Havre fuhr, wo ich ihn zu finden hoffte. Ich traf ihn auch nach drei Tagen und erklärte ihm alles. Aber das war ein großer Fehler von mir, denn Hanson steckte mit Boyce unter einer Decke. Als ich ihm von dem Scheck erzählte, sagte er, er wüßte überhaupt nichts davon, und er hätte mir vor fünf Jahren niemals einen Scheck über hundert Pfund gegeben. Nun war ich natürlich in großer Verlegenheit. Aber ich wußte, daß Boyce und Hanson immer geheime Geschäfte miteinander machten und daß sie sich in Clents Haus trafen. Ich war fest entschlossen, die Wahrheit an den Tag zu bringen, bevor ich nach England zurückkehrte. Da ich fünfhundert Pfund bei mir hatte, konnte ich ja lange Zeit davon leben, und so entschied ich mich dafür, Hanson zu beobachten. Vor allem wollte ich noch einen Franzosen ausfindig machen, einen gewissen Lavelle, der früher Steward bei Hanson gewesen war und meiner Meinung nach manches von ihm wissen mußte. Ich entdeckte diesen Mann vor zwei Wochen, und es gelang mir, ihn auf meine Seite zu bringen. Durch ihn erfuhr ich, daß Hanson und Boyce mit Hilfe der Glents schon seit vielen Jahren einen lebhaften Schmuggel an der Küste betrieben."

„Das haben wir auch herausbekommen, und wie Sie wissen, haben wir in der vergangenen Nacht eine Razzia in Clents Haus abgehalten."

„Die Sache wurde sehr geschickt gehandhabt. Ich wollte nicht eher offiziell zurückkommen, als bis alles aufgeklärt war. Aber heimlich und in aller Stille kam ich trotzdem zweimal nach Brychester zurück. Es gelang mir auch, in Verbindung mit Hester Prynne zu kommen. Sie verließ das Haus von Boyce Malvery und kam zu mir nach Rouen, wo wir wenige Tage später heirateten. Gestern kamen wir nun mit dem Dampfer nach Shilhampton. Meine Frau ist noch dort. Lavelle hat in Scotland Yard seine Aussagen gemacht, und auf mein Ersuchen wurde sofort ein Beamter nach Shilhampton geschickt. Vor ein paar Stunden ist Hanson verhaftet worden, und morgen in aller Frühe sollte Boyce in Brychester festgenommen werden."

„Und wie kamen Sie zu dieser Stunde nach Black Point?"

„Ich hörte gestern abend, daß mein Vater sehr krank sein soll. Sobald sich der Sturm ein wenig legte, machte ich mich deshalb auf den Weg nach ‚Malvery Hold'. Um schneller ans Ziel zu kommen, nahm ich den Abkürzungsweg die Klippen entlang, weil ich sonst einen zu großen Umweg hätte machen müssen. Aber der Morgen dämmert jetzt, und ich will aufbrechen!"

In der kühlen Morgenfrühe verließen Blake und Rachel das Sterbezimmer des alten Sir Brian, traten schweigend an ein Fenster und schauten auf die Bucht hinaus. Der Sturm hatte sich jetzt vollständig gelegt, aber die schrecklichen Spuren des Unwetters waren überall zu sehen. Die Sonne war noch nicht über den Horizont emporgestiegen, aber die ersten Anzeigen der Morgenröte ließen einen schönen Tag erhoffen. Da legte Blake plötzlich zart seine Hand auf die Schulter des jungen Mädchens.

„Denk nicht mehr an die Vergangenheit", setzte er das Gespräch fort, das sie im Sterbezimmer begonnen hatten. „Wir wollen tapfer in die Zukunft sehen. Du kommst mit mir nach Kanada, Rachel. Dort draußen wollen wir ein neues Leben beginnen. In diesem Land kann ich nicht bleiben, es ist mir zu eng. Ich brauche größeren Spielraum und ein weites Betätigungsfeld." Sie ließ es zu, daß er ihre Hände nahm, sie an sich zog und sie küßte.

Aber plötzlich schrak sie zusammen und zeigte in höchster Erregung auf den Fahrweg hinaus.

„Sieh doch ... Dort kommt ja Richard!" rief sie in freudiger Erregung.

Rasch zog sie ihn mit sich fort, aber der junge Erbe von ‚Malvery Hold' klopfte schon laut an das Tor, und ein unheimliches Echo schallte durch die einsame Halle.

ENDE

Über den Autor

J. S. Fletcher, eigentlich Joseph Smith Fletcher (* 7. Februar 1863 in Halifax, West Yorkshire; † 30. Januar 1935) war ein englischer Journalist und Schriftsteller.

Fletcher war ein Sohn eines Pastors. Dieser starb, als Fletcher noch nicht ein Jahr alt war. Er verbrachte seine Kindheit und Jugend auf dem Bauernhof der Großeltern in Darrington bei Pontefract (West Yorkshire). Seine Schulzeit absolvierte er an der Silcoates School in Wakefield und studierte im Anschluss daran Rechtswissenschaften.

Nach seinem Studium bekam er eine Anstellung bei der Yorkshire Post. Als Journalist interessierte ihn das alltägliche Leben der „kleinen Leute" seiner Heimat. In dieser Zeit heiratete er die irische Schriftstellerin Rosamond Langbridge (1880–1964) und hatte mit ihr einen Sohn.

Fletcher war Fellow der Royal Historical Society.

Fletscher gilt als Vielschreiber. Neben seinen rein journalistischen Arbeiten verfasste er mehr als 200 Bücher über die verschiedensten Themen. Sein erfolgreiches Debüt als Schriftsteller erlebte er mit einer Anthologie von Gedichten, in denen er sich mit seiner Heimat auseinandersetzte.

Neben historischen und wirtschaftlichen Betrachtungen seiner näheren und weiteren Heimat veröffentlichte Fletcher auch über 100 Kriminalromane. 1914 debütierte er mit einem solchen; seine erfolgreichsten waren eine Reihe mit Abenteuern des Privatdetektivs „Ronald Camberwell". (Quelle: Wikipedia)